献给西米

费克 著

我们的唐昳

山东文艺出版社

图书在版编目（CIP）数据

我们的唐畋／费克著．—济南：山东文艺出版社，2015.1

ISBN 978-7-5329-4602-0

Ⅰ.①我… Ⅱ.①费… Ⅲ.①短篇小说—小说集—中国—当代 Ⅳ.①I247.7

中国版本图书馆CIP数据核字（2015）第009312号

我们的唐畋

费 克 著

主管部门	山东出版传媒股份有限公司
集团网址	www.sdpress.com.cn
出版发行	山东文艺出版社
社　　址	山东省济南市英雄山路189号
邮　　编	250002
网　　址	www.sdwypress.com

读者服务	0531-82098776（总编室）
	0531-82098775（市场营销部）
电子邮箱	sdwy@sdpress.com.cn

印　　刷	山东德州新华印务有限责任公司
开　　本	880毫米×1230毫米　1/32
印　　张	9
字　　数	208千字
版　　次	2015年1月第1版
印　　次	2015年1月第1次印刷
书　　号	ISBN 978-7-5329-4602-0
定　　价	28.00元

版权专有，侵权必究。如有图书质量问题，请与出版社联系调换。

写作是美丽的（代序）

刘玉栋

1993年，当时还在昆明陆军学院任军职的费克面临两种选择，一是留在昆明，在一家新闻单位干记者；一是回到阔别数年的家乡德州。最后，费克选择了后者。几年过后，有昆明的朋友在电话中问他，从美丽的昆明回到家乡，后悔不后悔时，他说：回到故乡是为了圆文学之梦的。也许当时转业的情况要复杂一些，但在费克的内心深处，这个原因绝对是真实的。

对于一个十七岁便远离家乡，从军在外的游子来说，对故乡亲人的思念是无法言表的。而费克却找到了另一种寄托，那就是文学，他用诗歌、散文、小说抒发着自己的情感。在那些日子里，他创作了大量的诗歌散文。二十世纪八十年代末，他开始写小说，并陆续在《小说界》、《滇池》、《特区文学》、《春风》、《西南军事文学》等军内外刊物发表中短篇小说三十多篇。

从创作题材上讲，费克的小说写故乡历史的最多。对故乡历史传说的迷恋使他的小说叙述充满激情，他刻画塑造了一系列栩栩如生的民间人物。像《时光欢乐》中匪气十足又豪气十足的祖父，《八月叙事诗》中的翻译官方汝，以及《枪手与鲜花》中的小脚女人冯彩莲，这些人物带有明显的地域特色，令人记忆深刻。这也充分体现了费克的艺术追求。而发表在上海《小说界》上的《纸片上的女孩》，则是费克为数不多的直接描述部队日常生活的小说，这篇小说营造的氛围很好，写得很含蓄，叙述上也有张力，展示了军营生活中男女兵之间朦胧而压抑的心理状态，是费克的小说中，在艺术上较为突出的一篇。近几年，费克的小说逐渐向现实生活和城市生活靠近，比如他在《阳光》和《当代小说》上发表的短篇小说《玻璃鞋》和《金鱼》，就是这类小说的代表。

费克的小说语言很有特点，舒缓有致，娓娓道来，涓涓细流，富有诗意，就如同在炎热的夏天喝一碗凉面，让人产生舒适的感觉。然而，故事却往往会在他不紧不慢的叙述中急转而下，结果出人意料，从而形成令人回味的艺术空间。比如在小说《接骨师》中，从小便心性聪慧的接骨师娄适白从上海医科大学毕业后回到一座小城的中医院工作，很快便成为一位名医，并且得到他的助理翁玲的芳心。翁玲爱他爱得很苦，甚至不能自制。在一段稍显磕绊和犹疑的交往后，两人相互取得信任，并在一次郊游中，最终结合在一起……故事发展到这里，跟一次平常的恋爱并无二致，然而，小说中的情节突然急转，娄适白由于劳累过度，殉职在手术台前。名医陨落，人们深感悲伤，可只有一个人例外，那就是他的恋人翁玲。翁玲明确地表示，我恨他，他不值得我爱。小说就此结束。作品妙就妙在什么都没有交代，翁玲由爱到恨的心理变化，形成的想象空间耐人寻味。费克是一个成熟的写作者，这样的叙事策略，他控制得很好，使他的短篇小说特色鲜明。

费克身居鲁北，编着刊物报纸，且公务繁忙，但他对文学的虔诚，对小说和诗歌的热爱却是一如既往的。多年来，他坚持小说创作，这不仅是想圆自己的文学之梦，更重要的是，他始终怀有一颗审美的心。他一直认为，写作是一件美丽的事儿。

对于小说写作，费克是有想法，有追求，有探索的。他坚持写下去，肯定能写出更好的作品来。

（原载《齐鲁晚报》2005 年 8 月 23 日 C7 版）

目 录

接骨师　1

我们的唐畋　13

洁白的栀子花　23

枉凝眉　33

金鱼　45

玻璃鞋　59

敌人　67

八月叙事诗　75

遥远的枫桥　85

毒日头　95

纸片上的女孩　105

官道　113

美丽的远行　121

枪手与鲜花　129

惊梦 153

时光欢乐 161

飞向天堂的纸鹤 171

大风 181

血色斜阳 189

劫婚记 197

战争 205

五月的鲜花 211

老人 219

宝贝 227

那父老人 235

汉奸 243

风呜咽 265

白云苍狗 271

接骨师

几年过去了，人们还清楚地记得，接骨师娄适白凭着奇妙的双手，不仅把许多人从死亡的边缘拽了回来，而且还将他们修理得活蹦乱跳，和正常人没有什么两样。

娄适白年幼时喜欢栽植弯曲的树木，他每天都仔细观察幼树的长势。对这些弯曲的幼树，娄适白总是在枝杈旁做好支架，并对支架适时地进行改进。他除去在树的周围每隔两天浇一次水外，还会用两只小手在树的弯曲处，往复地做些抚平的动作，再对斜迤的枝杈进行修剪。一段时间以后，娄适白手植的弯树，都能奇迹般地变得笔直，树叶葱郁茂密，显示出生机盎然的景象来。以至于后来娄适白成为接骨师，许多人说这与他从小修理小树有关。

娄适白读中学时是在偏远的乡镇。中学是从前的村公所，新中国成立前的镇衙所在地。远远看上去，一排白色的墙壁呈正方形圈起来，这里就是另一个世界了。娄适白每天背着书包，高高兴兴地来到学堂，钟声响过，教室里便传来整齐悦耳的读书声。书包是娄适白的母亲用穿过的衣衫缝制而成，虽然起了些褶皱不太平整，但看上去还是让人艳羡。娄适白读书非常用功，他把年幼时的好品质，一直带到了中学里，并且很快掌握了学习的要领。他采取幼时植树的归纳法，使学习既有张有弛，又循序渐进。因此，娄适白的学习成绩在班里总能名列前茅。数学老师对他表现出的非凡潜质自是欢喜，也让他在班里介绍学习经验。一时间，娄适白自创的归纳法在学校得以推广，许多外地师生纷纷前来取经，娄适白所在的中学成了远近皆知的名校。

读大学时，娄适白在医学院学的是骨科专业。在这里他知道了骨是人和其他脊椎动物体内，支持身体保护内脏的坚硬组织，它的主要成分是碳酸钙和磷酸钙。他还知道了骨根据形状的不同，分为长骨、短骨和扁骨。娄适白所在的医学院，紧挨上海交通大学第九人民医院。因为娄适白的潜心好学，他结识了自己仰慕已久的整形外科教授、博士生导师李青峰先生。娄适白多次和先生进行了彻夜长谈，两人互引为知己。先生号称外科整形一把刀，而鼻子再造术更是先生的绝活。

娄适白有一天向先生问起，接骨和鼻子再造术有什么内在联系时，先生沉吟片刻后说，接骨和鼻子再造术同属医学范畴，既有着质上的区别，又有着关联。先生进一步对娄适白说，一个完整的鼻子，应该有根，有背，有沟，有柱，有鼻尖，有鼻孔，有鼻翼。人的五官中没有哪个器官具有如此复杂的结构，娄适白在先生狭小的办公室里，听他像描绘一件艺术品一样，绘声绘色地描绘着鼻子。

先生停顿了片刻，随手点燃了支中华牌香烟，他见娄适白听得这样出神，自己也忘记了是在办公室。他对娄适白说，从美学角度看，鼻子非常精细，又在脸的正中，所以人们看得相当仔细。若从生理学角度看，鼻子是呼吸道的出入口，鼻孔通畅与否，直接影响人的身体，人只要有一口气，鼻子就有存在的价值。鼻子再造术是整形外科发展史最早使用的手术之一。据说，早在十二世纪，古印度的医生就开始为被处以割鼻酷刑的罪犯造鼻子。总之，接骨和造鼻子就像两件艺术品的创作，技术上有异曲同工之处。

娄适白和李青峰先生的相识相知，极大地丰富了娄适白在医学上的知识面，开阔了他在学科上的视野，拓宽了他在骨科的研究领域。每天下课后，别的同学纷纷回到寝室，娄适白却把自己关在研究室，细心琢磨骨骼的各个部分，他把那些长骨、短骨和扁骨先是汇总，然后再区别分类加以归纳，从中剖析骨骼的构造原理。娄适白趴在桌子上两眼炯炯地瞅着骨骼,这双眼睛射出的光好像要穿透什么东西,并从中攫取到什么。还有的时候,娄适白整个身体无力地靠在椅背上,两眼无精打采,一副倦慵疲惫的样子。

这天中午,娄适白又把自己关在了教室里。他强压着内心的烦恼不让自己发泄出来,他开始抚摸那些骨骼的上下左右。他原本想坐下来静心理一下思绪,可是,越想镇静思考问题,思维越像一盘散沙。娄适白明明想的是骨骼的事情,到头来却考虑到了李青峰先生说的鼻子的问题上。这让娄适白愤怒不已。无奈之下,娄适白捡起一块粉笔头恨恨地砸向标本,突然,娄适白眼前猛然一亮,他记起了年幼时栽过的那些弯树。他每天给弯树浇水,用两只手上下往复做些抚平的动作,那些弯树过不多久就笔直生长起来。想到这里,娄适白记起了李青峰先生的话,大自然的好多事理看上去很复杂,但细究其道正有异曲同工之妙。

娄适白恍然醒悟,他赶紧把这些所思所想,在纸条上密密麻麻地记录下来。心潮澎湃的娄适白觉得自己笔速过慢,他多想这会儿像平时读书似的一目十行,把心中所想尽收笔端。他提示自己记录得快些,到头来还是事与愿违,应该从容的记录,最后变得非常拘谨起来。这样,娄适白快要记录完了的时候,同学们陆陆续续走进教室准备上课了。

毕业典礼是在一个在炽热的夏日举行的。在这之前,娄适白的实验课得了满分。娄适白的实验比别的同学难度大得多,他要把粉碎了的髁骨回复原位。在实验室里,娄适白凝神关注,一丝不苟,他把碎的髁骨按大小依次排列,然后,娄适白凭着发光的双眼击穿这些髁骨,靠着娴熟的医术,串联、缝合、修平、拂拭,他脸上冒出许多汗珠,站在旁边的同学们都为他捏了一把汗。娄适白比规定的时间提前十分钟,成功地完成了实验。在场的教授和他的同学们,都对他报以热烈的掌声。娄适白的毕业论文从古今医学的角度，对那天密密麻麻的记录进行归纳，用辩证的观点有理有据地阐述。娄适白站在论文答辩席上，在静寂的教室里赢得了满堂喝彩。根据娄适白的学业成绩，学院领导计划让他留校任教。听到这个消息后，他找到院领导拒绝了这种安排，他坚决要求到医院去工作。老师和同学们都为他感到惋惜。娄适白最终被分配到一家中医院工作。

在这家医院的外科，娄适白是最年轻的骨科医师，同事们都很尊重他。上班第一天，娄适白就为伤者做了手术。下午，他刚来到办公室屁股还没有坐稳，就听见走廊里传来伤者痛苦的呻吟声。他仔细打听后方知，这是个车祸受害者。伤者骑着自行车路过摊点，正准备买些水果时，突然被醉酒的司机驾车撞倒，汽车把他拖出好几米远才停了下来。主任找到娄适白要他亲自操刀，并且告诉他伤者的膝盖严重骨折。

配合娄适白做手术的麻醉师，已经做好了术前的准备工作。端着手术器械的护士翁玲，在有条不紊地整理着器械。翁玲是医专护理专业毕业，她几乎和娄适白同时来到医院工作。翁玲还从别人口中打听到，娄适白比自己大不了几岁。翁玲对娄适白的爱恋，是从不知不觉开始的。那时候，翁玲只不过羡慕他的才干，还没有对他上升到爱的感觉。可过了不长时间，一种与生俱来的情感，慢慢地攫住了她。一开始，翁玲对娄适白的这种情感只是隐隐的，或者说不太明显。到后来，翁玲的这种情感急剧膨胀，她一天见不到娄适白，就有些失魂落魄了。怕娄适白忙于工作顾不上身体，翁玲经常给他买他喜欢吃的荔枝、香蕉、苹果等水果。

为了给娄适白的生活增加点情趣，翁玲还不时到鲜花店，买来各种颜色的鲜花，来装点娄适白的单人居室。同事们都非常羡慕娄适白，说娄适白的幸福生活像花儿一样开放。对来得太快的幸福生活，娄适白起初有些戒备心理，他工作之余总是躲着翁玲，在单位见面时也是象征性地打打招呼。过了一段时间，娄适白被翁玲的笑声吸引。翁玲那咯咯咯的笑声，充满了诱人的磁性，娄适白再也抵挡不住，最后他干脆在心理上对翁玲缴械投降了。有时候，娄适白看着眼前的翁玲，也和她说些无关紧要的笑话。翁玲修长的身姿和白皙的肌肤，让娄适白着迷了。

或许对鼻子再造术颇有研究的缘故，娄适白发现，翁玲脸上竟然有着漂亮的鼻子，坚挺，俊俏，鼻梁鼻翼的线条，则简洁流畅，一气呵成，娄适白觉得这简直就是上天对她的恩赐。望着翁玲转身离去的背影，娄适白自言自语地说，有这样美丽的鼻子，翁玲简直就是飞来的天使。

手术在紧张有序地进行着。伤者因为麻醉的作用，已经沉入混沌睡眠状态。娄适白时而拿起手术钳，时而用镊子把伤口衔住，他不时地一手扭住手术钳，一手用镊子咬住针头。娄适白在把伤者膝盖破损的骨膜精心调对好的过程中，考虑着怎样让破损的扁骨，能够尽快通过骨髓的营养供给，使受损的骨膜和血脉经络相连，打通受损骨片和关联长骨的循环，从而使手术一次成功，最大限度减少伤者的痛苦。娄适白为此紧张忙碌，他脸上不时滴下豆粒般的汗珠。翁玲看在眼里疼在心里，她利用传递器械的间隙，不时拿毛巾为娄适白擦去脸上的汗滴。娄适白为伤者的髌骨对接，修整，覆平，缝合。由于骨膜受损严重，整个手术难度很大。尽管这样，娄适白还是倾其所能，为伤者成功做完了手术。只剩下术后处理的时候，医师助理走了过来。他和翁玲扶娄适白稍作休息，便忙着为伤者敷药，料理术后的事情。

每当娄适白做手术的时候，翁玲都像个实习的学生。娄适白细微的手术动作，翁玲都好奇和用心地瞅着。翁玲觉得，娄适白做整个手术的过程，简直就是一件艺术品的创造过程。他挥舞着手术刀不停地忙碌，娴熟和空灵的技艺几近出神入化。翁玲看到眼前的一切，好像娄适白不是手握手术刀，而是在精雕细刻一件艺术品。他手举镊子涂抹药水的情形，分明是用彩笔在画龙点睛。他最后做缝合的动作，分明是刺绣大师在完成刺绣精品。翁玲常常这样认为，娄适白做手术的过程，就是自己置身于神话般世界的时候，就是他那双传奇的手，不知把多少病人从死亡之海，又拽到生命之岸，使他们濒临悲苦破碎的家庭，重新回到欢乐祥和之中。想到这些，翁玲发现娄适白在自己心里不是平凡的人物了。过去，翁玲喜欢娄适白多是从他的外表，和娄适白内在的魅力。现在则不同了，翁玲又对娄适白从喜欢，上升到崇拜了。翁玲对这种情况，感觉不可思议，她想克制难耐的情绪，可是，娄适白仿佛有吸引力似的，翁玲内心总放不下他。起先是娄适白躲避翁玲，到了现在则是翁玲开始躲避娄适白，她不仅不见娄适白，而且不接娄适白的电话，可过不了一会儿，她又给娄适白打回电话去，询问他找她什么事情。娄适白问她为何不接电话时，翁玲找不到合适的托词，她支支吾吾的，回答不上来，这让娄适白有些莫名其妙。翁玲想，这样下去总不是办法，翁玲干脆恢复到从前，又主动和娄适白见面约会了。

那是一个阳光明媚的上午，也是双休的第一天，翁玲和娄适白相约着来到郊区的槐林。

娄适白很少有休息的时间，手术总是一个接一个。往往是在他应该休息的时间，病人远道慕名来请他掌刀做手术，他又不忍心推辞。他原本西装革履准备度假，看到病人家属恳求的目光，只好重新回到病房穿上工作服，稍作准备就站在手术台上忙碌起来。在娄适白接触的手术中，因为车祸造成骨伤的居多，他们不是伤胳膊就是断腿，也有伤及肋骨和锁骨甚至头骨的，不少伤者直接危及生命。娄适白走下手术台禁不住感叹说，都是汽车事故惹的祸，真是车祸猛如虎啊。

娄适白和翁玲走在通往槐林深处的小路上。这片被誉为天然氧吧的槐林，原是沙河故道的防风固沙林，随着自然生态的日益恶化，人们假日里向往大自然返璞归真的生活，槐林也就成了休闲的临时栖息地。翁玲挽着娄适白的胳膊，内心有着难以名状的惬意，四周飘来槐花的香味，他俩觉得更别有一番情趣了。经了槐花馨香的诱惑，两人手中各自执了醉人的槐花，不时闻着沁人心脾的花香，就这样慵懒地漫无目标地走。

不知过了多长时间，娄适白和翁玲都感到累了，便提议坐下休息一会儿，于是，他俩选择了一个凸起的地方停了下来，翁玲用手捋了捋乌黑的长发，禁不住咯咯咯地笑了起来。翁玲的笑声在寂静的槐林里，既清脆又富有蛊惑性地传出很远，让娄适白听了心里痒痒的，心里有股说不出的滋味。

娄适白瞅着翁玲，见她一副怪怪的样子，也就不解地问道，你在咯咯咯地笑什么呀？

翁玲这才停住笑，她抬头望了望娄适白，眼睛直直地看着他说，笑你那傻样呗。翁玲说完又咯咯咯地笑了起来。

你的鼻子好美啊，就像一件美轮美奂的艺术品。望着翁玲，娄适白情不自禁地说。

过了一会儿，娄适白顺水推舟，做了个鬼脸儿说，我真有你说的那么傻吗？

地地道道的傻瓜蛋，呆子，书呆子。

许是经了花香的撩拨，抑或因为翁玲的逗笑，他内心燥热无比。他欲言又止，实在不知怎么办才好。到最后，娄适白坚持不住了，他干脆有些冲动地用力将翁玲搂在怀里，在她的额头猛烈地狂吻起来。

他先是在她额头，后来，又禁不住游移到翁玲那美丽的鼻子了。翁玲那接近诱惑的呻吟声，此时更燃起了娄适白的激情。现在，娄适白已经顾不了许多，他不能再让翁玲说自己傻了，他想，作为接骨师自己手术堪称一流，作为男人也不能逊色，也得做伟岸男人。他刚用衣服为翁玲铺好，就急不可待了。

娄适白显得从容而不慌乱，他一边忙碌着，一边对翁玲说，翁玲，你说，我到底傻不傻，你说……翁玲，你快说，其实我不傻，你倒是快说呀！翁玲，翁玲我爱你，我真的很爱你……

……

这时的槐林静悄悄，就连远处枝杈上叽叽喳喳的飞鸟，也停下了美妙的歌喉，它们不愿意打扰这对恋人的美好时光。

娄适白和翁玲离开槐林已是日暮时分，他俩回到医院以后，娄适白先是洗了一个澡。等他从卫生间出来，却看到翁玲已经准备好了晚餐。翁玲坐在餐桌旁，胳膊支在餐桌上，两手托着略显疲惫的脸庞，她在静待娄适白。娄适白见了心里涌起暖意，他急忙走过去，轻轻抱着翁玲，吻着翁玲的额头细声说，我们结婚吧？

娄适白和翁玲在吃饭的同时，商量着结婚的事情。无论从新房的布置，还是到家具的摆设，娄适白都征求了翁玲的意见，两人进行了周密考虑，都在憧憬着美好的未来。与此同时，娄适白还拿出在《中华外科》、《骨科》等杂志发表的论文让翁玲看，他还告诉翁玲说，要出版一本汇集自己论文的书，作为两人的结婚纪念。翁玲听后有些激动，她想说什么可最终也没有说，最后，她只是羞涩地笑了。

娄适白和翁玲说着笑着，不知不觉已是晚上十点多钟。就在这时，一例椎骨手术喊走了娄适白。娄适白稍做犹豫，他实在感到有些劳累。可当他看到站在门口的患者家属那模糊的泪眼，意识到了责任。翁玲执意要和他一块儿去，可娄适白说，今天是休息日，让她在家好好休息。临出门时，娄适白又再三叮嘱翁玲早点休息。

又是车祸造成的椎骨创伤，手术持续了好几个小时，娄适白才走下手术台。这时，一例锁骨手术还在等着他，直到窗外的光线射进手术室，他才做完这例手术。助手在做术后处理，娄适白离开手术室时，感到头晕目眩，脚下像踩着软软的棉絮，整个身子轻飘飘的，虽然手术室距办公室仅数米之遥，可娄适白觉得好远好远。他扶着墙壁往前走，每走一步都觉得困难。走廊里一个人影都没有，死一般寂静，离上班还有一段时间，整个病房很空旷。他本想让助手扶着自己去休息，可他没有这样做。现在，娄适白有些后悔没让他们扶着自己。眼前的娄适白只是觉得累，他太想休息一会儿了，他简直支撑不住了，就在快要走到办公室门口时，娄适白觉得眼前有成片的红色，他突然倒在地上失去了知觉。等人们发现时，娄适白的心脏已经停止了跳动。

过了两天，当地的报纸在显著位置登载了这样一条消息：著名接骨师娄适白因公殉职。

本报讯 十月三日，我市著名骨科专家、优秀的青年接骨师娄适白，因积劳成疾，突发脑溢血，不幸牺牲在工作岗位上，年仅三十岁。

娄适白毕业于上海医科大学，他放弃在大城市留校任教的机会，自愿来我市工作。在短短几年的时间里，娄适白潜心好学，不计得失，任劳任怨，勇于开拓创新，总结出了一整套治疗骨科的尖端医术，成为著名的治疗骨伤专家。娄适白刻苦钻研，把行之有效的临床医案，撰写成学术论文，先后在《中华外科》、《中华骨科》、《理论动态》等杂志，发表学术论文三十多篇，引起国内外医学界的广泛关注。娄适白很少有休息的时间，就在他去世之前，还连续工作十多个小时，成功为两位病人实施了手术。在几年的时间里，他救治了近三千例病人。几天来，社会各界纷纷到医院吊唁，都为娄适白的英年早逝深感悲痛。尤其是娄适白救治过的病人，更是在他的灵前长跪不起，泣不成声。

奇怪的是，在这些日子里，人们始终没有见到翁玲出现。大概一个多星期以后，翁玲来到了外科办公室，大家都用关切的眼神看着她。想到即将步入婚姻殿堂的翁玲，面对突然出现的变故，他们想对她说些安慰的话。

可没等别人说话，翁玲就气咻咻地说，你们不要这样看着我，我恨娄适白，他不值得我爱，你们不用担心我。

你说什么，你到底在说什么？

我恨他，他不值得我爱！

人们都东瞅瞅西看看，不解地望着翁玲。

你的鼻子好美啊！不知怎的，这个时候，娄适白的声音在翁玲耳边响起。

我们的唐畋

她将那把安眠药服下去的时候，觉得自己并没有什么反应。于是，她先把门锁打开，又拨通了他的手机。她开始有些头晕目眩起来。她趔趄着身子，懵懵懂懂地横倒在床上。
　　她隐隐约约地听见阚小红呼喊道，唐畋，你怎么了？
　　唐畋，你到底怎么了？
　　织布厂的青年女工阚小红，拿着断了丝头的劣质棉纱向厂部走来，她边走边把工作服脱了下来。阚小红身材高挑，皮肤白皙，羞涩的笑脸很是撩人。她要找到潘金，这话她非说不可了。阚小红瞪起眼说，出了问题谁负责？阚小红走起路来一副急匆匆的样子。阚小红挨近厂长办公室，举着手里的棉纱说：
　　这些劣质的棉纱，能织出好布吗？
　　阚小红说完见没有人应声，又大着嗓门吼道，织不出好布，怪不到我们，不能随便克扣我们的工资。
　　喊了半天，阚小红见没有动静，径直走进了屋里。应该说，阚小红对这里是再熟悉不过了。她每天都要到潘金的办公室来几次，这是潘金给她定的制度。潘金让她经常汇报生产质量情况。潘金每天总是那样忙碌，阚小红清楚地记得，她有两天没见到潘金的影子了，昨天吃过午饭后，唐畋见阚小红远远朝她走来，就问道，阚小红，你知道潘金到哪里去了吗？
　　阚小红觉得很奇怪，她对唐畋说，你问得莫名其妙，你的男人，我怎么会知道上哪儿去了？
　　五月的槐林香味诱人，白色的蝶形花盛开，来来往往的游客在林中穿梭。这时的潘金正在槐林深处的酒馆里尽情喝酒,手机第一次的响声并没引起他的警觉,他认为可能是厂里的机器又缺零件了,也难怪,织机老是出问题,不是螺丝锈蚀断裂,就是织出了疵布,搞得潘金刚想休息一会儿,又被阚小红喊醒,潘金简直烦恼透了。有时候,潘金自言自语着说,这些机器是该淘汰了。想到阚小红,潘金禁不住有些自责,他认为不应该对她发脾气,织布厂里的好多事情,阚小红操了很多心,尤其是他和唐畋不在时,人家阚小红把厂子料理得里里外外井然有序。为这,潘金还嬉笑着对唐畋说,小阚多能干呀,让我省好多心呢。

唐畋听到这些,顺手扭着潘金的耳朵,很反感地说,告诉你,阚小红再能干,她也不是你老婆。

潘金记起了前几天的一个午后,他从外面应酬回来睡得正香甜,阚小红拿着女工织出的疵布,兴冲冲地来敲潘金的门。啪啪的声响,使沉浸在酣睡中的潘金无比烦恼,他起来踢开门没好气地说,吵什么,不知道我在睡觉吗?还让休息吗?

潘金开门的瞬间,差点和阚小红撞个满怀,羞得阚小红满脸绯色,她两手捂着脸,不好意思地说,对不起,我……我不知你在休息,你看,又出现了疵布,怎么办呀?

现在,潘金记不清当时和阚小红到底说了些什么。看见阚小红一副无助的样子,潘金也起了怜悯之心。潘金把阚小红让进屋里,先让她在沙发上坐下,接着又给她拿了些水果,并不时地劝着阚小红吃水果。阚小红有些不好意思起来,不知如何是好。潘金瞅着阚小红修长纤细的两腿,想说些什么,可终究没有说出。

就在这时,唐畋推门走了进来。

唐畋到城区进了一批机器零件,饭也没有顾得上吃,就匆忙赶了回来。她本想从城区吃完饭,然后用剩余的时间去逛一下商店,顺便买点日用品,但考虑到好几台织机急需这些零部件,犹豫了一下，还是决定往回赶。可没有想到，阚小红在她不在时，竟然勾引她的男人。想到这些，唐畋气就不打一处来，她想狠狠地臭骂阚小红，然后，再抓破她的脸，让她好好地记住，这就是勾引人家男人的下场。所以，唐畋在阚小红出门时，打了她一巴掌，并且朝她吐了唾沫，还骂道，婊子，不要脸的东西。

　　阚小红有些冤屈，她两手捂着脸，哭哭啼啼着跑了出去。

　　此情此景，使坐在椅子上的潘金，感到既尴尬又羞恼。阚小红走了以后，潘金指着唐畋说，你发哪门子神经呀？阚小红来告诉我，又出现了疵布，是布的质量问题，不是你小肚鸡肠想的那些东西。

　　没等唐畋说话，潘金接着说，你有阚小红一半的责任心，织布厂还能是现在的样子？会发展得更快！

　　唐畋一肚子的冤屈还没诉，听到潘金责怪自己的话，她恼羞成怒了。唐畋用手指着潘金的鼻子，一边哭一边说，好啊，你这个没有良心的东西，你老是替她说话，你成心气我呀。我早就知道你俩每天在一起，准没有什么好事情。唐畋蹲在了地上，这会儿，她哭得更加伤心起来。唐畋撕心裂肺的哭声，在寂静的午后，很快传遍周围。一些女工听到哭声，纷纷放下手中的活计，跑来看热闹。很快，潘金的办公室外面聚集了好多人。女工们从窗口外面，嘀嘀咕咕地说着闲话。潘金气得真想给唐畋一记响亮的耳光，但他没有这样做，他只是急匆匆地走到门口，大声喊道，都给我滚，不知好歹的东西。

　　过了两天，唐畋和潘金他俩相安无事。因为资金周转问题，唐畋下午来到银行，她要去办理一笔贷款，可到了银行，她没有想到这样忙，远远排起的长队，让她有些望而生畏。这时，唐畋极希望能碰见熟人，不然，下午很难办成贷款的事了。唐畋这样考虑着，不知不觉，时间过得真快，她来到银行已经两个小时了，银行窗口的业务，还是那样忙碌。就在唐畋发愁之际，她听到有人在喊她的名字。唐畋回头一看，原来是自己中学的同学。当她的这位同学知道她要办的事以后，很快领她从侧门办理完了贷款。唐畋内心自是很感激，要请同学吃饭。她的同学事先约好了朋友，唐畋只好匆匆地往回赶路。唐畋回到厂里的时候，已是晚上七点多钟。唐畋饥肠辘辘，她多希望潘金在眼前呀，可是，她问了好几个人，他们都不知他上哪去了。唐畋只好打他的手机，提示音告诉唐畋，潘金已经关机。她只是匆忙地吃了点东西，然后，斜倚在沙发上等潘金回来。

不知过了多长时间，潘金回来了。潘金一副疲惫的样子，他好像没有看见唐畋，就径直回到卧室。然后，倒头便睡。唐畋走了进来，她发现潘金身上有股艾草的清香，这会儿，这股清香在屋里弥漫开来，越来越浓烈了。唐畋似乎发现了什么，她先是拿起他的上衣闻了闻，随后又举着他的裤子瞅了瞅，这才大声叫道，潘金，你给我起来，你倒是说明白，这究竟是怎么回事？看看，你和那婊子干的好事，现在，你要和我解释清楚。

唐畋见潘金还躺在那里，就想拽他起来。唐畋内心觉得很是冤屈，她哭着对潘金说，好啊，我在外面辛辛苦苦地做事，你倒好，又和阚小红去鬼混，以前你不承认，这次你怎么说？你倒是说呀！

潘金这才揉着眼，嘴里嘟囔着说，说什么呀，我看你神经不正常，你简直有病，到明天我带你去看医生好了。

唐畋听到这里，越发气恼起来，她真想狠狠地骂潘金一通。可到末了，她还是忍着说，那你给我说清楚，你裤子上的青草，是从哪里沾来的，这究竟是怎么回事？

直到这时，潘金才明白，他和阚小红在玉米地边一番缠绵，最后忘记了把沾在身上的青草抖掉。他赶忙撒谎解释说，你就为这点小事呀，我以为什么大不了的事情呢，告诉你吧，那是我和朋友坐在田间地头聊天玩时弄的。

你那朋友不就是阚小红吗？你还骗谁呀，就你，连谎也不会撒，你说，有谁深更半夜，坐在那里聊天呀？还说我，让我看，你潘金才真正有病。身为厂长，和自己的女工整天在一起勾勾搭搭，你说这成何体统。你知道什么叫丢人现眼吗？

唐畋后来说的这些话，就像针尖一样，句句扎得他喘不过气来。潘金记起了，刚才和阚小红在玉米地边，两人都忘记了带张报纸什么的，假如采取点措施，兴许就不会被唐畋发现了，也就不会出现这样的麻烦。两人顾不得这些了。平时，唐畋看管得很严，潘金想阚小红想得快要发疯了，但是一直没有机会，所以，下午唐畋前脚刚走，潘金就把阚小红叫来，还没等阚小红脱掉工作服，他便将阚小红搂在怀里，禁不住地亲吻。在办公室里，潘金总是有所顾忌，他担心遇到来人，他更怕这时唐畋突然回来，那样他就更说不清道不明了。天色近晚时，他见唐畋还没回家，便约着阚小红来到城郊，急不可待的他，在玉米地旁一片凹地，顺势抱住阚小红。不一会儿，潘金就情不自禁了。压抑了许久的情感，在这时终于爆发。此时的潘金，就像夏季突然倾泻的山洪，凶猛无比；又像脱缰的野马，肆意驰骋。阚小红被动地应付着，可过了不长时间，她也到达了境界。两人无尽的情思，在漆黑的夜里挥洒自如。

就要回到织布厂了，潘金和阚小红难分难舍。不知怎的，潘金这时很想作诗，当然是作给阚小红的诗。潘金稍作思考，对阚小红吟道：

相隔咫尺/却似好远的/距离/晤面在梦里/手牵着手到/秋日的田野/没人惊扰也没有/风儿的侵袭/再也不用担忧/长长的虹/在天际将/我/你/隔离

等到潘金吟诵完毕，阚小红高兴地说，你作的诗还是很有诗味的呀。潘金问道，喜欢吗？阚小红说，当然喜欢了，凡是你作给我的诗，我都喜欢。潘金说，只要你喜欢，往后我经常作给你。阚小红哈哈地笑着说，你干脆别开织布厂，去当诗人好了。潘金做了个鬼脸儿，他对阚小红说，那可说不准，说不定哪天，我真的成了诗人。

他俩在说着笑着，都想到该回织布厂了。于是，他俩顺着来时的路往回赶，快到大门口时，潘金为避人耳目，让阚小红在前面走。等看不见她的影子时，他才回到办公室。实际上，潘金这样做，已经充分做好了和唐畋吵嘴的准备。可迈进门槛时，他又打消了刚才的想法。他回到卧室和衣而睡。他装作很累的样子，很快打起鼾来。

唐畋越想越伤心，她不停地擦着眼泪，呜呜地哭着说，都是那小狐狸精，害你鬼迷心窍，往后这日子，我看简直没法过了。她见潘金揉着睡眼，脸上的肌肉一松一紧的，就知道他也在生气。往常，唐畋和潘金不管为了什么事吵嘴，只要潘金的脸部肌肉开始一松一紧，那就是他生气到了极限的时候，也就是他不能再容忍唐畋的喋喋不休的时候。而每遇到这种情况，唐畋就开始避实就虚，一方面是给潘金个台阶下，更重要的是让开他的拳头。这就是唐畋的聪明之处，因为她知道他拳头的厉害，她领教过多次，实在是怕了。潘金抡起拳头，没轻没重，只管发泄他的蛮力，他才不管拳头的着力点落在什么地方没问题，落在什么地方会出问题。唐畋想，男人是不是都这副德行，男人根本就不是什么好东西。

唐畋想是这样想，可最后也得给自己找个下台阶的借口。她思虑半天后冲着潘金说，你往后要和阚小红断绝一切关系，不然的话，就把她轰出织布厂去。

潘金瞪着眼，指着唐畋说，告诉你，我潘金今天可是忍了又忍,你唐畋不要逼老实人说话,不要整天拿人家阚小红说事,再这样吵下去,我就不客气了。

你混蛋,你还是人吗?你简直不是东西……唐畋气得埋头呜呜地哭了起来。

潘金并没理会唐畋,他甩手气咻咻走出门,朝织布车间走来。

在织布车间里,潘金看到,静止的是那些白炽灯光,而嘈杂的则是织机嚓嚓的轰鸣声。潘金此时的心境,被织机的喧嚣,搅得要天崩地裂了。可当他看见阚小红在一隅的织机上,神情专注地用剪刀一丝不苟修理那些疵线头时,内心顿时豁然开朗。他朝车间外望了望,发现天空的星星还是那么明亮,什么事情都没有发生,一切还是那么美好。阚小红只顾拿剪刀剪断疵线头,并不知道潘金来到车间。阚小红站在织机的底座上,低着头仔细挑拣疵线,到了忘我的境地。这让潘金看了感到十分欣慰,使得潘金在走出车间时,禁不住自言自语地说,唐畋有阚小红的工作姿态,织布厂的明天比蜜还甜。

潘金哼着电影《甜蜜的事业》主题曲,开始往回走。快到门口时,他停下脚步,蹑手蹑脚走到窗口下,朝屋里探着头,静听里面的动静。可是,屋里没有任何异常,潘金想,唐畋一定是睡着了。他轻轻推开门,唐畋没有在办公室。当他来到卧室时,看到唐畋已经躺在床上睡熟了。唐畋睡得那样香甜,潘金突然觉得,唐畋没有了刚才的歇斯底里,显得很是可爱起来。想到这些,他反而责备自己。不应该对唐畋这样,唐畋毕竟是自己的妻子。拿阚小红和她比,是更不应该的事情。阚小红是什么人,她只不过是织布厂的雇佣女工,自己即便喜欢阚小红,也不能冷落了唐畋,更不能对唐畋出言不逊。潘金关切地给唐畋掖了掖被角,仰脸长叹了口气,内心自语,真是不可理喻,男人是复杂的怪物。

第二天上午,潘金正在织布厂的厂区,就整个厂区的美化问题,和园林师不厌其烦地交谈着。潘金倾向于建假山喷池，园林师则建议人与自然和谐，在人文景观上多下些功夫。潘金很尊重园林师的意见，但他也不愿意放弃自己的主张。两人在争执不下的时候，潘金的朋友来电话，约他到万亩槐林去玩。起初，潘金犹豫去还是不去。最终，潘金经不起朋友的诱惑，和他们来到槐林赏槐花。

潘金走后，不知过了多长时间，唐畎醒来了。她起床后，找遍了织布厂也没找到潘金。唐畎询问过好多人，向她们打听潘金的下落，她们大多都摇了摇头。她们都说，你自己不知老板去哪里，反来问我们，你神经有毛病呀。

被员工们一番取笑，唐畎无形中增加了很多烦恼。坐在沙发上，她在考虑这一段时间以来潘金的所作所为。从织布厂的开工投产，到和潘金的相识相爱；从织布厂的资金周转，到新布品种的开发，唐畎都倾注了许多心血。自从去年阚小红来到织布厂以后，潘金就往织布车间跑个不停，回来就一副魂不守舍的样子。唐畎知道要出问题，但没想到问题来得这样快。潘金见缝插针地和阚小红幽会，她实在忍无可忍。唐畎想着，该教训教训潘金了，不能让他这样肆无忌惮。可怎么教训他呢？唐畎想不出更好的办法。她在综合了许多行之有效的方法后，准备铤而走险了。潘金陷得太深，唐畎觉得作为妻子，她应该责无旁贷地拉他上岸。不能再让潘金越滑越远，不然，唐畎要拽不回他来了。于是，唐畎把早已准备好的安眠药找出来。她把药拿在手上，掂量来掂量去，心情非常沉重。在吃下药之前，她还是打通了潘金的手机。

正在槐林和朋友喝酒的潘金，看到唐畎打来的电话，并没有当回事。可随后他又接到阚小红的电话，阚小红告诉潘金，唐畎服药自杀，现在正住进医院。潘金听到这里，脸部开始一松一紧了。只不过，眼前的潘金不是生气，而是着急起来。

潘金赶到医院的时候，织布厂的女工围在急救室外，议论纷纷。她们有的说，都是因为阚小红，不是阚小红，唐畋也不会这样想不开。也有的说，唐畋真傻，不就是个阚小红吗，何苦遭这样的罪，大不了，把阚小红撵出织布厂。也有平时妒忌阚小红的女工说，阚小红真不是东西，勾引人家男人，闯下这么大的祸，这样的人，胆子也忒大了。一位个子矮小的女工着急地对大家说，你们说这话什么意思，还像姐妹吗？告诉你们吧，这次如果不是阚小红打急救电话及时，唐畋早没命了。直到潘金急匆匆来到急救室时，人们才用异样的眼光瞅着他，停止了各种议论。

不知过了多长时间，急救室的门开了，医生边走边问，谁是病人家属？病人家属在哪里？潘金赶忙说，我是，我是。医生瞅了潘金一眼，随后不屑一顾地说，跟我到病房来。接着，医生在他的耳边悄悄说，病人刚刚脱离危险，还需要进行观察，不要让病人情绪激动，这些都记住了吗？医生说完就被护士叫走了。

潘金看着脸色苍白的唐畋，握了唐畋的手说，你真傻。也许因为身体虚弱，唐畋没有吭声，只是眼角滚出些泪水。等潘金给她擦完眼泪，唐畋才说，多亏了阚小红，是她救了我的命。潘金默默地点了点头。

几天以后，唐畋出院回到织布厂。在这些日子里，唐畋没有见到阚小红的身影，因为大家都知道的原因，唐畋也不好意思问起。终于有一天，唐畋再也忍不住了，吃饭的时候，唐畋鼓足勇气问起潘金。潘金装作没有听见她的问话，只顾在一旁吃自己的饭。唐畋也不便自讨没趣，也就没有再问下去。

事实上，越是这样，唐畋越是寝食不安。这天，唐畋趁潘金去办事的机会，喊住路过厂部的女工，又问起了这件事。女工告诉唐畋说，唐畋住院的第二天，阚小红就失踪了。她没有同任何人打招呼，所以，没有人知道她去了哪里。不过，女工凑近唐畋的耳朵说，有人说，阚小红一气之下，孤身一人到广东打工去了。

洁白的栀子花

不知过了多长时间，萧静初醒来了。随着记忆的恢复，她依稀想起刚才的遭遇战来得太突然，简直可以说是措手不及。尽管这样，她们还是和数倍于己的鬼子，展开了悲壮的战斗。

眼下，萧静初被浑身的疼痛折磨。她的右腿被弹片擦破，虽然没有伤到筋和骨，可是汩汩淌出黏稠的血液，已把灰色的裤子染成了棕红。她的肩部被子弹穿透，那撕心裂肺般的疼，几乎又要让她昏厥过去。萧静初勉强睁开眼睛，环顾了下四周，黄衣服和灰军装，简直让她分辨不清了。她们和鬼子扭打在一起，有在嘴里叼住鬼子舌头惨死的，也有骑在鬼子身上猛卡其喉咙，被人冷不防从背后用刺刀捅死的，其状甚是惨烈。这些手无缚鸡之力的姐妹们，面对突然遭遇的鬼子，表现得是这样果敢和勇猛。

旁边吹来一阵风，刺鼻的血腥味儿弥漫开来，让萧静初呕吐不已。这些过去以后，萧静初的思维逐步清晰活跃起来。她在想，部队现在在哪里？她没有把姐妹们保护好，该怎样向团长交代呀？这样想着，她硬是坚强地站了起来。

不行，得找部队去。萧静初自语，一定要找到部队。

萧静初忍着疼痛，趔趄着前行。走到不远的地方，她又停住脚步。她转过身子，注视着那个尸横遍野的地方。她多希望能和战友们像往常一样行军，像往常一样说笑，打闹。可如今，她们都长眠在了这里，只有她自己走在追赶队伍的小路上。

与此同时，萧静初想了很多。她边走边想，一会儿想到了团长那亲切的声音，一会儿想到了炊事员老刘叼着烟袋，说着打趣的话儿的情形。过了不长时间，萧静初又想到了父母亲。有几年时间没见到他们了，此时此刻，萧静初很想念他们。就在不久前她在写给家中的信里还说，等把日本鬼子赶出去，她就回家看望他们。一想到这些，她突然止住泪水，仿佛增添了许多力量。

平时萧静初很喜爱那位匈牙利人写的诗，一有空闲，她就抱着那本《裴多菲诗选》看个没完。她最喜欢诗人写于布达佩斯的那首《我和太阳》了。她觉得，裴多菲好多诗都在写他深爱着的祖国。这首《我和太阳》，无疑也是写他和他的祖国一刻也不能分离的信念。

这样想着，萧静初竟背诵出了诗人在一八四四年五月写于多瑙沃则的《在水波上》：

我乘着一只小船，
奔腾着滚滚的波浪；
我的前额流着汗水，
我只拼命地划桨。

妈妈，假如你看见我，
你一定会大声叫喊：
"天哪！……船要翻了，
难道你不怕死亡？"

爸爸，假如你看见我，
你也会大声叫喊：
"魔鬼拖你去了，
撕碎了你的衣裳！"

萧静初边走边大声背诵这位匈牙利诗人的诗，她竟然忘记了浑身的疼痛。一个外国人写的诗，会给她带来无穷的力量，这简直让她难以相信。

不知走了多远，萧静初觉得该歇会儿了。于是，她停下脚步坐下，倚在一棵树上，作短暂的停留。

一停下脚步，萧静初又被疼痛折磨。她咬着牙，想尽可能把疼痛忘掉。可是，越想忘掉，疼痛越像翻了脸一样，缠住她不放，萧静初周身更加疼痛了。

不知什么原因，就在这个时候，萧静初想到了部队大老刘做的那喷香的饭菜，那白花花的米粒，那黄黄的米面窝头，让她神清气爽。这时，她听到了肠胃的蠕动声，才记起已经一天没有吃东西了，她突然觉得饿。现在，疼痛、饥饿和口渴混杂在一起向她袭来。她周身是那么燥热，她急需解决饿的问题。

为了给身体增加点热量，一棵叫不上名字的树上的野果吸引了她。就在她起身准备摘食野果时，脚下发出噗噗的声响。她低头一看，那些绿色的浆果被她踩出的汁液溢了出来。她赶忙吃起这些浆果来。浆果味酸，还略带些苦涩。她知道这些东西并没有什么营养，可眼下她顾不了许多。她得把它们吃下去，填满饥肠辘辘的胃，才会生出力量赶路。她吃这些浆果的动作是那样迅速，她弯腰像拣找什么东西似的，她的手不停地采摘，然后塞向嘴里。看情形，她都来不及嚼几下就稀里糊涂地咽了下去。这时的萧静初，才真正体会到了饥不择食的感受。由于不停地采食浆果，萧静初的右手大拇指被浆果的汁液浸成了绿色。

饥饿暂时得到了解决，伤口的疼痛又在肆虐。她的肩部火辣辣地疼，豆粒大的汗珠在脸上直冒。她又回到刚才歇息的地方坐下。萧静初被难挨的时光困扰。在她不远处，绽放的栀子花进入她的视线。洁白欲滴的栀子花距她渐渐近了。她怪自己刚才没有发现。也难怪，这些栀子花从何而来呢？萧静初细数了下，洁白的栀子花不多不少，刚好九棵。这该不是女兵班九姐妹的化身吧？是她们怕自己孤单专门幻化作洁白的栀子花来与自己相伴？萧静初不敢往下细想，但她又盼望这能变成现实，她们十姐妹重回那美好的时光。

有浆果的地方，距离那片沼泽地不远了。穿过沼泽地，就到了未庄。到时，我们在那里会合。

猛然间，萧静初记起了部队执行任务临走时，团长握着她的手说过的话。

有浆果的地方，有片沼泽地……萧静初重复着刚才的记忆。这意味着她来到了沼泽地的边缘。就在萧静初准备寻找那片沼泽地的时候，夜幕已经降临了。随着周围的逐渐黑暗，萧静初心里明白，白天已经结束，夜晚刚刚开始。为了积聚力量，留给明天穿越沼泽地，萧静初决定就近休息。

已是九月，空旷的田野，到了夜间还是有些凉。萧静初强忍着疼痛，走到一个隆起的地方，坡顶有几块巨石。她在挨近巨石的地方停下来。石块经了白天阳光的照射，余温尚存。她倚着石块，用力裹紧衣服，劳累和困顿集于她一身，使她很快就睡着了。

萧静初睡得是这样甜美。她身负重伤，为了追赶部队，她咬着牙硬是走了很远很远的路，她该好好地歇息了。晚风轻轻拂过她的脸面，她丝毫没有察觉。她靠在石头上的身子动了一下，随即，身子由右侧转向左侧。也许是换了姿势的原因吧，现在萧静初很快进入梦乡。

她梦见部队正在进行文艺演出。女兵们精彩的舞蹈表演，获得了全场的阵阵掌声。接下来，由萧静初表演诗朗诵。萧静初用抒情的表情即兴朗诵了裴多菲那首《我和太阳》，表演之前，她还向大家介绍说这是诗人在一八四五年九月十日至二十四日写于布达佩斯的诗。紧接着，她清了清嗓子朗诵道：

人们都在惊奇地望着月亮,
对着月亮不住地长吁短叹。
哪怕世界上只剩下一个人,
我对他不幻想,也不怀念。

太阳,像是我理想的化身,
阳光啊!你崇高,你光亮!
你是我心灵永恒的欢乐,
我的心对你怀着无限的向往。

我和太阳久已相亲相爱,
我们是一对忠实的情人!
谁能告诉我:我温暖着太阳,
还是太阳温暖着我的心?
……

  就在诗朗诵快要表演完的时候,他们突然被日本鬼子包围。整个部队迅速投入了激烈的战斗。萧静初和战友们拼命和敌人厮杀,搏斗。当她把一个鬼子的头颅砍掉时,鬼子的头颅又自动复原;她又把鬼子的头颅砍掉,可是鬼子的头颅又自动复原了……情急之中她看见炊事班的大老刘在嘲笑她,萧静初气得号叫起来……

  萧静初自梦境又回到现实中,她使劲儿裹紧了衣服,睁开酸涩的眼睛。她看见东方天际处一片灰蒙蒙,天就要大亮了。

  清晨,寂静的田野显得格外古板,没有鸟儿的鸣叫,没有野兔的狂奔,空气显得很沉闷,在这种沉闷的气氛里,萧静初准备赶她的路,她要早日找到部队。经过一夜的休息,萧静初感到身体有了力量，伤口也不再那么疼痛。对穿过眼前这片沼泽地，她变得信心十足起来。

她站在坡顶上，能够很清楚地看到毒瘴四起的沼泽地了，时断时续的蛙鸣声自沼泽地那边传过来，稍稍打破一些沉寂。萧静初从坡顶走下来，在一棵杉树旁停下。这棵拇指粗的杉树，可以用来在沼泽地里探路。萧静初使足力气，先是把杉树扳折，然后又把杉树的枝杈去掉，一个简易的拐杖做成了。这时，她的耳边又响起了团长说过的话：穿过沼泽地不远就是未庄，这是条近路，切记！

当萧静初来到沼泽地的时候，横亘在她面前的情形让她惊呆了。她看到，绵延的沼泽地东西足有十多里路，南北也得五六里多。这片沼泽飘绕着雾气，还不时发出咕咕的气泡声响。忽高忽低的蛙鸣，更给沼泽增加了恐怖的色彩

这简直就是死亡地带！萧静初自语着。

萧静初站在沼泽边，一种绝望感向她袭来。开始，她的身体冷得有些发抖，后来，她干脆蹲在地上哭了起来。

过了不久，萧静初擦干眼泪。饥饿再次向她袭来的时候，她又在沼泽边摘食了些浆果。由于过多采食这种酸性浆果，她的舌根生疼，口中不时淌出黄色的汁液，她的脸也有些肿胖。她已经顾不了许多，她必须穿过这片沼泽，她急切地想要走过这块死亡地带。

萧静初把裤管挽得高高的，走进沼泽地，冰凉的泥水浸到了她腿部的伤口，她感到生疼。她用那根杉树棍打探着走路。沼泽地上飘绕着雾气，眼前都是污泥和腐草，萧静初看了，感到既阴森又凄凉。她每走一步都那么艰难，前脚刚从泥水中抬起，后脚也必须迅速用力抽出，这样走出没几步，她的鞋子已深陷在泥水中了。她顾不上寻找自己的鞋子，稳稳地用杉树棍打探着往前走，虽然还没有走出多远，但她的力气已消耗了很多。起初，萧静初内心胆怯，冷得直发抖，时下，她全然顾不了这些。生命比胆怯，比寒冷，甚至

比疼痛更重要。她只有走出这死亡之地,生命才会被赋予新的意义。

萧静初走到沼泽地中心时,离她不远处,接连冒出几个很大的气泡,随后飘来几股腐烂的恶臭气味。萧静初斜着绕开此地。这是因为她以前听团长说起过,沼泽地中冒出大气泡的地方,必有深陷的泥坑,须绕过前行。好大的一片沼泽地呀,此起彼伏的气泡发出咕咕的响声,盖过了忽高忽低嘶哑的蛙鸣。稍有不慎,就可能陷入深不可测的泥水之中。萧静初握着杉树棍,既谨慎小心地探路,又大胆准确地前行。

就在她快要到达对岸时,突然听到咕咕的两声。只这两次响声便使她双脚失去了重心,她一下踩到了泥坑里,腐臭的泥水迅速漫过她的膝盖,很快就要到她的腰身了。顿时,萧静初吓得浑身冒出了冷汗。这个时候,不知萧静初哪来的力气,她在右手把树棍横放在泥坑旁的同时,整个身体一下扑在杉树棍上,她使足了气力拼命往外爬,她借助杉树棍,最终爬到了硬地上来。她险些就要爬不上来了。她的心怦怦地跳个不停。她气喘吁吁,力气已经耗尽。不是杉树棍的支撑,她眼看就要倒下了,她摇晃着身子,下巴靠在两手挂着的杉树棍上,大口大口地直喘粗气。萧静初明白,不能在此停留,毕竟还没有脱离死亡地带。

这时,萧静初离对岸只有几米远,岸上那棵不大的山毛榉树,让她看到了希望。她咬着牙,瞅准对岸的山毛榉树,低着头硬是往前走,就在她拽住树枝的刹那间,她一下子瘫在岸上。

迷迷糊糊之中,她看到了遍地盛开着的洁白的栀子花,还有暖暖的阳光。她失去了知觉。

一九四二年九月某日,八路军独立团的王团长,率部执行完任务回到未庄休整。连日来,他踟蹰不安。他已经多次派人外出接应,但始终没有女兵班战士们的消息,这使他内心蒙上了一层阴影。就在他做出种种不祥的猜测时,警卫员告诉他,女兵班班长萧静初回来了。

萧静初躺在团部卫生所的病床上,呓语不止。她蜷缩在病床上,已经奄奄一息。她满脸病容,枯瘦如柴,王团长几乎认不出来了。

王团长握着萧静初的手,萧静初不断地说着难以理解的话。最后,王团长凑到她的耳边才听清。萧静初只是说:九朵,白色的栀子花!

枉凝眉

1

　　初秋的一天晚上，青年诗人贾宝玉走出荣国府，来到垂柳河畔。成排的垂柳，引起他许多美好的遐想。望着修长的柳枝，宝玉在散漫地徜徉。紧傍垂柳河的公路上，赶马人不时带着啸声穿过，使贾宝玉变得烦躁不安。不知过了多久，当那些纤细的枝条轻拂到他的脸面时，宝玉从迷迷糊糊中清醒过来。这时整个大街上已经阒无人迹，他这才发觉时间已很晚，贾宝玉垂丧着脸踅回家来。

　　贾宝玉第一次接到林黛玉来信的时候，林黛玉正在姑苏城做小学教师，她告诉贾宝玉那些幼童渴望读书，但因为家里贫穷，又大多中途辍学了。贾宝玉知道，林黛玉是个责任感很强的女孩，她有着一双迷人的眼睛。贾宝玉在电话里听到林黛玉那甜美的声音，就禁不住自语着说，黛玉妹妹，你是我心里永远的痛。最后，贾宝玉在信的末尾给林黛玉写了一首诗：

　　　　我的河在向你奔来，
　　　　欢迎吗，蓝色的海？
　　　　哦！慈祥的海啊！
　　　　我的河在等候回答，
　　　　我将从僻陋的源头，
　　　　带给你一条条溪流，
　　　　说啊，接住我，海！

2

林黛玉执教的学校,在远离姑苏城的郊区的子乌镇。自从母亲去世后,父亲林如海因忙于仕途事务,无暇对她加以照顾,便把黛玉托付给在子乌镇教书的鸟先生。鸟先生见林黛玉识得些诗文,还不时作些歪诗,加之学校教师短缺,也就让她执起教杆当起了老师。鸟先生微有些驼背,已经接近退休年龄。每天早晨的早课仪式,鸟先生扯着嘶哑的嗓子做着主持,他那干瘪的手指举过头顶时,面容庄严肃穆。林黛玉站在队伍前面,望着鸟先生的背影,内心有股说不出的酸楚。早课仪式结束后,林黛玉回到办公室里,心想,鸟先生的现在,可能就是自己的将来。

每当林黛玉想到这些,她就更加思念起宝哥哥来。宝哥哥身居京华,何等气派。有一天,黛玉从报纸上知道了贾宝玉出版的那部名为《大观园诗草》的诗集,刚刚荣获了美国的惠特曼诗歌大奖。这对于喜爱文学,尤其钟情诗歌写作的黛玉来说,是一个令她激动万分的消息,她想见到宝哥哥的心情也更为迫切了。她早就听说宝玉因和父亲贾政的政见不同,已经搬出了荣国府。起初,袭人为了缓和父子的关系,专门做贾宝玉的工作。无奈宝玉对袭人的细心说教根本听不进去。最后,贾政叹了口气后对袭人说,你还劝他作甚,这是个不肖之子,一切就由他去吧!

自从宝玉搬出了荣国府,黛玉便不知道了他的确切住址,当然更谈不上与他联系了。就在对宝玉朝思暮想的时候,黛玉记起了宝哥哥曾经留给她的手机号码。这真是踏破铁鞋无觅处,寻宝哥哥不费功夫了。

这天，林黛玉深思熟虑过后，抓起了电话机，拨了宝玉的手机，提示音告诉她，手机已经欠费停机。黛玉想，莫不是宝哥哥的手机费，荣国府的人也不管了？

功夫不负有心人，黛玉通过查号台，居然查到了贾宝玉的小灵通号码。于是林黛玉屏着紧张的呼吸，拨通了贾宝玉的电话。

是宝哥哥吗？

你是谁呀？

我是久居姑苏城的林黛玉呀，看来，这么久没有联系，宝哥哥早把我给忘了！

噢，你找宝二爷呀，他现在不在家，去邮政局了。对，过会儿可能就回来。

黛玉听到不是宝玉的声音，更不像袭人的说话声音，她懊悔自己的唐突。她放下电话，一股莫名的焦虑开始袭扰她。她在内心不断地自责。这时，学生们都放学回家，整个校园显得很空旷，那些梧桐枯叶摔落在地上的声音，林黛玉也听得那样真切。挨近六年级三班教室的一棵刺槐上，几只蝉撒泼地鸣叫着，给林黛玉郁闷的心绪蒙上一层阴影。她来到那棵刺槐旁边，蝉鸣暂时停止，可她刚转身走出没有多远，那蝉又歇斯底里地鸣叫起来。忍不下去的黛玉顺势捡起埋在草窠里的砖块，一个趔趄，砖块很快飞到那棵刺槐上。受到袭击的蝉咿咿呀呀地飞散的时候，黛玉禁不住笑了起来，郁结在心中的块垒也随之烟消云散。她为自己的举动感到好笑。为一个小小的生灵发这样的脾气，黛玉认为实在没有必要，何苦同自己过不去呢。这样想着，黛玉也就为自己找到了解脱的理由。不知不觉间，黛玉已经来到操场。距离不远的秋千架，引起她许多兴趣。她坐在秋千架上荡来荡去，感到很是惬意，于是，心情也跟着舒展开来。

学生们背着书包走进学校门口的时候，黛玉正在屋里擦拭着她那白皙的脸庞。之后,黛玉躺在床上,又看起那本《狄金森诗选》来。黛玉对这位美国诗人崇拜得五体投地。她向往狄金森那田园牧歌式的生活,她甚至能背下狄金森不少优美的诗篇。有时候,黛玉会拿宝玉写的诗与狄金森作比较,而每到这个时候,黛玉就会感到幸福和激动。不知什么原因,黛玉居然给宝玉写起信来,至于信中写了些什么,黛玉自己也弄不清楚。在信的末尾,黛玉把自己那首流传千古的名诗赠给贾宝玉。但愿我是,你的夏季,当夏季的日子插翅飞去!我依旧是你耳边的音乐,当夜莺和黄鹂精疲力竭。为你开花,逃出墓地,让我的花开得成行成列。请采撷我吧,秋牡丹,你的花,永远是你的!

3

宝玉在一个阳光明媚的午后来到子乌镇。他刚踏进学校的大门,远远地,就看到操场一隅,一个女孩正在尽情地玩秋千。女孩在秋千架上荡来荡去的身影,宝玉觉得似曾相识。当他兴冲冲站在女孩身边时,女孩玩兴正浓,并没有发现他。宝玉用力咳了一声,秋千架上的女孩才停止了自己的嬉戏。当他俩情不自禁地相互喊出名字时,两人竟然仰天大笑起来。等这些过去以后,望着宝玉有些疲惫的面容,黛玉讪笑着说,玩秋千比写诗有意思。宝玉皱起眉头,他对黛玉的话感到百思不解,这写诗与玩秋千有什么内在联系?贾宝玉自语道,莫非她已不是从前的林妹妹。

一阵凉风吹来,林黛玉捋了下被风吹乱的美发。他俩迈着散淡的步子,行走在并不宽阔的操场上。不一会儿,林黛玉领着宝玉走进她的寝室。林黛玉寝室的墙壁上贴有健美的影照,屋里到处弥漫着法国香水的气味。贾宝玉看到在林妹妹睡的樟木床上靠近枕头的地方，放了一张漫画：秋千架上的女孩嬉笑着，身边的男孩正在拘谨地帮她推秋千。

你喜爱诗歌，也喜欢漫画吗？宝玉无意间问道。

仅仅是喜欢而已。

你真是秋千架上的女孩？

该不是大发诗兴吧。黛玉有些疑惑不解了。

我见到你的时候，你正在玩秋千，屋里的漫画上，你也正在玩秋千。过了一会儿，贾宝玉又说，倒不知，秋千架旁的男孩是谁？

你猜是谁呢？我想你应该知道。黛玉红了脸说。

假设我没有说错的话，宝玉用目光盯着林妹妹，有点揶揄地说，这一准是与你同班教课的老师吧！

看你的表情，你是不是很自信？黛玉开始有些不高兴了。她脸上的红晕逐渐消失，代之而来的是愠怒。

对了，柳河边的那片苜蓿地，你去过吗？

为了缓解这紧张的气氛，林黛玉若有所思地说。

到底是林妹妹呀，说话也是那么有滋有味。宝玉眯起眼，笑呵呵地说，柳河边的苜蓿地，够我写上一筐诗。

贾宝玉和林黛玉来到那片宽阔的苜蓿地时，苜蓿地的尽头，牧羊女挥舞着手里的鞭子，呵斥正在啃食草棵子的羊群。紧傍苜蓿地的柳河里，茂密的芦苇经风吹打发出阵阵沙沙的声响。在这样一个撩人的季节，贾宝玉注意到，柳河里生机勃勃的芦苇抖动起来，简直就是一个个美妙的音符，而这葱郁的苜蓿，分明是一首首等待他来整理的感人的诗。宝玉和黛玉在苜蓿地与柳河接合部一个隆起的地方坐下来后，两人被这美景感染，激动得不知说些什么。

不知过了多长时间，宝玉怦怦跳动的心，在他抓住林妹妹右手的同时开始凝固，他变得呼吸有些急促起来。他屏住呼吸，刚想说点什么，可喉咙像堵了什么东西。他嘴动了几下，最终也没有哼出声音。就在宝玉思绪纷乱的时候，林黛玉已身不由己地依偎在宝哥哥的怀里。黛玉柔软飘逸的黑发，散发出诱人的玫瑰花香。宝玉被这花香吸引，内心涌起一股躁动，他像是在吟诗，又似在呓语。

  我的河在向你奔来，
  欢迎吗？蓝色的海？
  哦，慈祥的海啊，
  我的河在等候你的回答，
  我将从僻陋的源头，
  带给你一条条溪流，
  说啊，接住我，海！

  一番灵魂的撞击，一场绵绵的细雨。两人都觉得乏了，累了。直到那牧羊女重又出现在他们的视线里，林黛玉才从贾宝玉的怀里挣脱出来。她赶忙理了理那散乱的黑发，瞅着宝哥哥说：
  刚才那首诗，觉得很熟悉。
  贾宝玉笑着说，活脱脱像这片苜蓿地。
  人家跟你说正经话呢，就知道笑，这首诗是我抄录在日记本上的，你怎么发现了，难道你偷看过我的日记？
  贾宝玉好像全然没有听到林妹妹的这些话语，他对林黛玉郑重地说，《海棠诗社》杂志的朋友，让我帮他物色一位诗歌编辑。你写的那些诗，我全看了。我觉得你挺合适。再说到了杂志社，我们就可以天天见面，不再受相思之苦了。
  林黛玉眼里含着泪，她深情地望着贾宝玉，想要说些什么，却被一阵此起彼伏的蛙鸣声打断。这时，柳河欢快的流水，不时拍打两岸，发出奇异的声音，让黛玉想起过去看过的一些恐怖电影。黛玉瑟缩着。她抓住宝玉的手放眼望去，一簇簇蓬勃的苜蓿稞子染上了红晕，已经是夕阳西下的时候了。她和宝玉手挽着手，沿着来时那条崎岖的小路返回学校。这时，学生们唱起悠扬的歌声，迈着整齐的步子，正在陆续放学回家。遥远年代的歌曲，仿佛将林黛玉带到已逝岁月的美好回忆之中。

敞亮而又空旷的操场上，挨近东围墙边的秋千架，把林黛玉和贾宝玉吸引了过去。秋千架上的林黛玉露出笑意，她在憧憬着美好未来，脸上写满了惬意。在她身旁，贾宝玉乐不可支地为她推秋千。林黛玉那荡来荡去的影子，在初秋夕阳的余晖里，定格成了一道美丽的风景。

4

《海棠诗社》杂志的主办人贾雨村第一次约见林黛玉，是在一个星期三的上午。林黛玉在贾宝玉的陪同下来到杂志社。这时，贾雨村已经是个秃顶的中年人，他戴着一副高度近视镜，眯起细眼瞅了瞅林黛玉。当林黛玉按照贾雨村的详细询问，逐一具体地作了回答，贾雨村的眼睛笑成了一条缝。就在贾雨村决定录用林黛玉时，坐在身旁的贾宝玉站起身来说了些致谢的话语。贾雨村把林黛玉今后的工作交代清楚，就被早已等候在汽车里的司机接走了。

林黛玉由社里的同事引导，分别和编辑们见过面。同时，她还了解到了编辑部由诗歌、评论、美术组组成。林黛玉自然被分到诗歌编辑室，室主任南先生是贾宝玉的朋友。在林黛玉到杂志社之前，贾宝玉向南先生介绍了林黛玉的工作经历后说，情况就是这样，请南兄看在林妹妹的天资和才分上，多帮忙。

南先生坐在竹篾编织的椅子上,点燃了一支烟,用力吸了几口,然后说,帮忙那是自然的了,朋友嘛。我竭力举荐,但是最后还是社长定夺。

贾宝玉免不了奉承南先生说,我知道南先生在社长面前说话的分量。只要南先生开口和社长说,事情也就一锤定音了。说到这里,两人都会心地笑了起来。林黛玉就这样顺利地调到了杂志社。

林黛玉永远也忘不了自己离开子乌镇学校的时候,鸟先生微驼着背,送她走出学校大门的情景。老先生一手帮她拎着行李,一手握着拐杖,林黛玉奇怪,鸟先生不知何时拄起了拐杖。这时,她多么希望老先生对她讲上几句话,哪怕是批评上她几句,她也会心安理得。可是,鸟先生始终一句话也没有说。最后,鸟先生目送林黛玉远去的背影,又望了望操场一隅的秋千架,眼睛潮湿起来,过了很久他才自语着说,又一只小鸟飞走了。

5

林黛玉是在一个风和日丽的日子来到杂志社工作的。一大早,林黛玉从朦朦胧胧的睡梦中醒来,发现柔和的太阳光线已经射进屋里,她慵懒地伸了下腰,也便开始起床。茶几上零乱的杯盘和酒瓶,使林黛玉感到租住的这间房子的狭小。昨天晚上,当宝玉举起那盛满红葡萄酒的杯子,用异样的眼神直视黛玉,同黛玉商议两人的婚期的时候,黛玉的笑靥就像秋日正在绽放的向日葵一样,更加灿烂妩媚了。

南先生的说话声,打断了林黛玉的思绪。南先生告诉林黛玉,每月除去组编完分管的专栏稿件外,还要拉上几个广告,解决办刊经费问题。这在社里,除去社长,各编辑室从主任到一般编辑,都得无条件地去完成。末了,南先生还对林黛玉说,平时多与一些企业加强联系,在做好编务工作的基础上,可以文企联姻,请企业家们提供提供赞助。林黛玉这才明白,为什么刚才社里的同事,不断地和企业的老板进行电话联系。

林黛玉把这些话说给贾宝玉的时候,贾宝玉一筹莫展地说,约一些名家为刊物写些高质量的作品还行,向企业拉广告赞助,可就不是那么简单的事情了。不过,让我想想办法。

一个多月的时间过去了,林黛玉为没有完成广告任务变得焦躁不安起来。尽管贾宝玉也中断了他的诗歌写作,为林黛玉东奔西跑,临了,也还是没有拉到广告赞助。贾宝玉不少熟识的朋友都说,诗歌写得好好的,拉什么广告呢!

就在林黛玉万般无奈的情况下,还是报纸上的一条信息解了她的围。林黛玉按上面写的电话,试着拨出了号码。一位自称姓焦的人接了电话。林黛玉在电话中说了广告的事情,对方停顿了片刻后说,明天上午八点,在办公室商谈。

第二天上午,林黛玉如约准时赶去见姓焦的公司负责人。这个位于市区中心的公司,是家专门开发经营房地产的企业,电视广告上常见的玫瑰园和鑫园别墅区就是这家企业的得意之作。林黛玉在公司办事人员的引领下,来到三楼焦先生的办公室。你道焦先生是谁?焦先生本名焦大,原是和林黛玉熟识的。他在荣国府守门大半生,见一块来到荣国府的伙计,有的当了处长,有的混了正厅级,而自己仍在干着守门的营生,内心甚是不快。一天下午,他便找到凤姐,提出要么当个保卫科科长,要么涨涨工资。正巧凤姐刚从贾母处请安回来,见焦大找她伸手要官,气也不打一处来,把焦大狠狠地训斥了一顿。满心委屈的焦大一怒之下下海经商,办起房地产开发公司。几年下来,焦大已是穿皮尔卡丹、吃生猛海鲜的阔佬了。焦大那宽敞明亮、装饰豪华的办公室，让林黛玉头晕目眩。焦大伸出肥胖的大手，握住了林黛玉纤细白嫩的小手。

林黛玉坐下以后把广告设想与焦大一说，焦大当即拍板，并赞扬林黛玉的广告创意不但新颖，而且有一定的品位，对企业提高品牌知名度，有着不可低估的宣传作用。更让林黛玉喜出望外的是，焦大还预付了部分广告设计费。

在归来的路上，林黛玉满脸的喜色。她认为这是到杂志社以来，自己工作最成功的一次。下午，就在快要下班的时候，林黛玉接到了焦大的电话，焦大晚上要请林黛玉吃饭，同时，还有一些广告上的事务要详细商谈。林黛玉接完电话，编辑室的同事都向她投来欣羡的目光，南先生还说，黛玉初战告捷，一下子逮住了只大鸟。

在锦华大酒店的豪华宴宾室里，焦大与林黛玉侃侃而谈。林黛玉来到宴宾室的刹那间，就感到一种不祥的氛围。偌大的包房里只有他俩。焦大在频繁举杯的同时，目不斜视地看着林黛玉开怀畅叙。林黛玉从焦大的言行中，看到了他的豁达，林黛玉起初的担心又转瞬即逝，她觉得这才是真正的生活。须臾间，林黛玉开始向往这样的生活方式了。在焦大告诉林黛玉，玫瑰园有她的一套别墅时，林黛玉还疑心自己听错，当看到焦大手中的那串钥匙时，不喜饮酒的林黛玉端起酒杯一饮而尽。

焦大又说，过几天南方的生意需要去处理，林小姐能否同行？林黛玉笑而不答。

贾宝玉在林黛玉的寝室里等得不耐烦的时候，林黛玉正从酒店里走出来，她坐进了停靠在酒店门前的焦大的车里。贾宝玉在林黛玉寝室窗前走来走去，他看了下表，已是午夜时分。贾宝玉躺在林黛玉睡过的枕头上，气呼呼地自语道，都几点了，林妹妹还在办公室编发诗歌。

尾声

  几天以后，《海棠诗社》杂志主办人贾雨村的办公桌上，摆放着林黛玉寄来的辞职信。诗歌编辑室的南先生叫来了好友贾宝玉，贾宝玉看到林黛玉那娟秀的字迹，半晌没吭声。就在他们离开编辑部的时候，南先生送他到门口，贾宝玉只是吟诵那首流传至今的千古名篇：

  一个是阆苑仙葩，一个是美玉无瑕，
   若说没奇缘，今生偏又遇着他；
   若说有奇缘，如何心事终虚化！
   一个枉自嗟呀，一个空劳牵挂；
   一个是水中月，一个是镜中花。
   想眼中，能有多少泪珠儿？
   怎经得秋流到冬尽，春流到夏！

金
鱼

1

来到成都的时候,这里刚飘过一场细雨。地面显得洁净和潮湿,空气清新也凉爽。说实在的,女儿远赴成都工作,起初我不同意。原因很简单,那就是女孩子离家太远,我这个做父亲的不放心。

现在高铁飞机这么方便,还有距离远近之说吗?女儿总是有她的道理。所以,刚出家门坐在汽车里,甚至在去济南机场的路上,我也压根没认为,这是陪女儿去工作单位报到,心里总是想,这分明是要到哪里长途旅游呢。

因为女儿单位解决不了住房问题,租房也就成了当务之急。房产中介是个张姓青年,他高高的个头,看上去很精干的样子。他乐此不疲,一会儿带我们到这里,一会儿带我们到那里,在欧尚和一品天下街衢,我们转来转去,他在前面匆忙走,我们在后面赶忙跟。看到他右手摇来晃去的情形,我仿佛看到,他用一条绳子,牵着我们在这座城市来回溜达一样。想到这些,内心感到非常好笑。他带我们看过公寓楼,也去过出租屋,到头来,不是设计不合理,就是紧靠街道,摊贩的嘈杂声,让人心烦。我起先想,在毗邻女儿单位的地方租房合适,成都是个多雨的城市,和单位挨得近,无论下多大的雨,手中撑把伞,就可以走着路去上班。所以,单位旁边的那座高层建筑,成了我们租房的首选。只是,到中介那里一问,现房没有,两周后或许会有住户出租。听到这里,我和女儿无奈地笑了。

连续几天没有找到合适的房子,我们有些焦急。女儿苦笑着说，租房子不会比找工作还难吧？回到酒店里，女儿看出了我的疲惫，下午她执意自己和中介去看出租房，让我在房间休息。临出门时我叮嘱她，房子是你住，只要看着合适，租金高低不用考虑。

女儿走了以后，我自己在看电视，斜躺在床上，不知不觉睡着了。梦见给女儿找到合适的房子，正置买必需的家具用品，忙得不可开交，这时，手机铃声响了。是女儿打来的电话，她告诉我，上次紧挨单位的那座楼有房出租，并且去看过，觉得还算合适。

我说，好啊，只要你觉得住着合适，就签合同。向来乖巧的女儿非要让我过去看后，她才确定是否租房。

接完电话，我起身望着窗外，天已经黑下来，街车的灯光或明或暗闪烁着，沿途的店铺经了夜灯的照耀，更加富丽堂皇。成都的夜色灵动飞扬。

晚饭在就近的餐馆进行。其间，看得出女儿为终于找到合适住所，脸上绽放了笑容。她说，住在高层既安全又清静，房子不仅采光好，结构也比较合理，只买点简单的生活和床上用品，就可以搬进去住。说完这些之后，她又说起了现在要搬走的住户，名叫艾西米。

艾西米，好奇怪，很好听的名字呀。我禁不住失声喊了出来。

女儿接着说，她是一个很有品位的人，那么狭小的空间里，她竟然布置得别具风格，富有情调，让逼仄的空间，显得阔大敞亮起来。

太夸张了吧，你是学法律的，怎么用哲学的眼光去评判一个人。我见女儿喋喋不休地赞美艾西米，不屑一顾地说，你才和她见过一面呀，怎么说了这么多。

女儿好像没听到我说的话，她用筷子夹起菜吃了后继续说，中介告诉我，她在这里住了两年多了，是什么银行的职员，每天进进出出的，看上去很忙碌。

我说，这些我知道，银行工作比不得其他，需要认真谨慎，无论哪个工作环节，都来不得丝毫大意，他们每天工作下来很辛苦。吃完饭，女儿最后说，和他们约定明天中午看房签合同。

　　回到房间，艾西米这个名字填满我的思维。听女儿这么不经意的述说，我倒觉得艾西米有些神秘。于是，就想见到艾西米。我在想，是不是每个人对未知的人和事，都抱有强烈的好奇之心呢？

　　第二天中午，那个高个子青年小张，带着我们和这栋楼的女中介见面后，女中介在前面引领着我们来到租房处，由于事先约好时间，实际上艾西米已经开着门在等我们了。在小客厅一隅，一个不大的鱼缸引起我的兴趣。鱼缸里面养了金鱼，金鱼在水中游来游去，一会儿潜入水底，一会儿浮到水面，自由自在。

　　趁中介说着话，我在房间转了转，不经意间，我瞅了下艾西米，她修长的身材，看上去有些偏瘦，棕色的波浪式披肩发。尽管她说话轻声细语，仍然显得优雅自信。看到这里，我不仅怦然心动。在这里，在这样的场景下，遇到艾西米，也就想认识她。怎奈，话刚一出口，女中介就表现出十分不满意的样子说，你只能和我联系，不能和住户单方说话，这是我们的行业规则。

　　这时，我才清楚，女中介这样说，是出于担心我和艾西米联系后，她拿不到中介费。而我联系艾西米，是想请她喝杯咖啡。为了打消她的顾虑，我接着告诉她，你放心，中介费一分也不会少给你。

　　虽然这样，女中介还是不放心，她坚持不让艾西米说给我联系方式。看到艾西米为难的情形，我冲着女中介说，你们这是墨守行规啊。

　　很快，女儿付好房租，签了合同。在下楼的间隙，青年小张把艾西米的手机告诉了我。

　　回到酒店，我在房间里踌躇起来。请她喝杯咖啡，怎么向她开口呢？总不能太冒失呀。想到这里，我不由自主给她打了一个电话，响铃是一首《冷冷的夏》。电话接通后，我询问她什么时候可以搬家。其实，我本意并没有催她搬家的意思，只是想请她喝杯咖啡。可是，谁料想，到头来竟然词不达意，反倒弄巧成拙，成了催她搬家了。

2

遇到艾西米，是偶然的事情。回到酒店，艾西米的影子挥之不去。难怪女儿不停地赞美艾西米。就在签合同的时候，我还发现在艾西米茶几下面，整齐摆放着一包女士香烟，突然很想看看她吸烟的姿势，和吸完香烟后那种超然的情形了。想到这里，我干脆给艾西米"空拨"了一个电话。铃声仍然是那首《冷冷的夏》。

艾西米见我挂断了电话，发了一条信息过来，她问，你有什么事吗？

对不起，我可能打错电话了。我也不知道，怎么给她回了这么莫名其妙的短信。

晚上我们一起吃饭可以吗？餐厅由你来定。

当然了，成都我没有艾西米熟悉呀，显然，我同她这样说是有道理的。

过了不长时间，艾西米回短信说：莲影餐厅206号。

艾西米还在短信中说，在峨眉电影制片厂附近。虽然没有去过峨眉电影制片厂，但是，峨眉电影制片厂曾经拍过不少好电影，对电影情有独钟的我自语着说，艾西米就是艾西米，选择餐厅也富有诗意。于是，我在臆测着，艾西米究竟会穿什么衣服来呢？她还会穿牛仔裤来吗？在她的住处，她穿着牛仔裤，活脱脱美国西部女仔的样子，很是迷人。身材高挑的艾西米，也许会穿着一袭绉纱料裙子，出现在我面前。我想，这些都有可能。

3

和艾西米第二次见面是在一起喝咖啡。她刚落座，从她愁眉不展的脸色，我就看出她有些郁郁不快。她满腹委屈的样子，好像有许多话要和我说。她右手端起咖啡喝了口，随即又轻轻放下。过了一会儿，艾西米好像平静了下来。她燃起一支香烟，一边抽着香烟，一边和我诉说起来。

艾西米说，简直烦透了，每天还没出门，客户的电话就不停地打了过来。他们借贷还贷的声音不绝于耳。她说，她经常要到客户单位去催贷，有时候，遇到客户态度不好，艾西米也控制不住情绪。有时，她会拍着桌子指着他们说，年初你来贷款的时候是怎么说的，你的承诺呢，你的诚信呢，现在都跑到哪里去了？

艾西米气呼呼地坐在客户对面，右手也在不停地抖动，待心绪稍微静下来后，她又说，对不起，我性子急，请多包容。

其实，以前的艾西米说话语气平缓，娴静淑雅，人人夸她懂事灵巧。艾西米接着说，可是，当她工作几年后，人们发现她像换了一个人似的，走起路来匆匆忙忙，和家人说话也是心不在焉。所以，发现这种情况以后，一天吃过晚饭，她的妈妈便关切地说，看你现在性子这么急，你以前可不是这样的啊。

艾西米便和母亲说，每天从早忙到晚，任务这么重，能不着急吗？

是啊，单位三天两头要开调度会、通气会。每次开会艾西米和她的同事就像临上战场冲锋的士兵一样。会后，艾西米经常悻悻地说，开会就能把指标完成吗？真是幼稚啊！

艾西米说到这里，停了下来，叹了口气，便不再说话。她重新点了支烟，右手端起咖啡，慢慢地啜饮起来。我坐在艾西米对面，仔细地观察她，总想从她白净的脸上，读出她内心的一些东西，但最终还是枉然。

4

因为女儿准备工作上的事情，我也无事可做，日子显得百无聊赖。正准备预订返程机票的时候，艾西米打来电话。她在电话中说，她们单位明早要到郊区组织活动，约我一起去。我知道，艾西米也喜欢到郊区呼吸呼吸新鲜空气，她曾经说，她早就想逃离这个单位，逃离这个城市了。

清晨，薄雾还未散去，飘飘绕绕着在浣花溪袅袅升腾。这时，我和艾西米已经坐在摇摇晃晃的汽车里了。她一副倦怠懵懂的神态，眯着眼，好像没有睡醒的样子。

或许是车上颠簸，过了一会儿，艾西米揉揉惺忪的睡眼，凑近耳朵和我说，这次参加活动的，有红太狼队和红太阳队两队。艾西米分在了红太狼队，并担任队长。活动的内容是拔河比赛。获胜方的领队，会被输的一方簇拥着抬进部落。所谓部落，无非就是临时搭建的两米高的红房子，然后由输的一方为获胜方扯着嗓子吼上几首歌。说到这里，艾西米还想说些什么，汽车已经在阔大院落旁停了下来。

向来争当冠军的艾西米，迅速让队员们列队集合，她拿出战前出征动员的神态，为队员们讲解策略，做战前动员。我则在旁边草坪上坐下来，近距离观看双方的鏖战。

只见她刚激情澎湃动员后，队员们便士气高昂地发出"红太狼胜利！红太狼胜利！"的欢呼声。

接下来比赛开始。在此起彼伏的雀跃嘈杂中，红太狼队和红太阳队不分胜负。双方铆足了劲，拉满了弓，群情激昂，都志在必得。艾西米站在长长的队伍前面，一动不动。她攥紧双拳，额头蹙出了一道一道细线。谁也不清楚，她和队员们在低语着什么，就在这时，红太狼队排山倒海般发力，使得红太阳队溃不成军。最终，红太狼队获胜。红太阳队拥抬着艾西米，一会儿轻轻地把艾西米抛向空中，一会儿又肩扛手抬着艾西米，让她坐到部落首领的位置。艾西米嘻嘻笑着，艾西米正襟危坐，在部落首领的位子上，她抿起嘴，有些羞涩。继而，红太阳队不断唱起歌来。

这时，我从草坪上站起来，暗暗向艾西米竖起了大拇指。也是在这时，远远可以看到，坐在部落首领位置的艾西米，脸上泛起了红晕。

5

工作这些年，艾西米说，她遇到过形形色色的客户。

有个做期货贸易的，名字叫张什么来着，她已记不太清楚。有一次，艾西米和我讲起了这件事。她说，这人六十多的年纪，生意做得不错，每次放给他的款子，都能如期到账。这天清早，艾西米还没出家门，就接到他打来的电话，说晚上要请她吃饭。艾西米本想拒绝，就在犹豫不定时，对方接着说，还有你熟悉的朋友，请你一定要赏光啊！

张先生的晚宴定在眉山大酒店。他早早来到包间等候艾西米。这是后来艾西米才知道的，艾西米告诉我。

忙完一些资料和表格填充，天已经完全黑了下来。艾西米说，总是觉得时间过得太快。她说，她赶到眉山大酒店的时候，来吃饭的各色人等正鱼贯而入。酒店大厅中央悬挂着镶了金边的巨型吊灯，闪闪烁烁耀眼的白光，刺得她突然有些眩晕。她镇静了片刻，看到偌大的鱼缸里，金鱼在清澈洁净的水中游来游去，许多人驻足排队观看的情形，成了酒店大厅的一道风景。艾西米刚想坐在沙发上休憩，从包间走出迎接的张先生，已经远远向她招手了。来到包间后，艾西米看到能容纳十多人的包间，只有她和张先生。她正在百思不得其解时，腹部鼓得气球似的张先生招呼她落座。

张先生和服务生耳语的时候，艾西米仔细瞅了瞅他。他看到张先生许是胖的缘故，脖子有些短，耳垂厚厚的，就连他扶在桌上的手指也圆圆滚滚。张先生还在和服务生私语着什么。他说话时，本没有几根发丝的光亮的头顶，也两边一翘一翘。张先生似乎觉得有点失礼，赶紧回过头来，冲艾西米笑着说，几位朋友临时有事来不了，让我多敬你几杯酒。

张先生说话时满口黄牙暴露无遗。艾西米看到他的两排黄牙，腹中止不住翻腾，强忍着没有吐出来。张先生以为她身体不舒服，斜着眼关心地说，艾小姐，没关系吧，要不要喊医生？

艾西米拿了纸巾擦擦嘴角，摆摆手说，没关系，不要紧的，只是看到了金鱼，有股说不出的滋味！

金鱼，什么金鱼啊？张先生不解地问道。

大厅里排队看的金鱼。

大厅里？金鱼？我怎么没看见呀？张先生更加疑惑了。

两人说着说着，服务生端菜上酒了。张先生给艾西米斟上红酒，又不断张罗着往艾西米菜碟里夹菜。张先生忙碌的样子，反倒让艾西米不好意思起来。起初，艾西米以为张先生是为了一笔款子的事，可张先生却只字不提钱的问题，他仍然说些无关紧要的话题，还是不停地劝艾西米喝酒吃菜。慢慢地，艾西米变得烦闷和不高兴了。张先生或许看出了艾西米的表情。

　　我叫你西米可以吗？张先生思索了片刻，喏嚅着说。

　　你也知道，张先生紧盯着艾西米说，我现在很有钱呢。

　　对了，看你们平时工作很辛苦，张先生转了话题说，不要再去上班了。

　　你是金丝鸟，待在笼子里多好啊！说到这里，张先生只是嘿嘿地笑。

　　听到这里，艾西米愠怒了，她强忍着喝了口酒，没有喷出来。

　　张先生又往艾西米身边靠了靠，他想继续说些什么，但她看到艾西米直视着自己，想说的话终于没有说出来。

　　短暂的沉闷之后，艾西米拿着酒杯，忽然站起身来，不声不响，极其优雅地，把酒浇在了张先生的脑门上。然后，艾西米若无其事地轻声离去。张先生用纸巾揩了揩脸，呆坐在那里，却什么话也没有说。

　　和我讲这件事情的时候，甚至直到这件事叙述完毕，艾西米都那么坦然，就像什么都没发生过一样。

6

　　艾西米搬走以后，我和女儿买了些生活用品，在这里安顿下来。看着女儿一切就绪,我准备返回济南。临行前,我给艾西米打了电话,告诉她我要回济南的事。

电话接通,还是那首《冷冷的夏》。

这次再听这歌词,禁不住内心有些颤抖……想着他,想他那夜说的话,木棉花,怎能灿烂一季夏。怪只怪那时不明白话中话,木棉落尽我才发现我好傻,我真的好傻,我好傻,我好傻……多情的泪纵然温暖,暖不了黑夜长长,落寞随风飘荡轻轻唱,今夜好凄凉……王芷蕾唱得让人好苦涩,好酸楚,好疼痛!

艾西米告诉我说,晚上在良木缘咖啡馆见面。

就要离开成都了,不知什么原因,心里竟然有些舍不得,我发现我已喜欢上了这个城市。是因为艾西米,还是其他缘由,说不清楚。

黄昏时,天空飘起细雨,并且越下越大。在赶往咖啡馆的路上,我任凭思绪漫无边际,就这样胡思乱想着来到了良木缘。选好位置后,在等待艾西米的时间里,我环视了下咖啡馆,幽暗的橘黄色灯光下,包厢里的男女在轻声细语着。很快,艾西米也来到了。因为我已吃过饭,点了咖啡后,我又给她要了吃的东西。来时很多话语要和艾西米说,可是,等到两人见面了,又一句话也说不出。坐在那里,两人相对无言。

明天几点的飞机?还是艾西米打破了这沉默。

中午两点起飞。我看着她轻声地说,不知什么时候还能见面?

她小口喝着咖啡,低头不语。

想和朋友开家酒吧。艾西米显然早有准备。

那你银行的工作,也是人们向往的职业啊!

和在莲影餐厅吃饭的朋友一起做,你不知道,在成都,酒吧生意不错。

投资有风险,毕竟你没做过生意呀!也许我的担心多余,可我不能不这么说。

每天很累，有些够了。不知她说的够了是什么意思。

说说你自己，怎么会这样？话一出口，我倒觉得有些冒失了。

唉，她叹了口气，不无忧伤地说，是他背叛了我。开始我并没有发觉，但到后来他俩已是难舍难分了。

你这么漂亮，哦，对了，说漂亮太庸俗，你这么美丽，他也舍得吗？

艾西米接着说，我发现后给过他反思的机会，我们专门出去旅游。可是，旅游途中他俩仍然联系。没办法只能分手呗！

其实，他人长得很帅，心地也好。看得出，艾西米现在仍然深爱着他的前夫。

三年了，我压抑着自己的痛苦，自己的忧愁，还有自己的悲伤，既要照顾好孩子，让他不受影响，又要努力做好工作。很累，内心真的很累，可又无处去诉说。

尽管光线很暗，我还是看出艾西米哭了，她哭得很伤心。我举着餐巾纸，准备递给她，想让她擦拭一下眼泪，不知什么原因，手在那里举着，话却怎么也说不出口。

好在，儿子有出息，现在他已经读大二了。不知过了多长时间，艾西米擦去眼泪，又不无自豪地说。

对不起，我不该说这让你伤心的话题。

艾西米摇了摇手，她不以为然地说，没关系，缘分有浅有深，只是我们缘分已尽。

很想，很想变成金鱼，无忧无虑，自由自在地活着。艾西米叹了口气，一副无奈的样子。

这时，外面雨越下越大，雨滴打在窗子上发出啪啪的声响，在室内听得很真实。

到后来，我已记不清怎么回的酒店，更不知什么原因，那杯咖啡我虽然没有喝下,但仍一夜无眠。第二天在飞机上回望成都,我仿佛看到了艾西米的影子。

几天以后,艾西米给我打来电话,她说,自己做了一个梦。她梦见自己变成了一条金鱼,在阔大的汪洋里遨游,空气那么清新,水也是蓝蓝。

玻璃鞋

若木写下小说题目的时候，李小雪的音容笑貌又浮现在他的眼前了。很长时间以来，李小雪占据了若木的整个灵魂。独自在办公室，或者在家里时，他都会不由自主地想起李小雪。李小雪那羞涩的笑靥，搅扰得若木失魂落魄。若木每天晚上都会梦见李小雪在向他招手。

窗外响起了沙沙的声音。若木抬起头侧脸望了望，天空已经飘下绵绵的细雨。这让若木记起了昨天的朋友聚会。酒席开始之前，若木从白瓷刻花盘中抽到了酥饼，酥饼签中的字条上有这样几行字：她在痴痴地爱恋着你，为啥还无动于衷？当时，若木被字条上的这句话折腾得彻夜难眠，甚至几次抓起电话又放下，放下后又抓起来，最终还是没有把电话给她打过去。

就在若木思虑着打电话的时间里，李小雪两手正在键盘上弹钢琴般忙个不停。剧本中那些分镜头简直让她着了迷。李小雪被剧情中冯彩莲小姐和王五爷练排枪阵法的气势倾倒。有几次，李小雪竟然把冯彩莲小姐当作了自己。分镜头打到一半，李小雪离开计算机，长长地嘘了口气。

这个该死的若木，他怎么把民国初年的事情编撰罗织到小说中。依他的年龄，他是无论如何也不清楚上个世纪零零碎碎的断片的。这些故事为何出现在他的小说中，李小雪实在弄不明白。当李小雪又坐回到微机前面时，若木写的那本小说，又把她的视线吸引了过去。她随手翻到扉页上，一位文化名人为若木写的序言，让李小雪从疑惑和茫然中解脱出来。这篇题为《营造遥远年代的童话》

的序言，用不长的文字把若木的小说风格介绍给了读者。更重要的是，李小雪从序言文字中了解到了若木的人生轨迹。在这之前，李小雪只是看过书中的一些片断，有时还为那些情节激动不已。所以，有一次剧组开完会，她竟然当着众人的面，赞叹起若木小说的好来。冯彩莲小姐独自到了乌镇逛鸟市，和她同王五爷邂逅的情景，如在李小雪的眼前。导演选中若木的这部小说作为母本，是否被这些情节所吸引也未可知。想到这里，李小雪又沉浸在王五爷和冯彩莲小姐那恩恩怨怨分分合合之中了。

若木和李小雪同在电视台的电视剧制作部。作为制作部副导的李小雪，每天不厌其烦地给导演看剧本，选择刊物公开发表后可供改编的小说。而若木作为台里的小说家，也时常写点电视短剧。在他兴致高的时候，还为报纸写些应景短文。这些短文多是他的人生感受和读书随笔。李小雪非常喜欢他的这些短文，甚至把这些短文剪贴下来，供自己闲暇时静心阅读。

有一天，李小雪发现若木自己呆坐在办公室里，便迈着闲散的步子，穿过宽敞的走廊，远远地向若木讪笑起来。

你那些短文，比你的小说要好得多。

若木抬起头，直视着李小雪，说，可我写小说比写短文轻松多了。

你这是神经有问题呢！

没等若木发话，李小雪又说，这些短文堪称美文呀！

李小雪说这些话的时候，并没有坐下来。她在房子里来回走路，嗒嗒的脚步声，分明是天籁之音，吸引着若木禁不住低头看了下她的脚。须臾间，若木的眼神变得不同于往常起来。他发现李小雪穿着玻璃颜色的鞋子，那鞋子仿佛不是穿在脚上，而是很得体地悬挂在她的脚趾上，以至于李小雪走起路来，那嗒嗒的脚步声格外悦耳和有韵味。这情景让若木联想到了那些艺人说书用的竹板。于是若木站起身来。他弓腰围着李小雪转了好几圈后说：

你的玻璃鞋，好像在哪儿见过。

李小雪见若木一副痴呆的样子，只是咻咻地笑，并没有吭声。过了一会儿，若木才说：

倒很像说书人用的竹板子。

你这是耻笑还是羞辱我？李小雪变得愠怒起来。

你的玻璃鞋，走起路来发出嗒嗒的声音，若木不无揶揄地说，让我想起了在蒙古温都尔汗摔死的那位元帅。他那坚利的牙齿嚼碎黄豆发出的声音，是多么诱人啊。据说，他身边的警卫员最爱听他吃黄豆的声音了。

若木说的这些话，把李小雪逗得咯咯咯地笑个不停。

你不像是个作家，倒更像个天才音乐家。说到这里，李小雪好似想起了什么，她在若木的对面坐下来，顺手拿起一本杂志，眼瞅着若木，把若木看得红了脸，不好意思起来。

自此以后，李小雪那圆圆的脸庞、柳枝般的身段，和她穿着玻璃鞋嗒嗒离去的身影，印记在若木的脑海里。最后发展到若木一天见不到李小雪的面，就寝食难安。有几次，若木来到李小雪的办公室，想对她表白，可李小雪办公室那来往不断的人流和嬉嬉闹闹的说笑声，使若木原来高涨的情绪受到影响，变得低迷起来。若木几次在李小雪的办公室，用眼睛斜视李小雪，他多么希望这传情的眼神，能够感应她的心灵，继而使她的情绪高涨起来。若木这样努力过多次，可最后也没有达到预期的效果。

就在若木陷入对李小雪炽烈的爱恋之中不能自拔时，喜爱星期天起床前慵懒地看上一会儿书的李小雪，一大早便来到办公室，继续她那些分镜头的编写。她那伸缩自如纤细娇美的手指，在键盘上悠闲洒脱忙忙碌碌的动作，被刚好路过的若木看在眼里。一阵惊喜过后，若木走进她的办公室。

怎么，星期天也不休息？

这还得感谢你才行！李小雪头也没回地说道。

我不明白你这是什么意思？若木有些迷惑，他弄不清楚李小雪为什么不高兴了。

不一会儿，李小雪嬉笑着说，你在小说中过于同情冯彩莲了吧！

我以为哪里又招惹了你呢！原来是话中有话。若木紧锁的眉头又舒展开来。他说，都是些过去的作品，何必为这着急呢。

李小雪又说，都快开机了，分镜头还没有弄完，能不着急吗？

若木在寻找合适的话题，把心中想要说的话，全部向李小雪诉说，可临了，若木竟又觉得无从说起。他只是两眼动情地望着李小雪，把李小雪看得羞红了脸。就在他准备对李小雪表白时，和制作中心打得火热的胖子司机走了进来。一进门，胖子司机便朝若木挤了挤眉眼。他带着昨晚的酒气，大讲起昨晚酒桌上的笑话来，弄得若木无所适从，很是尴尬。李小雪按在键盘上的手指也停下来，并不时被胖子司机的趣谈逗得前仰后合。而若木却怎么也笑不起来。

没等胖子司机讲完那些笑话，若木干脆就回到自己的办公室。他在想着，这是多好的时光啊，都让胖子这家伙给搅坏了。

李小雪在胖子司机离开后，被王五爷和冯彩莲纷繁的戏剧冲突折腾得有些困乏。李小雪在办公室里迈着方步，悠闲地踱来踱去。她那玻璃鞋踩在地板上发出清脆悦耳的声响，传到办公楼静寂的走廊上，继而通过走廊传到若木的办公室。那声音被若木敏感的听觉捕捉到的时候，若木的眼前又浮现出了悬挂在李小雪足部的玻璃鞋。晶莹透明的玻璃鞋，发出嗒嗒脆响的玻璃鞋，简直要被若木视为魔物了。以致这声响，无论在何地出现，都会被若木捕捉到，从而肆虐着他那颗着魔的心。

不知过了多长时间，若木仍在想着，胖子司机是否还在李小雪的办公室？他起身离开办公室，朝着李小雪的办公室走来了，还未待进门，李小雪玻璃鞋发出的嗒嗒声响，已经开始迎接若木了，这使若木感到既亲切又恐慌。他刚镇定下情绪，就发现李小雪那灼热的眼神在瞅视自己了。

怎么，胖子不在了呀？若木避开李小雪的视线，望着窗台上放着的那盆秋海棠对她说道。

胖子走了好长时间了。李小雪装出若无其事的样子，两眼继续瞅着若木说，这家伙一篓子的故事，絮叨个没完。

你的那些分镜头写完了吗？

谢天谢地，李小雪嘘了口气，她接着说，总算赶在开机前全部写完了。

那我今晚请客，向你表示祝贺。李小雪只是两眼眯眯笑着，没有作声。

夏夜的晚风，吹得户外的人们如醉如痴。这座并不年轻的城市每年到了夏季也就变得无规则和无秩序起来，到处是聒耳的嘈杂声和商贩们走街串巷的吆喝叫卖声，燥热的空气让人变得意乱神迷。城市洒水车刚过去不久，街衢两旁就不断拥出一些青年男女，他们在一边说笑，一边嬉闹，然后又大都向新世纪广场奔去。

若木和李小雪从丽都酒店吃完饭，两人不是并排而是一前一后漫无边际地走着。看到周围朝气勃发的青年男女在俏皮地说笑，李小雪紧走几步追上若木，似有所指地说，你满脑子的故事题材，小说写的人物个性还不到位，个中原因就是人物不够活泼！

若木听到这里吃了一惊，他停下缓缓的脚步，看着李小雪却什么话也没有说。刚才在酒店大厅里，喧闹的人群，使若木高涨的情绪变得低落起来。他不想在这样的氛围里对李小雪表白，他早已想好在洒满霓虹灯光的林荫小路上，对李小雪倾诉。这样的情调和意趣，才更符合若木的初衷。

这样想着，两人不知不觉地向着熙攘的广场走去。若木觉得时机成熟了，是该向李小雪表白的时候了。于是，若木停下脚步，思忖了片刻，看着李小雪说，你知道吗？我打内心里爱着你呢，有几次，都想对你说，可总也没有说出口来。

李小雪并没有异样的表情。她抬起玻璃鞋，嗒嗒地在原地兜圈子，那清脆悦耳的玻璃鞋响声，好似美妙迷人的音符。

若木看到没有吭声的李小雪只是在原地走来走去，便想进一步对她再说些什么。李小雪突然止住步，对他说：

其实，你并不知道，胖子很爱我，我也很喜欢胖子。喏，这双玻璃鞋，就是胖子专门托人从韩国给我买来的。

李小雪话还没有说完，若木打断了她的话，想说些什么。这时，他的喉咙变得僵直起来，最终什么也没有说。就在两人陷入难堪的境地的时候，李小雪看见，远远地，胖子司机朝她跑了过来。

敵人

大雨是在伏击战以后下起来的。一小队日本兵士穿着筒靴，在中队长木的指挥下，正踢踢踏踏迎面走来。奶奶望了望天际，只见乌云压顶，水浪翻滚，大地在黑色的云翳遮掩下，呻吟，颤抖。

　　日本兵士持着枪，刺刀刃发出乌亮的光环。他们灰黄色的毛呢上衣落满纷纷扬扬的尘埃，水舀子状的军帽邋邋遢遢地扣在圆溜溜的脑瓜上。路两边丛生着艾草、栀子花和红檩条。奶奶长时间地埋伏，被草窠燥热的气息，灼得满脸汗滴，但她仍紧握父亲遗下的乐得利手枪，盯视路面的动静。身旁平端"老汉阳造"的七姑已经急不可待。为了把地形勘察仔细，奶奶亲临现场。她站在公路上举目四望。这是一片开阔地。在距路面几十米的地方，弯弯曲曲着一段圮毁的墙壁。墙头落了几只翅羽抖动的蜻蜓。现在，奶奶的视线里，穿黄军装的人群经常出现，以致七姑的低声细语她全未听见。奶奶清楚地记得，十三岁那年，她从德州府回来，半路路过的那座天王庙宇。一进庙门，奶奶见无数个和尚秃着顶嗡嗡的似苍蝇叫。他们敲着木鱼，像发丧般地哼哼，然后，打躬作揖，顶礼膜拜。奶奶踏进门槛，抬头望见许多泥塑的老头老太，都青面獠牙，虎视眈眈，把奶奶唬得抱头飞奔，回到家里，汗水尿水也分辨不清，浑身上下一片湿淋淋的。时下，穿黄军装的人群夹杂着青面獠牙的神像，在奶奶脑海交织。

　　日本兵士仍在健步行进，中队长木骑着膘肥体壮、精神抖擞的白马，左手持缰，右手按着腰间的那支勃朗宁手枪，金色的刀鞘在他臀部摇来晃去，马的大腿少了些许绒毛。木那戴着雪白手套的右手向空中一指,跟着,他叽里咕噜一声,队伍立即停止了前进。木骑在马上并没有下来,队伍面向木。兵士的表情极其严肃,都捏紧各自手中的三八大盖,接着,木开始了他那叽里呱啦的训话。也许因为长时间的站立,队伍中有一个兵士摆动了下头,木顿时变得满脸不高兴起来。他暴跳着挥了挥手下得马来,脸上的肌肉开始拧结。兵士被吆喝出队伍,来到木面前还未立稳脚跟,木的手掌就在他脸上发出啪啪的声响。那兵士经了中队长右手点拨,不停地"哈咿",不停地弯腰又抬起。队伍死一般沉寂。白马摆了摆头,神采奕奕的两只大眼,同队伍中的无数双眼睛对视。那兵士嘴上带着血块,回到原来的位置,队伍继续行进。

马蹄嗒嗒,队伍也发出沙沙的脚步声响。

奶奶的呼吸时粗时细,她伏卧在草窠里,握枪的手里渗出呛人的汗臭。她抬抬头,左右平视了一下队伍。队伍长长的一溜散开去,有用花毛巾罩住头部的,也有扎着乌黑长辫子的,都紧握"老汉阳",手捏炸雷,有的手持缨枪,俨然一群等得不耐烦的饿虎。

就在奶奶等得烦闷之际,枪口前面的一束栀子花映入她的眼帘。那栀子花茎柔弱美丽,鲜艳可人。花朵奇异瑰丽,扑来阵阵香气。蓦然间,奶奶看那栀子花出神入迷,却鬼使神差照出个自己来:身材纤细,妩媚诱人,乳白色肌肤上敷一层薄薄的绒毛,流露出柔情的目光。一对黄白相间的蝴蝶自由自在地飞舞,追逐,引出奶奶许多美好惬意遐想,小河潺潺流水,垂柳飘拂洒洒脱脱,清风阵阵……一条蛇在草丛中窸窣蹩行,趁奶奶宁思时,在奶奶手背上咬了一口。不疼。也许奶奶还未有感知。奶奶用乐得利手枪狠狠砸向蛇头,却打空了。奶奶火冒三丈,随手掐住蛇头,咬着牙,瞪着眼珠,将蛇捏死于手中。奶奶没有了兴致。放眼看去,黄白相间的蝴蝶一霎飞得没了影踪。身旁的七姑早被唬得额头沁汗,不住瑟缩。

　　日本兵士在鲁镇驻扎一年有余了。中队长木为了消灭隐患，一开始，就对鲁镇的乡民进行杀戮、烧掠，而今绝无人迹。不过，木当时似乎看清了，在大火熊熊，尸横遍野，一片号哭中，有一穿浅红花格衣服的女孩，跃过汹涌大河逃奔。直到现在，木还在想着这件事。他骑在马上，晃晃悠悠，格外威武。听到马蹄嗒嗒，脚步沙沙，木像是回到了自己的故土。他的耳际灌满凄凉哀怨的箫鸣。在一间木板结构的房屋里，父亲话也不说，眼角只管淌泪水，尽情地吹奏。他是来向父亲告别的。父亲不言语。他考取了军校，父亲为他很是高兴，专门为他摆满酒肉痛饮一场。他弄不明白，在自己就要远行去施展自己才华之时，父亲为何满脸闷闷不乐。最后，他不忍心再听那揪人肝肠的箫声，离开了家门，踏上这块陌生的土地。

　　奶奶那年蹚过汹涌河水，浑身湿透。到达岸边时，她一个趔趄栽在泥潭里。恍惚中，她看到了坝上葱郁的玉米棵子。玉米叶宽硕飘洒，玉米茎秆挺拔秀丽，玉米缨子闪闪烁烁，光彩耀人。奶奶眨了眨眼睛，嗅到一股呛鼻的腥臭味。奶奶这年十四岁。事实上，奶奶觉得自己已经不属于十四岁。年龄有时不能说明所有问题，有时又可以验证许多事情。这些玉米棵子是家乡的无价之宝，生命源泉。奶奶自小播玉米种子，栽玉米棵子，吃玉米粒，拉黄不拉几的玉米屎蛋蛋。奶奶自小在玉米地里摸爬滚打。几年下来，出脱得俊秀标致。奶奶十岁那年，同外曾祖父学会了玩洋火枪。她自己制作枪架，自己用废旧链条卯去链轴。洋火枪一响，远乡近邻惧怕。外曾祖父唬得目瞪口呆，半天说不出两句话，只是支支吾吾。祖父指着奶奶脑瓜，说，黄毛丫头要造反，去你妈的蛋。从此，奶奶扔下洋火枪，趁外曾祖父不注意，摸索他的真枪。

　　中队长木骑着马。马的尾巴抽来抽去。一只牛蝇叮在马的屁股眼上吮吸血汁。马的尾巴鞭子一样，发出啪啪的音响。牛蝇照常在吸。马尾继续摔打。队伍走得气势汹汹很整齐。木骑在马上，两眼杀气腾腾，洋洋自得。马被牛蝇吮吸得实在难支，停下来，开始尥蹶子。木险些摔跌在地面。他赶忙勒紧马缰。马脊梁骨突然下躬，哗哗撒下白浆色的尿液。队伍中一个兵士以为天降大雨，侧脸一看，是马撒尿的声音。兵士放下心来。马撒完尿嗒嗒地前行。木满脸不高兴。他在马鬃上狠抓了一把。马发出咴咴的叫声。兵士都扭回头，望着不远处的铁路，想着许是火车驶来。木见此情景，抽刀出鞘，前挥。木一脸横肉，唬得兵士迅即回过头在原地兜圈子。马尾摔来摔去。牛蝇早已飞走。马龇牙咧嘴。

马蹄嗒嗒，队伍脚步沙沙。

奶奶把玩熟了外曾祖父的真枪，扔掉她的洋火枪。她一心想得到真枪。奶奶跑到玉米地里躲起来。她窥伺着路边行人。当有人路过，奶奶首先盯住路人的腰部。她要看此人是否腰别了枪。奶奶为了弄支枪，竟然到了茶不思饭不吃的地步。外曾祖父极其疼爱奶奶。在没有办法的情况下，外曾祖父在鲁镇为奶奶订下一门亲事。外曾祖父始终认为，奶奶之所以郁郁寡欢，可能因为到了年龄。奶奶洞房花烛以后，兴许情绪会一天天好起来，高涨起来。外曾祖父为奶奶择了个吉日。双月双，人兴旺。单月单，冒风险。奶奶的日子定在八月八。八月八，好年下，一胎生了俩娃娃。八月八这天，阳光柔和，奶奶满脸怒色。奶奶一直也未见过她的小男人。奶奶这年十三岁。她的小丈夫刚过了八岁。两人相差五岁，其实也算不了什么。外曾祖父见奶奶噘着嘴，也就劝说奶奶。到了晚上，奶奶见夜深人静，看了一眼自己的小丈夫，正呼噜呼噜睡得香，且小嘴不住地出现吮吸奶汁之状。奶奶越看越生闷气，就照直骑在小丈夫肚皮上啪啪打了两下。小丈夫唬得爬起来，一边哭，一边跑出洞房。然后奶奶开始脱衣睡觉。

中队长木的白马伸展着美丽无比的月牙蹄，昂着头，呼哧呼哧直喘气。中队长木的屁股随着马屁股的摆动也扭扭捏捏。他骑在马上，听到天际的雷声，想起了刚刚踏上这块土地时，到处遍布的炮火轰鸣。当时，他手戴雪白手套，身穿笔挺军服，手握勃朗宁手枪。他杀戮了不下几十个中国人。为了炫耀自己的功绩，他很快就把信件发回帝国，报告给父亲。可时至今日，也未收到父亲的回信。他是爱自己的父亲的，可他怎么也不明白，为何得不到父亲的理解和支持。人要有精神，非喝麻黄酒不可。那天，木为了能喝到纯正麻黄酒，专门关起来一个不足十岁的中国小男孩——奶奶的小丈夫。他趁小男孩睡得正熟，吆喝几个兵士，先是把小男孩的脸蒙紧，接着便一人摁腿，木用自己的刮脸刀片就势将小男孩的生殖器削下，汩汩地淌着血滴泡入盛酒器皿。小孩号也号不出，只是顿时周身抽搐，肌肤紫黑了。

奶奶正睡得香甜，突然被一阵闹声惊醒。慢慢地，她睁开眼来。柔和的太阳光束从灰蒙蒙的窗口，直射到奶奶没有盖严被子赤裸的身子。奶奶感到暖洋洋。奶奶无比惬意。奶奶脸上漾出几朵笑靥，赶忙拉被角。一只手抓住了奶奶拉被角的手。奶奶拉被角的手疼痛难忍。奶奶大吃一惊。她刚要喊骂，一个巴掌已经伸到屁股。啪的一声响，打破了静寂的新房。未等奶奶反应过来，脸上也如是挨了一掌。奶奶忍痛不住咧嘴。咧嘴要哭泣的奶奶被揪住耳朵裸着全身扯拉起来。奶奶定眼看清楚了这个人。现在奶奶想哭却不敢哭。想哭却不敢哭的奶奶吓愣了。奶奶不知如何是好。奶奶不能听天由命。奶奶耷拉下头一副懊恼的样子。她的脸上开始淌下泪水。她的两肩一高一低逐渐耸动。奶奶抬起头盯住屋檩，慌乱地数着那九根檩条。奶奶看到了九根檩条就是九根绳索。奶奶要被捆缚住在街上游走。

木喝了一段时间的麻黄酒以后，浑身是劲，周身有胆。木的麻黄酒更换频繁，却越来觉得味道不如先前纯正醇香。这给木带来许多烦恼。烦恼和不安时常困扰着木,木骑在马上,一直在想着这些个事。木似乎闻到了酒坊的香味。酒坊的香味使木有了感悟。木在思索着酒坊的一些程序。最后,木为自己下了结论。制作麻黄酒也需要实践。经过反复实践制作纯正的麻黄酒是木努力的目标。木决定从酿酒这个过程中总结出切实可行的措施。木以为,酿酒的过程实际是一个勾兑过程。勾兑越完善精密妥当,则酒味越醇厚飘香。勾兑是去粗取精,广聚薄纳。木似乎已经理出头绪。酿酒如此,制作麻黄酒亦如此。木决定换掉以往的盛酒器皿,用直径八百毫米的水缸进行,成功以后再用提取之法分别装入数个盛酒器皿。

奶奶移开盯住屋檩的视线,趁人不注意,拔脚冲出门外,一路号啕着逃奔。从此,奶奶不敢回到自己的家,沿街乞讨为生。但如是过了一段时间,奶奶再也支持不住。奶奶后来经人介绍开始为日本兵士煮炊。奶奶这年不满十六岁。不满十六岁的她从这一年的这天起,做起了不比沿街乞讨更好的营生。只能说从这一年的这一天,奶奶干起了与她年龄极不相符的活计。其实奶奶倒有了一个栖身之所。可也好景不长。这天,晚饭刚过,一个日本兵士就来到奶奶那间十分拥挤的屋里,要强行对奶奶施暴,日本兵士错误估计了奶奶。被错误估计了的奶奶遇到这种情况先是惶惑忙乱自不必说,可日本兵士以为自己能够稳妥地顺理成章地达到目的,对她毫无顾忌,就更不用说防范了。实际上,奶奶镇定下来开始找准机会惩治日本兵士了。奶奶半推半就倚在门框上,这时,日本兵士已急不可待脱得身体赤裸了。奶奶凭着自己的一手好枪法,先日本兵士把他的手枪抢在手中。日本兵士登时六神无主,裸着身夺门而逃,嘴里叽里呱啦。日本兵士还未迈出屋门,奶奶枪中的炸子已被日本兵士含在口中。

木制作麻黄酒需要大批原料。木决定亲自去征集。已经起风了,木觉得凉飕飕的风在脸上搜索。木勒了下马缰,马的步子慢下来。起先木走在队伍最前面，现在落到了中间。木两眼放开去，遍野开满栀子花。栀子花束阴森可怖，使木想到了坟墓上的洁白小花。木一阵抖颤。他骑在马上，望着迤逦行进的队伍，似乎见到了一座座的坟包，而周围的栀子花便也成了森人的花篮。

奶奶枪中的炸子追上日本兵士以后，她急中生智，从后窗夺路逃命。奶奶夺路逃命来到宿安镇，宿安镇的男子都被日本兵士抓去干苦役，实际是去制作麻黄酒。制作麻黄酒的男人一去而不返，急杀了镇上的女人们。男人们被抓去勾兑麻黄酒，谁都不知道，只有奶奶知道。奶奶把这些消息告诉了女人们。女人们知道后便推举奶奶领头要和日本兵士抢男人。抢男人不成，从此削发扮了假男人。奶奶也是假男人。奶奶腰揣乐得利手枪，头顶蒙了雪白毛巾。于是有一天，奶奶知道了日本兵士要来宿安镇。奶奶带着假男人准备和真男人较量。

奶奶现在望着天空，又望了望洁白的栀子花。

蓦地，奶奶听到不远处传来踢踢踏踏的脚步声。奶奶定睛仔细一瞧，日本兵已经走了过来。奶奶屏住呼吸。七姑的右手也触到了枪机。

天异常暗。滴答！滴答！落下几个雨点打在静寂的艾草和栀子花上。

八月叙事诗

引　子

　　一九三九年古历八月的一天，驻扎在德州府的日本兵营司令部得到消息：八路在未庄活动频繁。在兵营任翻译官的方汝，奉郎田司令之命，到未庄通过镇长胡八道打探八路活动的范围和详细地点。可是，时间一天天过去了，郎田司令总也不见方汝回来。这给急等情报的郎田司令心中蒙上一层阴影。方汝是否已经背叛自己？去投了八路也未可知。一切准备就绪整装待发的部队能否马上出征？万一中了他们的埋伏……郎田司令在调集部队的同时，派出了中国随从便衣去未庄。调查结果显示，有人在临邑城里发现过方汝。不过，方汝根本就没有到镇上来过。一时，方汝的失踪简直成了一个难解的谜。

　　方汝是骑上他的小毛驴离开德州府的。起初，郎田司令为方汝准备了车子和一匹马，但都被方汝拒绝了。方汝说，还是毛驴轻便自在，又隐蔽，可以两全其美。为此，郎田司令对他大加赞赏，称他是大日本帝国最忠实的朋友，中国的良民。

　　方汝骑着灰黑色的毛驴，毛驴两耳支着，很是机警。四蹄新打的月牙铜星掌，走起路来嗒嗒响，声音极悦耳。方汝从一早就开始走，到得临邑城时，已是日影西斜。临邑城是南至济南，西至德州府的交通要道。未庄就坐落在临邑城东北十里处。方汝见天色还早，在酒店要了卤花生米，又顺手拿出德州扒鸡，打开那瓶邢侗贡酒，极有趣味地边咂边吃起来。他看了眼拴在门口的毛驴。毛驴吃着早已拌好的草料，也许啖到几颗晶莹的玉米粒，发出咯嘣咯嘣的美妙音符。方汝被这动听响声吸引，竟忘记了自己手中正拿着一只鸡脚，最后还是街上聒耳的叫卖声把他惊醒过来，继续喝贡酒吃鸡脚。末了，鸡脚的咔嚓声和玉米粒的咯嘣声融在了一起。

太阳停在西边树梢上，周围一片红彤彤时，那瓶贡酒已经下肚。方汝抹了下嘴，看到灰黑色的毛驴正用忧郁的眼神盯视他，方想起该给它提桶水喝了。掌柜的很热情，动作蛮麻利地用葫芦瓢从黑色的瓷瓮中舀出半桶水，给毛驴提了过来。毛驴许是渴极，把嘴扎在桶中头也不抬，只见它的肚子似有人在打气，慢慢地开始鼓胀起来。临了，好像还没有喝足，它探出头来，朝方汝咴咴地叫了两声。

方汝付过掌柜的钱钞，骑上毛驴出了街口，嗒嗒地朝东北方向走去。路两边的小溪发出汩汩的响声。深秋的玉米棵子许是遭了旱灾，或是营养不良，秃着头，不仅棵矮，玉米也委实小得可怜，不及方汝的一个拳头大。毛驴只顾了吃路边的青草，步子自然慢下来。方汝就两腿一夹，右手啪啪地落在驴的臀上。驴就又开始碎了步子小跑起来。方汝被颠得屁股生疼，就左手勒了下缰绳，驴又自然恢复常态，嗒嗒走着。

就要到达未庄了，方汝并不十分激动。尽管他生命的一部分时间是在镇上度过，但他觉得一个乡镇令他留恋的东西似乎并不多。童年对方汝而言是苦涩的，到了青年时，方汝对所追求过的又失望了。所以，方汝的心思已经从未庄飞走，未庄再也激不起他的热情。而且，他此行并非怀乡所致。一想到肩负的任务，方汝全身心都变得沉重起来。

黄昏时，方汝来到未庄。远远飘过的一阵阵号哭声惊动了他。人群中的议论使他知道了镇上的香女死了丈夫。死了丈夫的香女令方汝感伤起来。多么熟悉的面孔。方汝不愿去回想往事，可往事就在眼前，又由不得他。

方汝把毛驴拴好，为防备它咴咴的叫声给他招来麻烦，他从背裆里把预先带来的笼嘴给毛驴戴上。他在土坎上坐下来，燃上一支纸烟，便吸起来。眼前原是一片偌大的梨树园。方汝看清楚了现在只有几棵刺槐。最终，方汝克制住了，没有去想那些过去的事情。

这时，天完全暗下来。方汝已经吸完了两支纸烟。毛驴的尾巴嗖嗖地抽来抽去。方汝正要骑上毛驴，直接去找镇长胡八道，前面一个黑影朝他移动过来。方汝此刻有点紧张，但他很快就镇定下来。

来人正是未庄镇长胡八道，说在家里揣摩着方汝已该来到，便来村口迎接，刚巧就碰上。

胡八道说：香女的男人死了。

怎么死的？方汝便问道。

也怪，胡八道边走边说，太阳快落时从田里干活回来，到井边打水，准备把水提上来时，就一头栽到井里去了。

方汝住的房子是镇长家阁楼顶层的一间。胡八道知道方汝喜欢清静凉爽的居室。在方汝来之前，阁楼顶层一向是胡八道居住。现在，胡八道同他不情愿的女人只好搬到楼下。

方汝独自在街上行走。周围凡是灯火明亮的人家，他都去窥视监听。

全镇最后一盏灯熄灭时，方汝看了下表，已是深夜。方汝决定到自己的老宅走走。虽说已无人居住，但回乡一次不去家里走走，也委实说不过去。

来到老宅，方汝进了西厢房，随后把门掩上。他擦燃了根火柴把蜡烛点上，刚要坐下，就听到外面有脚步声。他噗一下把蜡烛吹灭，迅速抽出手枪，抵在门口仔细观察动静。

一切过去后，方汝在破烂床角边发现了香女的一张照片，他禁不住伤感起来。

那时，香女是他家的仆人。香女从十岁起就在他家做活计。方汝放学归来时，总能看到香女已经干完该做的活，等在门口，露出一副笑脸。留给方汝印象最深的，当属那次他们俩跑到房顶上摘枣吃了。在方汝的宅院中，靠东厢房位置有一棵枣树，每年八月时节，总是枣满枝头。这天，两人约好天一擦黑，就到房顶上摘枣吃。方汝的父亲听到房顶的脚步声，起初还以为是猫捉老鼠，后来听到枣落地时的啪嗒声，就从东厢房走到院子里，仰脸朝房顶大骂一通。为这，香女结结实实挨了顿打，直到天亮，还能听到从棚屋传来的哭泣声。

香女十八岁那年，臀部明显地滚圆起来，胸脯也不再那么平整。她已经具备少女的身姿了。尽管香女干的活计非常艰辛，可脸上的肌肤却依旧那么白嫩。方汝喜欢上香女时，香女不是不知道，但她不想欺骗自己寻求慰藉。最后，香女迫于方汝的苦苦相求，拿积攒下的钱到镇上照了相，送给即将去济南府求学的方汝。这件事被方汝的父亲发现时，方汝刚离开未庄没几天。所以，香女被赶出方汝的家门也在情理之中。方汝在济南府求学期间，日本人打进了中国。据说，那阵儿也不知是谁，在一天深夜把方汝家的宅院给点着了。大火烧得很猛，以至临邑城派了一些穿黑衣服的人来密访未庄究竟发生了什么事情。方汝一家十几口人就这样消失了。方汝跑到德州府投了他的一个远房舅舅。他的远房舅舅是清末举人，早年曾到东洋学过医。方汝也是合该有个着落。日本兵在德州府驻扎以后，他的远房亲戚在兵营里混了事，介绍方汝在左右做事。随着方汝的远房舅舅得到日本人的赏识，加上方汝在这期间学会了日本话，没几年他也做了翻译官。方汝曾来镇上寻过香女。可香女听说方汝在日本兵营里混事，避而不见。方汝也就一气之下回了德州府，再没回到未庄。一晃几年过去了，现在，方汝在老宅捡到了香女的照片，更何况，香女又受了丧夫之痛。久埋在方汝心底的欲火又开始复燃。

方汝回到胡八道的家里时，胡八道还没有睡下。他告诉方汝，说是去看望香女刚回来，同时还告诉方汝，香女已经知道他来了镇上。

方汝一夜没有睡觉。刚要合上眼，就被一阵轻微的泣声惊醒。他和镇长胡八道把那瓶贡酒喝下时，已是夜里十二点钟。他想，谁会在这个时候如此伤悲呢？他披衣起床，打开了窗子。方汝看到黑松林的那块墓地有一片火光。

清晨，镇长胡八道走上楼来时，方汝正斜倚在床上抽纸烟。胡八道发现地板上有不少烟头。他对方汝说，香女的男人昨天已经入土，今天是否过去看看？方汝没有吭声。

上午，没有什么事情，方汝站在阁楼上举目远眺。对于胡八道介绍的情况，方汝并不太满足，他曾私下里明察暗访，虽说也发现了不少可疑迹象，但同镇长胡八道所反映的极不相符。白天，为了不被乡人认出，方汝专门进行了化装。尽管这样，他却依然担心被人认出，因此，他通常躲着人走。

他装扮成一个叫花子老头，来到了村西头的杨柳河边。岸上有几只鸭子。从村中出来的几个人引起了他的注意。方汝假装没有看见，只在河边戏水。那些人的走动，不像庄稼人，且左顾右看。方汝全看在了眼里。

正午时分，镇长院子里的那棵刺槐的枝叶，被阳光照得卷起皱褶。方汝盯视了很久。

方汝正要出门时，被镇长拉住了。镇长提着一瓶贡酒刚从对面的铺子里回来。喝酒间，方汝同胡八道说起村西的那片树棵子。镇长只是摇头，说那地方，每到了晚上，总传来呜呜呀呀的闹鬼声。方汝被镇长这样一说也有些毛骨悚然了。

全镇的灯光熄灭时，方汝下楼经过胡八道的房门。里面有窸窸窣窣的声音，接着便传来两人激烈打架般的响动。

  香女知道方汝要来末庄是在几天前。那时，她的丈夫还在。来人悄悄把她喊至门口，告诉了她方汝要来镇上的消息。
  太阳西沉时，香女的男人就要入棺下葬。吹吹打打的人流走在送葬的路上，香女哭得极悲。晚上，玄婶陪伴香女。香女孤守着油灯，独自想着心事。香女走到院子里，刚打开屋门，见院墙上趴着一只通红贼亮眼珠的白貔子。
  香女再次来到院子里时，红眼白貔子已经不见。香女回到厢房把孝服拿出，搭在院子里的铁丝上时，她听见一种古怪的声音。
  香女拿着一卷烧纸，从白天走过的路上前行。陪伴她的只有孤独和悲凉。当她来到黑松林时，森然的墓地映入她的眼帘。经风吹动烧纸发出的响声和白日里被众人踩踏的痕迹，使她很快找到了丈夫的坟包。这时，松林里发出一种奇特的音响。
  香女回到家里把油灯吹熄，和衣躺在铺上，睡不着觉。那天，丈夫睡在铺上，竟莫名其妙地对香女说，咱家养着一只白貔子。待香女再问时，丈夫已经睡着。早晨，在饭桌旁边，丈夫说，人死了但魂还活着。香女不高兴他说这些话，吃了一半的饭又扔在桌上。当丈夫拉着香女的手时，香女的脸就红了。
  屋顶上咚咚的，似有人走动。香女从铺上起来开门时，传来鸡叫声。她一抬头，毛毛雨飘在脸上。她准备去把铁丝上的孝服收回屋里。她正要转身时，一个人影从院子里晃了过去。

  玄婶陪伴了香女几个晚上，看香女的心绪稳定下来，想着侍候喂养的那窝鸡，怕被人偷了去，就搬回去住了。玄婶离开时，是在一天下午的三点钟。其实，香女知道玄婶要搬走了。那几天，玄婶老在香女面前嘟囔她养的那窝鸡没人管。而当香女问起玄婶是否想搬走的时候，玄婶盯着一双泪眼的香女，又矢口否认。最终，玄婶还是搬走了。

这天深夜，一阵轻微的敲门声，把刚睡下的香女惊醒。她穿上衣服来开门时，见是方汝，并未显得很惊异。也许方汝的到来，已在香女的预料之中，只不过或早或迟罢了。

两人在沉默半天以后，方汝安慰了香女一番。香女并未表示感激。

方汝告诉香女，第一天下葬的情景，他全看在了眼里。直到那天晚上，香女复又回到黑松林的墓地，他也全都清楚。香女好像突然记起了什么，她突然变得对方汝极热情起来，方汝还来不及做好心理准备，显得有些慌乱和尴尬。

两人斜着眼对视。灶台上被老鼠碰翻锅盖的响声，使他俩从痴呆中猛醒过来。香女用纳鞋底的针，拨去灯芯上的灯花。往昔的时光，在方汝面前升腾起来……

有人发现，方汝离开香女家时已是鸡鸣时分。

第三天一早，曾经告诉香女方汝来到镇上的那人来到香女家里。两人说了一番话，那人不大工夫就走了。

日影西斜时，方汝在一块玉米地边踟蹰了好半天。他看到人们正收割玉米。玉米地里噼啪响动，他感觉很烦躁。不知什么时候，镇长胡八道来到他的身边。

方汝说，前天在柳河边见到几个形迹可疑的人。镇长问，他们从哪里来？方汝把烟头用中指弹出去。他告诉胡八道，要尽快查清这些人的来路。

回家的路上，方汝远远看见，一位杵了杆黄旗的卜卦先生正准备收摊。方汝报了生辰八字，卜卜前程祸福。

先生戴了副眼镜，老眼眯着吊起。他仔细推算一番，就捋着尺把长的胡须说：水欲深，则心惶乱。贞吉悔亡，未感害也。憧憧往来，未光大也。太阳去了月亮来，月亮去了太阳来，日月相互推移就产生光明。冬天去了夏天来，夏天去了冬天来，寒暑相互推移。过去的事情已经退缩，未来的事情正在伸长，缩与伸相互感应。"上九"的颚、颊、口的下方，相当于背肉。背肉又在心脏的后方。手脚口遵照心的命令行动时，唯独背肉，看不到外物。以这种对外物完全无动于衷的态度处世，虽说安全，但也不能感动他人，志向就太小了。不过，我要提醒你，上六无实，承虚筐也。

方汝听了郁郁不快，丢给老先生几个钱，默默地离去。

天真正黑了下来。方汝因为卜卦的晦气，晚饭也没吃。时间一天天过去了，他却还理不出个头绪。想到这些，方汝出了院门，来到村西的杨柳河边。

那片紫穗槐被风吹得摇来晃去。一簇簇的紫穗槐显出茂盛的生命力。当他闻到槐叶那苦涩的闷热气味时，已经身不由己钻进这片槐树林。不知过了多久，也不知是到了什么地方，那密密麻麻的树影子，把他搞得晕头转向。

方汝听到有人说话。当那一线光亮，从树林纵深处斜射过来时，方汝大吃了一惊。

方汝从紫穗槐林子里出来时，他自己也不知道是怎么出来的。快要到胡八道家门口时，方汝看见几个人影从他家出来，径直向南拐去。

天刚蒙蒙亮，白色的雾气还在飘飘绕绕，弄巷里的一户人家已经开了门。香女挎上竹筐来到镇长胡八道家里时，方汝却急欲赶回德州府。

香女透过窗口凝神注视着镇长院子里的那棵刺槐。方汝家的老宅出现在香女的视线时，香女想到很多。老宅的屋顶上蓬蓬地生了艾草。香女似乎看到了青烟在袅袅升腾，一场惨烈的大火把老宅吞没。

香女从窗口转过头来，镇长已经走下楼去。她望着慌乱却盯住自己不放的方汝，在一旁玩弄方汝的手枪。在他的指点下，香女很快学会了使用。手枪里那三发小巧玲珑的子弹，令她感到新鲜不已。方汝和香女来到楼下时，一个陌生人已经在楼下等了很长时间。

来者是个手握短枪的年轻人。他用枪点着方汝说，大战前夕，郎田司令等得焦急，你却很沉得住气啊！

方汝顿时吓蒙了。待他稍微清醒过来，急忙分辩说，我已经掌握了未庄镇的全部情况，现在，我们即刻去见郎田司令。

正准备枪杀方汝的陌生人，突然想起了方汝的舅舅。他意识到，枪杀了方汝，他的舅舅会原谅我吗？

就在方汝疑惑不解时，陌生人却说：本来，郎田司令派我来杀了你。现在，放你一条生路，赶快逃命吧！说完，陌生人大步走出了院门。

香女将方汝扶起，让他平静下心绪。猛然间，醒悟了的方汝一把推开了她。他要速速赶回德州府，向郎田司令请罪。

方汝冲到门口时，被镇长胡八道喊住了。他停住脚步，回过头来一看，镇长和香女握着短枪对准了他。

惊呆了的方汝转身就跑。这时，香女把三发子弹准确地打在方汝的后背上。一摊稠稠的血浆溅在胡八道的院门上。

遥远的枫桥

1

秋风吹来的时候,躺在床上的张子豪再也睡不着了。他看了眼身边的萧晴,萧晴呼吸均匀,噗噗地出气进气,她正在甜美地熟睡。萧晴纤细白嫩的两腿裸露在外面,这让张子豪静静地看了很长时间,他内心涌起一股莫名的激动。

这样美丽的女人,张子豪舍不得去触摸。现在,他有些责怪自己了,他责怪自己一开始是那样鲁莽。其实,张子豪并不想这样做,只因斜倚在床上的萧晴柔声地呼唤,张子豪就难以自抑了。

这些过去以后,萧晴轻轻抚着张子豪那宽宽的额头,顿时,两人觉得无比幸福。不知过了多长时间,张子豪听不到萧晴说话的声音了,他知道,疲惫的萧晴已经睡着了。

虽然在同一城市,想着明天两人就要分开了,又不能经常见面,张子豪内心有说不出的惆怅。他怎能舍下这良辰美景去睡觉呢?这也是张子豪真正难以成眠的原因了。瞅了半天正熟睡的萧晴,张子豪干脆披衣下床走出门来。

他俩住的这个地方名叫红叶谷,是一家很少有人问津的客栈。紧挨客栈,一条静静的小河不停地流着。不远处有座年代久远却叫不上名字的石拱桥,周围的柏树上不时传来几声夜鸟的鸣叫。石拱桥经了月光的映照,使张子豪想起了唐人张继的《枫桥夜泊》。那是怎样的美丽境界呀!

也是深秋时节,一个天气寒冷的夜晚,寒霜似薄雾般弥漫在夜空中,月亮已经落下山去,栖息在树上的乌鸦不停地哇哇鸣叫着。船上忧愁的客人面对着小桥、枫树和渔船上的灯火,难以入睡。半夜时分，忽然从苏州城外的寒山寺，传来了敲钟的声音。这就是张继的《枫桥夜泊》吗？

这样想着，张子豪仿佛已经来到了苏州城外的枫桥，甚至已站在了枫桥上眺望附近的寒山寺。数百年前的张继那时的思绪和自己现在一样吗？他也要和心仪已久的人分开吗？那忧愁的客人就是张继自己吗？

假如张继能在眼前该有多好哇，那样，两人不仅可以互诉愁肠，还能对饮上几杯。张子豪在思虑着，人家张继是千古不朽的大诗人，自己一个凡夫俗子怎能和人家相比呢？想到这些，张子豪无奈地摇了摇头，随即又转愁为笑了。

张子豪和萧晴的相识是缘于一条手机短讯。那是一个细雨蒙蒙的下午，张子豪在办公室刚接完电话，就听到手机讯息的提示音响了起来，他打开手机看到了这样的短讯：

朋友，不一定合情合理，
但一定知心知意；
不一定形影不离，
但一定惺惺相惜；
不一定锦上添花，
但一定雪中送炭；
不一定常联络，
但总放在心上。

张子豪看完短讯，又记下了发短讯的手机号码。一个陌生的号码。他猜想着这会是谁呢。思绪正烦乱的张子豪，收到这样一条给他慰藉的信息，内心很受感动，是谁这样心细，这样体贴自己呀。张子豪百思不得其解。一个陌生人来的短讯，简直让他不知所措

了。可也得给人回复啊。想到这些,张子豪拿起手机发了这样一条短讯:

  日出东海落西山,
  愁也一天,
  喜也一天;
  遇事不钻牛角尖,
  人也舒坦,
  心也舒坦;
  常与知己聊聊天,
  古也谈谈,
  今也谈谈,
  不是神仙胜似神仙,
  愿你快乐永远。

  给陌生人发完短讯后,张子豪如释重负。陌生人的短讯让他喜笑颜开,了解陌生人究竟是谁,也就变得尤为迫切。终于,在回家的路上,张子豪按着手机号码,把电话打了过去。
  是子豪呀?我是萧晴,你在哪里?
  噢!我刚回到家里,晚上想请你吃饭,你有时间吗?
  今天我正巧有事,改天吧,好吗?
  啊,好……好的,那就改个时间吧!
  知道发短讯的是萧晴以后,张子豪自是高兴了一番,以前两人曾在一座楼上工作过,只不过子豪做的是文秘,而萧晴做的是档案工作。两人每天都能够见面,每天都彼此打招呼。一段时间下来,张子豪被萧晴干练、娴雅的身影所吸引。他发现,自己内心深深地喜爱上了萧晴,可他不敢向萧晴表露心声。更重要的是,现实已经不允许他这样做了,因为他俩都为人夫,为人妻了。自此,张子豪把对萧晴的思念埋在心灵深处。

短讯就像精灵,它穿行在文化中,引领着我们,服务着我们,冒犯着我们。让我们时尚,让我们联想,让我们会意,让我们痴迷。张子豪在翻看了短讯后自语着。

当他推开门回到房间的时候,萧晴眯着惺忪的睡眼说:

你怎么不休息,刚才你到哪里去了?

2

自从张子豪和萧晴通过电话,他每天都在想念着萧晴。他像失去了魂魄一样,白天希望见到她,夜晚盼着梦见她。萧晴占据了张子豪的身心。他无心工作,就连杂志社的约稿,他也一拖再拖,最终没能交稿。

杂志社的朋友逢人就说,子豪不知被谁迷住了,你看他那萎靡不振的样子。

一天,张子豪走到巷口,正巧碰见了要送孩子上幼儿园的萧晴。萧晴骑着奥斯牌电动车,一副急匆匆的样子。远远地,她就看到张子豪在频频向她招手。当她在张子豪身边减速停下车子的时候,张子豪嘴里叼着一支已经吸到一半的香烟,一边吐着烟圈,一边漫不经心地瞅着萧晴,右脚不停地像踢足球一样在踢弄着什么,半天没有说出一句话。

萧晴推着奥斯牌电动车,不时用手捋一下孩子的头发。他见张子豪站在那里只是瞅着自己,话也不说,便急不可耐地说,都快晚点了,你倒是说话呀!

张子豪恍然醒悟，他也不知道自己刚才在想什么，刹那间，他的记忆有了断片似的。他笑着对萧晴说，晚上翠竹苑见，我请你吃饭。

见他很神秘的样子，萧晴禁不住笑了起来。

在翠竹苑一间包厢里，橘黄色的灯光和着柔美的乐曲，使得整个氛围很典雅，也很醉人。张子豪不时举起酒杯，他看到萧晴几杯酒以后，脸上泛起了红晕。他想制止萧晴，不让她再这样喝下去。可是，平时不喜欢饮酒的萧晴，今天却一反常态。她同张子豪说起自己的中学时代，和在大学读书的情况，然后又讲述着参加工作的感受，以及对家庭的无奈。张子豪从她的眼神和话语里，读出了萧晴的忧伤。他凭直觉知道，萧晴是多么喜欢自己，虽然她没有直接表白，但她眸子里已经写得清清楚楚。而张子豪又何尝不是这样呢？他从内心爱恋着萧晴，他每天既想见到她，却又怕见到她，他怕萧晴那双洞穿自己心灵的眼睛。有时，张子豪见到萧晴，竟然有些惴惴不安起来。

萧晴的忧愁，只有张子豪明白。从萧晴的脸上，人们看不出她的郁闷和柔弱。她给人的印象还是那样干练和豁达。

当翠竹苑快要打烊的时候，张子豪看了下表。他看着萧晴，萧晴也只是看着他，他有点气喘吁吁了。终于，他起身坐到萧晴的旁边，牵起萧晴的手，见她并没反对，他在她的额头上轻轻吻了一下。

萧晴羞涩地笑着说：你真傻！

已经激动万分的张子豪，在努力克制着，最后，他将萧晴拥在自己怀里，附在她的耳旁说，知道吗？再也没有人像我这样爱你，像我这样懂你了。

过了一会儿，张子豪对萧晴又重复说，真的，再也不会有人像我这样懂得怎样爱你了。

萧晴仰脸看着张子豪,过了很长时间,她说,你去过苏州吗?我很喜欢那里的枫桥。

3

红叶谷的景色既迷人又醉人。在这惬意的时光里,萧晴躺在床上,眯着眼睛,看见张子豪开门走了进来。

这时天已大亮,叽叽喳喳的鸟鸣不绝于耳。萧晴拉开窗帘,循声望去,只见几只鸟儿欢快地在枝杈上跳来蹦去,使她欣喜不已。斜倚在身旁的张子豪,瞅着萧晴笑个不停。尽管一夜没有合眼,但他却丝毫没有倦意。过了一会儿,他把萧晴抱在膝盖上,亲亲她的额头,亲亲她的脖子,又亲了亲她的耳朵。随后,他听到萧晴的呻吟声。这声音对张子豪来讲,仿佛有一种磁性,听到第一声时,他就被这难以抵挡的磁性紧紧地吸引住了。接下来的动作,张子豪好像有点手忙脚乱。他把萧晴重新平放在床上,他要以最快的速度脱掉自己的衣服。在这短时间内,张子豪既惊慌失措,又聚精会神;既果敢勇猛,又沉着稳重;既忙而不乱,也从容不迫。萧晴有些急不可待,她要去拽他的手了,而张子豪呼吸变得急促,他大口喘着粗气,实在难以自抑了,他准备豁出去了。可是,一阵密集的敲门声,使他俩从亢奋中像泄了气的皮球一样松弛下来。

店主站在门外,看上去有些不耐烦了。这是位矮个秃顶的中年人,手里夹了支烟,说话时露出两排发黄的牙齿。他告诉张子豪,早餐已经准备好了,请他们下楼用餐。

快快不乐的张子豪,全然没有了兴致。一旁的萧晴努着嘴,不住声地责骂起店主来。暖暖的太阳照在房间的时候,他俩迈着散漫的步子走进餐厅。

　　吃过早餐以后，萧晴挽着张子豪的胳膊，顺着那条小河漫无边际地走来走去。满山的枫树，满山的红叶，萧晴看得如痴如醉。他俩不时往远处指点着什么。不知不觉地，他俩来到了那座石拱桥边。

　　站在石拱桥上，被这美丽的景色感染，张子豪仿佛有了诗兴，他眺望着前方，不由自主地说，小桥流水，只是没有人家。到了晚上，也看不到那袅袅炊烟呀！

　　古道西风，只是缺少瘦马，怎么也看不见放牧的人啊！萧晴说完后，看着张子豪抿着嘴笑了起来。

　　这是什么桥呢？桥，总得有个名字吧。

　　满山的枫树多美呀，你就叫它枫桥吧。

　　你去过苏州吗？那里可是真有座枫桥啊，据说，年代很久了。

　　张子豪看着远方，不知想起了什么心事，他只是说，没去过，很遥远吗？

4

　　红叶谷给张子豪留下了美好印象。至今，张子豪仍清楚地记得他和萧晴离开时的情景，满山的枫树显得格外亮丽，就在他们离开客栈很远的时候，张子豪还回头看见店主不停地朝他俩挥手。张子豪拍着萧晴的肩膀，瞅着她堆在脸上的笑容，自言自语地说，枫桥见证了我们的爱，相信吧，我们还会回来！

　　在一个阳光明媚的上午，张子豪掩不住内心的喜悦，哼着小曲来到办公室，摆在他面前的是那篇需要尽快完成的人物专访。张子豪发现，在他落笔之前，眼前呈现的却是萧晴的影子。结果，张子豪本应完成的人物访谈，到了笔下则成了红叶谷感想之类了。他干脆把这些撕掉后揉成纸团往纸篓丢去。一旁的同事不解地皱起了眉头，他们叽叽咕咕地说，昔日下笔动辄千言的人，也有冥思苦想的时候啊！

中午下班，张子豪没有回家去，他独自来到老地方酒馆。在酒馆坐下后，他几次拿起手机想拨通萧晴的电话……末了，张子豪干脆把手机关掉。端着酒杯，他想了很多。当酒快要喝完的时候，张子豪依稀记起萧晴让他找人写书法的事情。萧晴刚搬进新居，客厅里需要挂幅字画。离开红叶谷时，萧晴叮嘱他，新房万事俱备，只等书画添辉。

张子豪趔趄着走出酒馆。起初，他在街上漫无目标地走来走去，直到走到街巷尽头时，他迷迷糊糊看见一个背着书包正要上学的孩童。那是女儿英子吗？几天没有回家的张子豪恍然大悟。此刻，他似乎想起了什么，跟着，头脑也清醒了许多。他赶紧掉转头，他要迅速赶到写书法的朋友处。路上他已经考虑好请朋友写的字：张继的《枫桥夜泊》。

尽管枫桥离我们很遥远……一路上，张子豪边走边想。

毒日头

这洼地无庄，无户，无人家，无树木，无草棵，无沟渠。不知何故，洼地草木皆毁，鱼鸟虫虾绝迹。蔚蓝的天穹，好似被那股蘑菇云遮翳，变成了暗淡的枯黄色。

不知过了几十年，一伙打鬼子的队伍在洼地同侵华日军相遇，可以想象，他们打得很艰难。周围尸横遍野，血流成河。有被砍下头，那脖梗动脉血管汩汩地淌血的；有被割下生殖器放于口中的；还有鬼子腹下压着女人，正在做事就死去的。种种情形，惨不忍睹。

昨晚下了场透地雨，空气显得格外凉爽、清新起来。

这时，自死尸堆中渐渐地爬起一男一女两个人来。男人显得异常痛楚，但他咬着牙，支撑整个身体；而那女人的刘海和发丝几乎把她面部全然罩住，甚至些许发丝紧沾在她那赤白的破裂的唇齿上。看得出，这是两条刚从死亡线上挣扎过来的生命。

九哥……能行吗？女人吃力地吭出这句话。

四妹……我……能挺得住。九哥说到这里，朝四妹伸了伸胳膊，你过来……

一轮白色的太阳从东方升起，映着他们凄怆的脸。现在，口干舌燥在袭扰他们，他们渴望喝到水。这潮湿的洼地，经了阳光的灼晒，那雾气自地面袅袅地向空中升腾，升腾。血腥味掺和着潮湿的醇香，往四周飘散、扩展开去。

九哥看了眼四妹，但没有说话。随即，他的眼睛瞥向那些横歪竖倒的尸首。跟着，他又猛地回过头来，冰凉感刺向心窝，他不禁觳觫起来。

九哥……九哥,你怎么了?四妹急切地摇动着九哥的手。

我冷……冷,九哥呓语道,我觉得冷。

四妹仔细地瞧了九哥的伤口。他的左腿部以及左胸肋骨,已被弹头和枪刺打坏或划裂,周身血肉模糊。见此情景,四妹一阵瑟缩,但她却很快镇定下来。然后,她让九哥躺下,又把九哥的头放在身边一个尸体的腹部,九哥只觉得软软的,暖暖的,而四妹自己则枕在尸体的胸部。她看了眼自己那件洗得发白的灰色的对襟上衣,这阵儿,完全成了红色。

过了一会儿,九哥神志清醒过来。他仰脸望着天空,似乎想起了什么。紧接着他长叹一口气,内心似有说不出的惆怅。好端端的队伍,眨眼间全给自己毁了。早知如此,就不应该把队伍拉进洼地。唉!

九哥,四妹侧起身子,两眼注视着他,像要从他脸上发现点什么,说道,我渴得慌。

我也是。

顷刻之间,四妹觉得口中燥热得难受,可喉咙有些黏糊糊的唾液,她试了几次,却怎么也吐不出来。她又觉得腹部像有东西在捣鬼,那肠子在肚子里翻搅个不停,她筛糠似的悸挛,眼前直冒金星。仿佛整个大地在旋转,旋转。她开始张皇失措了。

四妹,九哥一把抓住四妹的右手,摩挲着,爱抚地揉搓着,道,要忍住。

九哥在抓住四妹右手的刹那间,发现了身旁有把匕首,禁不住眼前一亮,而四妹则觉得一股说不清楚的情绪涌到心间。待她定下神来,慢慢睁开眼睛,方知道抓住自己手的人不见了。她勉强抬起头,尽量看远些。不一会儿,她看到了九哥。九哥正手拿匕首朝一个尸首的颈项捅去。迅即,他抬起尸首的脑壳,又把一个水壶接上，有着余温的血似一条缠缠绵绵的红丝线滴进壶嘴。也许他早已瞅准了这个"死尸"还在苟延残喘，也许他急中生智想出了解渴也解饿的办法。四妹见到这一情景，一怔。而九哥呢，就在握住匕首的那阵儿，还有一丝人性的闪念在脑中一晃，但很快就消失了。他要生存，他要活下来，他急需食物补充，他没有时间去考虑其他。若是平时，他一准会顾及很多，想得很远。时下，一切都由不得自己。为了生命，不应该做的也要迫使自己去做。

待这一切完成以后，他先是仰脖喝了口，然而，这一口下肚后奏效如此之快，实在是他始料未及的。他原以为，这样做只不过是为了满足心理的需求。殊不知，顿时，九哥觉得周身有力了。

起初，九哥把壶嘴送到四妹口中时，四妹还摇摇头，蹙蹙眉，但没过几秒钟，四妹就咕噜咕噜喝个不住了。待他俩喝完时，两人脸上身上都是血迹，乍一看上去不像是打鬼子的人，倒像是名副其实的杀人狂。

现在，饥饿口渴暂时解决了。周身的疼痛，却又缠住不放，他俩不时发出呻吟声。

就在这时，头顶那个大火球已经到达天中央。在它周围布满了橙色的圆弧，这些弧线一会儿洒下聚热的光点，一会儿又收拢。天上俨然悬着一个大火炉。

一对虱子在九哥的腋下蠢蠢欲动。九哥觉得痒。他一手掏进去，看也没看一眼，就抓到了。他把虱子放在胳膊上，让它爬行了两圈。他觉得周身一阵骚动。突然，九哥将虱子捏在手中，知道它们倒吃得饱，便一张嘴，将它们丢进口中，牙齿咬得咯蹦直响。这腥味反胃，倒肠子，他强抑住坚持下来。

九哥……我……我渴得慌。不知过了多长时间，干渴、燥热又开始侵袭。四妹脸上渗出许多汗珠，她觉得额头有无数个针头在刺，生疼，生疼，又变得麻酥酥。心中像有一把火炬在炙烤，在燃烧，在悸动。

这时，远处飞来一群群绿头苍蝇，在周围嘤嘤狂叫。也就是同时，两人嗅到一股翻肠搅肚的尸臭味，这才醒悟过来，那些尸体因天热已经腐烂。再仔细一看，到处蛆虫遍地，两人身上也不同程度爬上了蛆虫。而那群苍蝇却开始赶也不走地围着他俩的伤口打转儿了。

眼前，残酷的现实逼迫他俩不得不考虑这样一个问题：死亡已经找上门来，应该怎么办？

不……不，九哥歇斯底里地抽出匣子枪，朝天空嗒嗒嗒地一阵射击，不能死，我们不能死……

可我们没有粮，没有水。四妹似乎有些绝望，她垂着头，说，恐怕出不去就……

别说了……别……别说了！

九哥刚说完，一口黏液堵在喉咙，憋得他青筋暴露，两眼发直，急得他满地打滚，当翻身压迫到伤口时，他又疼得野狼般嗷嗷直叫。

沉寂，难耐的沉寂。这旷野唯有毒日头在稳稳地施着淫威。

九哥咆哮、鬼嚎过去之后，喘息了片刻，又端详起四妹来。

四妹，旋即，九哥唤道，过……过来……

四妹怔怔地看着九哥，还没等她反应过来，九哥已经用胳膊紧紧地将她箍在怀里了。

四妹一会儿觉得呼吸急促，一会儿又觉得心中有团火焰在蠕动。她推开压在身上的九哥，但一种强烈的本能又很快将此闪念攫住。那干涩的口中，因了这无形的力量的翻滚，又湿润起来。而九哥咂着嘴，更是有一种说不出的兴奋和快乐。他周身散发着一股热浪。此刻，理智的缰绳已不在手中，九哥实在无法控制自己了，也便任这些欲念发展开去。他仿佛听到河边老榆树上鸟儿交媾时发出的动听的声音。四妹开始想阻拦他的手,但当九哥的手刚一触到她的胸部,她便身不由己了。她紧紧搂着九哥,恨不得两人合二为一。而九哥却很快被一种快感俘虏,随即,就在这俘虏营里游来荡去,轻松自如。最初,四妹犹如被摔落在一个无底的深渊,但一会儿,又发现自己被抛向空中,荡来荡去。她记得小时候,刚懂事那阵儿,见到裸露的男孩,她会赶紧两手捂住眼睛,竭力诅咒自己看到这些不贞的地方。可是,到后来,却不同了,自己越是诅咒看到这一切,便越想挨近男人。一场剧烈的运动刚刚结束,一个神圣的使命也宣告完成。

两人都疲惫了,乏累了。多想就这样静静地待下去。可是,呛鼻的尸臭味在四周弥漫,犹如一股邪恶的力量在推搡他俩。

于是,他俩会意地站起来,当然是坚强地站起来,相互搀扶,准备离开这灼人的地方。可抬头一看,一群绿头苍蝇纷纷扬扬地追逐而来,在头顶嘤嘤着。他俩每走动一步,它们也哼哼着向前挪动。再一看,那白色的太阳,忽然变成了紫红色,向地面泼洒着火苗。这可恶的日头,这可怖的毒日头。隐隐地,地面发出爆裂的响声。九哥觉得脚板踏在地面上,滚烫滚烫,而四妹则穿着一双底子厚实的绣花鞋,移动着,移动着。

九哥疼痛难忍,烦躁不安。他不时鬼嚎狼叫地吆喝,要么捶打自己,要么跺脚,偶尔也揪四妹一把。

此时的四妹又何尝不如此,她干渴得难受,喉咙里像是在呼呼地冒烟,脖颈生疼,嘴角挂着血丝。渴得实在难受时,她就猛揪自己的头发。最后,他俩又干脆停住,躺下来。

这难挨的时光,这可憎的毒日头,不知何时过去,何时才能消失。他们多么盼望天空突然泼下急骤的雨水来,多希望面前奇迹般地出现一条奔腾的江河,他们要跳进这甘甜的江河尽情地喝个饱,哪怕最后死去,也心甘情愿了。可日头却愈发撒泼似的散发着热能，不停歇也不留间隙地炙烤着他俩。

一个新奇的念头倏地一闪，九哥便又踅回去。四妹一副不解的样子，瞅着九哥。

我们不能就这样饿死，九哥一瘸一拐地边走边说，不能就这样渴死……

四妹紧跟在他的后边。她面部浮肿，面容憔悴。刚才还妩媚动人的面色，转眼间，变得铁青。

日头还是那样毒，尽管现在已经西斜。九哥先是脱下一个死尸的鞋子自己穿上，随后又爬到原来的地方，捡起那把匕首。尸臭味扑鼻而来，他几乎窒息。他使劲揉了揉鼻子，倒希望此时失去嗅觉的好。他看了眼四妹，把牙一咬，用匕首使劲在左胳膊上划条口子，说：

四妹，快！

不！九哥，不能这样……

我知道自己不行了，总比等死好……快呀。九哥说着，自己先吮了一口。

一种对生的强烈渴望，使四妹趴在胳膊上，头也不抬地吸吮。

九哥，过了一会儿，四妹怆然抬起头，抱着那条汪汪冒血的胳膊，说，九哥，你来……

九哥在淌血的边缘，把血滴舔个干净，挣扎着站了起来，但还未立住脚跟，就又一个趔趄摔在地上。

九哥，四妹迅即撕下一块衣角，给他包扎，末了，说，九哥，你不能死，你可不能死啊……

九哥迷迷糊糊，微微睁开眼。伤口钻心地痛，刀口被汗渍浸着，火辣辣地冒火。苍蝇嘤嘤地在耳际叫个不休，九哥昏昏然了。他竭力不让自己失去知觉，却像在云里雾里，思维模糊。一会儿又觉得日头实在灼人，他极希望看到绿色。很早时，他就听老辈人说，洼地过去有清冷冷的小河，溪流潺潺，树木茂盛，鱼儿在水中欢快地游戏，鸟儿在枝头上，跳来跳去，叽叽喳喳。然而现在，这里的绿色在几十年前就毁于一旦。他多想在死前能聆听到鸟儿啁啾。这洼地，这日头，眼前如果有一片葱郁的树林，自己躺在阴凉的地方，那该有多么惬意呀。这洼地，这日头，荒荒凉凉的洼地，孤孤寂寂的洼地，毒辣辣的日头，火辣辣的太阳。九哥这时的思维还有点清晰，只是眼睛看不见，连周围的轮廓，包括四妹的身影也看不到了。

蓦地，他看见一只绿颈、紫翼、红膺、丹足、绀顶、碧身、缃背、无尾的九色鸟，正带他飞向一个遥远的地方。在那里，他可以静静地安息，不再忍受饥饿、干渴、疼痛，和这灼人的毒日头。

九哥面露微笑，死去了。很快，蛆虫自他的伤口遍布全身。

四妹没有哭，她脱下自己的衣服，盖在九哥身上，又往上拉了拉，蒙住他的头部。然后，捏起那把匕首，拖着一条伤腿，往前走去。

她走着走着，似有一股凉意袭上心头，顿觉格外爽快。起风了。她辨别了下方向，忽然看到，在太阳周围，有数不清的紫红色的血块。她用衣角拭去脸上的汗渍，背着太阳朝东走去。

洼地里，一个亮点在艰难地移动着。她觉得孤独，她觉得饿得慌。她的伤口开始化脓，已经两天没有吃东西了，她的骨头像散了架。她披散着头发，右手握着匕首，腰间别着匣子枪。单凭她满脸的血迹，就足以判断她是一个疯子，一个杀人狂。然而，你错了，她其实是一个女人，并且还是一个娇小可爱的女人。在战争开始之前，她简直就是一个大家闺秀。后来，她变了，整个脱胎换骨了。她变得刚毅，她变得睿智，她变得聪颖起来。设若她的敌人是一个男子，她绝不甘示弱。她会一往无前地冲上去，将其杀死。她十六岁跟随九哥打鬼子，短短几年，就凭着自己的坚强，自己的机敏，消灭了不下百来个鬼子。

现在，情况不同了，她已经陷入绝境。疼痛、饥饿、劳累、困顿，集于她一身。她走走停停，往前挪动。不知过了多少时辰，当行至洼地尽头时，已能听到远处的鸡鸣了。就在她委实坚持不下去，刚要准备停下来歇息片刻时，前面有个黑点向她走来。她左手握着那把匕首，右手拔出匣子枪，趴在地上。她已经无法再站立起来。她做好了战斗准备。在开始射击之前，也不知哪来的力量，她突然朝来者喊道：

谁？

她的耳朵在嗡嗡直响，她觉得天旋地转。以致对方的应答她一点也未听到。她刚想先行射击，使劲扳动枪机，就晕厥过去。

黎明时分，一位早起的老人发现了她。老人一愣，当辨别出她的确是个人，而不是其他怪物时，将她背回家中，把她放在土坯垒起的炕上。不过，这阵儿，她正说胡话，周身滚烫，老是"九哥，九哥"地呼唤。接着，老人又给她蒸了碗鸡蛋糕，一口口地给她喂下去，她这才逐渐神志清醒过来。可是，她的两条腿却永远不能走路了。

纸片上的女孩

萧坐在办公室里追忆那位靓女。他怎么也不相信，斯奇在讲述她时，为何把她描写得这样迷人。萧苦苦地等了五年，可终也没有见到她的影子。这竟成了他终生遗憾的事情。

白杨的枯叶打着旋儿，飘到地面，发出沙沙的声响，萧从难耐的寂寥中清醒过来。进入深秋了，萧在自语着。她该回来了，萧在希冀着。萧燃了支纸烟，在不停地哑巴，然后，他就使劲吐了口唾沫。贱货！萧暴跳着站起身，在房子里像一条疯狗，来回蹦跳。

萧第一次想到靓女时，他感到这是一种不可言说的享受。他用力捶了下书本，待激动的心绪稍稍平静，便拧开自来水笔，在大拇指上试图描摹下那美好的情思。可是，他想了半天，似江河奔腾般的记忆实在无法捕捉到。最后，他只好把残存的记忆随便涂抹了几笔。事情出乎预料，一个似像非像的女孩映入他的眼帘，着实让他兴奋了一阵子。

起床号懒洋洋地响起时，萧记起下午要检查军容风纪。他把军装穿好后，又抻了抻脖子，一照，形象还好。文书来到他的办公室时，萧已经拎着武装带走出房门。队伍集合完毕，他说了声稍息。队伍紧张的气氛得到了缓解。头顶上一只黄鹂的美妙音符，使萧也不由自主抬头，努嘴学了声鸟叫。队伍发出一片哄堂大笑。萧严肃起来，他歪着脸吼了一声：谁叫你们笑，简直太胡闹。

检查军容风纪以后，萧回到自己的宿舍兼办公室，仍在追念那个靓女的影子。他同营长说，怎么也不理解连里那些女兵留的长指甲。直到有一天，他到班里检查内务，发现那些女兵正在描口红，他就怀疑她们是不是要效法靓女，是不是也看过这部书。他想，那时她们还没有入伍，还没有成为一名兵士。每天一大早，萧独自在操场上散一会儿步，有时吸几支纸烟，回到宿舍时，一准也就有了懒洋洋的号声。

萧发现女兵班班长涂口红，是在这天下午他从营里开会回来时。在萧的印象里，琳是从不描眉洒花露水的，即使留长指甲，也与其他女兵两样，只留小拇指，说是头发长，搔搔痒可以用得上。当时，萧听了琳的解释，又根据琳平时的表现，也就认为琳说的话有道理。所以，连里召集班长开会时，男兵班的班长们对此有异议。不管怎么说，萧认为女兵总有她们的特权，就作为特殊情况，把这件事放下了。

萧对琳的不满，是在琳留长指甲一段时间以后，萧居然见到琳染起了红指甲。萧顿时有种被欺骗的感觉。难道染成红指甲，搔痒效果会更好吗？萧察觉这几天来琳开始躲避自己。

琳被喊到萧的办公室时，是在星期天晚点名之后。当时，琳发觉染指甲并不像别人说的那么有意思。更何况，一班之长总得有点自觉性，也就把指甲油洗掉了。她拿了本杂志，正准备躺在床上看书时，被萧喊到了办公室里。萧用自来水笔在大拇指上刚刚描完靓女，就见琳已经走进办公室。他把自来水笔收好，右手端起紫砂暖杯，轻轻地呷了口茶，招呼琳在距自己三米的门口站住。一开始，萧没有作声，琳却说道：该不是罚站吧？萧背对着琳很严肃地说：先站几分钟。

琳感到有些委屈，扭头就要走。这时，萧又转过身说：拉条凳子坐下来。琳故意把凳子拖得唰唰响，一只老鼠从萧的床下跳出来，从琳的两腿中间跑了出去。萧对琳说：早看见的话，兴许能把它抓住。

琳说：就为了这事儿？

萧说：当然不是。

萧觉得应切入正题了，于是他很温和地对琳说：指甲还在染吗？琳说：哪能呢，早戒了。萧感到很吃惊，他从凳子上站起来，问琳：你吸烟？琳说：可能退伍以后会。萧长舒了口气，两眼紧盯着琳的手。琳接着说：你同意了的，干吗老钉着不放？萧说：谁同意你染指甲了？琳说：到底谁染指甲了呢？萧盯着琳的手指，并没有说什么话。当他看到自己的大拇指时，竟然会心地笑了。

晚上，萧躺在床上，想着白天发生的事情。真不该让琳看见，他想。琳是否已经看见了呢？萧也确实难以确定。

琳回到宿舍觉得萧很可笑。琳回到宿舍时，其实班里其他人都在洗漱准备就寝了。她躺到床上以后，整个房间已经能听到噗噗的呼吸声。在这静谧的夜里，琳却无论如何也难以进入梦境。自她看到萧大拇指涂抹的影像时，先是感到不安，后来就有些为之百思不得其解。为此，琳翻来覆去，窄小的木板床吱嘎直响。再后来，琳想起了曾经读过的一本书。虽然名字不太清楚，但故事情节还记忆犹新。小萼那令人掬泪的悲惨命运，令她感到很值得同情。琳就这样湿润着眼睛睡着了。

萧散步回来以后，发现队伍正围着操场转圈。像雨点落在房顶上般唰唰的脚步声，影响着萧的情绪。这时，天还没有完全放亮。队伍前排倒数第三个就是女兵班长琳，她跑起步来摇摇晃晃，看上去好似没有睡醒。萧想，一定是什么事情把她给迷住了，萧真想过去在她屁股上踢一脚，让她醒醒神。他看不惯琳那副懒散的样子。

紫色柜子第二层训练计划上面的白纸片，引起萧的浓厚兴趣。纸条上有清晰的手印，像萧的大拇指按的。但这绝不是自己的指痕，莫非……萧忽然想到了琳。他记起了琳昨天在柜子里查找资料，萧因为正接一个电话，并没有顾及琳究竟在干些什么。琳离开他的办公室时，又回头向萧笑了笑。待萧赶到门口时，琳已经走进女兵班宿舍。

就这个问题，萧原本准备喊琳单独谈谈，最终因为找不到合适的契机，也就无从谈起。不过，萧倒把这件事放在了心上。

萧见到琳时，是在吃过晚饭后。连里的男兵女兵正在编组进行篮球比赛。萧和琳坐在草坪上。起先，琳注意到了萧的大拇指，萧却燃了支纸烟望着天空的白云。球场上不断传来的喝彩声，使萧感到很烦躁。琳也不时回头看球场上的赛事。琳将视线移回来时，见萧正虎视眈眈望着自己，琳感到很难为情。

萧说：下个月就要统一着冬装了。

琳说：这就意味着一天比一天冷起来。

萧笑着说：毕竟是女孩，不仅心细，说起话来也那么有味儿。接着问：你要的资料不知查到没有？

琳说：我要资料做什么，我并不需要任何资料。

萧吃了一惊，说：我明明看见你在我的办公室里查什么资料。

琳也吃了一惊，说：你记错了，我就是查什么资料，也会向你报告。

萧提示琳说：当时我正在接电话，接完电话你人早已不在了。

琳极不乐意地看了萧一眼，起身，拍拍屁股上沾的草叶，向球场走去。

萧回到宿舍时，球场上的赛事还在激烈地进行，他端详着那张纸片，一手抓起了电话，当他意识到自己不知要把电话打给谁时，只好悻悻地摇了摇头，苦笑起来。萧认为无论如何也不应该这样，她明明进了自己的办公室，可临了又矢口否认。萧现在才发觉琳已经不是记忆中的琳了。

琳尽管人在球场，可那精彩的赛事也没有提起她多大兴趣，她在想刚才和萧的谈话。后来，她想萧实在无聊，硬说自己查什么资料。实际上，琳那天正在组织女兵班的战士们刨土坑。在这之前，萧曾对琳交代过：明天如不将营里分来的米兰花栽下，花苗可能面临被强烈太阳光晒死的危险。其实琳也很清楚为什么把这次栽种花木的任务派给了女兵班，而男兵们都在玩扑克，或者下象棋。严格说起来，琳也不是那种容易服输的女孩。吃过午饭以后，当她们来到需要栽种米兰的地方时，女兵们嘻嘻哈哈着开始铲土，有几个男兵坐在屋檐下晒太阳，因为感到无事可做，便跃跃欲试着准备帮助女兵们铲土。可是，看到琳那副庄重的面孔时，他们也就打消了这个念头。

萧从宿舍出来时，球场上的赛事早已结束。他看到那柔和的光线从平房的窗口射出时，就自己猜想着，琳又在吹嘘指甲染得如何高明了。文书向他通报了比赛的结果以后，萧只是点了点头。他那副满不在乎的样子，刚好被出来倒水的琳发现。琳回到屋里不大会儿，屋里就传出了哄堂大笑声。萧本想在球场散散步，调整一下心绪，听到笑声，他只好踅了回来。

萧回到宿舍，刚在凳子上坐下来，那张纸片就映入他的眼帘。床下老鼠嚼咬纸团的声响，引起了他的警觉。他拿起一块板条钻到床下面，力争把这只讨厌的老鼠捉到。可他趴着静待了足足五分钟，也没有见到老鼠的影踪。

琳是在墙角发现那沓纸片的。当时，她正带着女兵班的战士清理卫生区，就在清扫墙角的一堆垃圾时，她看到一个旧罐头盒里有一沓纸片，上面印的极像萧拇指上的那个女孩。她担心引起其他战士的注意，便故意用扫把使劲扫了下罐头盒。在她弯腰把那纸片揣到包里时，并没有人发觉。接着，琳又拿了脸盆为新栽的米兰浇水。她想：等到明年退伍时，就能看到米兰开花了。想到那时将要眼望着开花的米兰远去，琳不觉含了眼泪。她又想着班里的姐妹们，她们好像米兰那么娇小，那么柔弱。

开早饭的哨子声使得琳丢下脸盆，整装集合。饭前依然是萧那雷打不动的训话。萧每次站在队列前讲话，总先清清嗓子，干咳上两声。萧瞥了眼琳——自然是琳的手指，尔后，才按惯例讲了两句。

萧坐在办公室里回想着琳的手指。他记得，自己的视线刚移到琳，琳就显出极其紧张的样子。当他走到琳的面前时，一股刺鼻槐花气味熏灼着他，使他又很快回到原来的地方。萧重又站在队伍的前面，他简直怀疑这非正常的气味是否适合琳，再看看琳，她却一副若无其事的样子。

纸片上的女孩琳似乎在哪儿见过，可她一时又记不起。班里的女兵都去给米兰浇水时，琳独自溜回宿舍，悄悄地从包里掏出那沓纸片。每张纸片上都印着一个漂亮而又熟悉的女孩，极像一方方精美的印章。琳把那沓散乱的纸片丢在萧的枕头旁，是在给米兰浇完水的女兵们回到屋里之前，女兵们都在笑她时，她的脸不自觉地有些热涨。其实，她们自己也不知在笑什么，唯有琳清楚自己脸红涨的原因。

萧来到女兵班时，女兵们正在散乱地闲谈。他一进屋门，就被呛鼻的槐花气息包围了。萧极不自然地用手帕捂住鼻孔，随后就指向关得密密实实的窗子说：赶快打开，看把你们捂得黄不拉几、病恹恹的样儿。琳把窗子打开以后，又坐到原来的地方，她知道萧不时地斜视自己。虽说萧在和大家说一些无关紧要的话，但琳还是感觉得出萧内心并不平静。从他握成拳状的手指上，琳并没有发现什么。为这，琳突然变得不高兴起来。萧一改过去的观念，极想欣赏谁的红指甲染得美丽。从萧的表情看来，他觉得很失望，萧的确不了解这些女兵魔术似的做法。类似的问题使萧矛盾着，他被缠绕得坐立不安了。

　　正当萧急需解脱的时候，文书匆匆跑进来说，营长在电话中等了很久了。

　　萧在营里吃过午饭，回到连队时，看了看新栽种的米兰，还不由自主地浇了盆水。萧进到屋里，刚要准备躺在床上稍作休息，却见枕头旁散乱着一沓纸片。萧顺手捡起一张，纸片上的女孩驱散了萧的睡意。

　　萧气冲冲地走到门口喊：文书，派几个人好好清理我的宿舍，把那该死的老鼠，不论大小，统统捉住。

官道

1

傍黑，飘飘绕绕的雾气，和着凉凉爽爽的风，摇摇摆摆地到来了。

这时，环盖在官道上空，几乎要把官道罩住的白杨、刺槐，发出哗哗的声响。那槐花的香气也随着风，抖抖颤颤地在四周散开。站在官道登高远望，除隐隐约约能看清毗邻的未庄，余下的便是一片暮色了。未庄的孩子们放学归来，悄悄地扯上一根长长的竹竿，在尖端系一把锋利镰刀，就一路朝官道飞奔。选好一串串的槐花，用刀削下，便往口里塞个不停。槐花甜甜的，白白嫩嫩，引得人贪吃。第二天，两个腮帮便鼓胀起来，而喉咙则又痒又疼。无怪乎年岁大了的人不让小孩子多吃槐花，因为槐花含有微量毒素，待到了饱和状态，就在人体内发作起来。即便如此，未庄的孩子们还是经常背着大人去贪吃令人眼馋的槐花。

夜色深沉之时，自官道碑林的第一个牌坊后显现出一个人影来。开始是蹦蹦跳跳的一团影子，跟着，魁魁梧梧，渐次高大起来。这夜是出奇地黑，以致整个面目难以辨清。

他走走停停，不住地在原地兜圈子。

2

那天晚上，他在擦弄他的匣子枪，盘着腿，赤着背。而妻子则眯着眼，细细地、密密地给他缝补那件蓝棉布对襟袄。过了一会儿，她要亲自给他穿上。别看结婚恁些年，他还是有些腼腆，嘿嘿着不好意思哩！可妻子哪顾得恁多。明天即将长时间别离，她要说的话多多的，可临了，却一句也说不出。给他穿好后，她就搂着他的脖子呢喃。他觉得脖子里有些湿。她的眼泪簌簌地流。突然，他一下把妻子搂在怀里，眼睛眨也不眨地直直看。妻子安详地躺在他怀里，也直直地望着他。他又轻轻地抱起妻子，平平地把她放下。在这瞬间，他瞥了眼正熟睡的刚满三岁的儿子，这才动手解开妻子的上衣。

屋外，蟋蟀响成一片，灯桌上的小油灯的火光懒洋洋地飘动。

天刚蒙蒙亮，他就带上队伍沿着堤坝向官道走远了。

接近晌午时分，一阵急促的擂门声响了起来，妻子忙不迭地边应声边开门。

一色穿黄衣服的人簇拥进来，叽里咕噜地吆喝着冲进屋里。一个戴眼镜的矮胖子，提着东洋刀，一脸淫笑着向她走来。

你的，花姑娘。说着，他步步向她逼近，她却惊愕地连连向后倒退。

快说，八路的，都在哪里？

我，我……她两手护住高耸的胸部，吓得说不出话来。矮胖子眼睛向她射出刺人的淫欲的光。那镜片经阳光反照出圈圈光环，使她不由想起新婚那天，她同丈夫来到布衣庙祈求上天早日赐给他们儿子时见的那些青面獠牙佛像来。她惊叫一声，就不省人事了。

混混沌沌时，她觉得下身异常疼痛。她想移动下胳膊，可怎么也抽不动，她想活动一下双腿却怎么也站不起来。她微微睁开眼睛，惊见穿黄衣服的人正赤身裸体站在她面前。

她一阵恶心，几乎要呕吐出来。这时，她又瞥见自己的孩子也裸着体。她依稀记得，去开门时，孩子还露着微笑正睡得香甜。可是现在，孩子翻着白眼，嘴里淌出血块，周身都是血渍。她一阵抖颤，眼睛怔怔地瞪着死去了。

3

挨近未庄时，他滞住步。

现在，他越发不敢往前走了。

官道阴森森的，偶尔传来几声兀鹰的哀鸣。远处磷火点点，凉风在耳边嗖嗖作响。

他顺着朱寨河堤坝走。荒芜干涸的河沟生出些芦苇来。朝未庄望去，一片漆黑，不见灯光。或许是有人过路，几声猎猎犬吠之后，一个黑点抖动着移过来。他赶忙把身子隐到路边合抱的榆树后。

蓦地，黑点在老榆树旁停住不动了。接着，那黑点又左右环顾，用火镰吱吱擦燃一支纸烟，没抽上几口，就将它举过头顶，朝未庄摇了几个圆圈，便独自蹲下，呷他的烟。

在他即将抽完时，未庄方向又有几个黑点迅速地移动起来。抽烟人赶忙起身道：

快，拿出来，少有地静哩！

几个人抖抖索索地把一片大锯条从麻布包里取出，安上柄。抽烟的人又问：水呢？

快，把水敷上。他们手忙脚乱地把提桶里的水浇到锯条上，又不无高兴地道，让他们听——哼，听个鬼！于是，又得意地嘿嘿直笑。

待安顿好，后来的两个人就开始拉锯，抽烟人蹲在中间。

别抽,快把它灭掉。拉锯的人中有一个狡黠地说,那玩意儿,天越黑,越显眼呢!

锯齿发出的咝咝声,震得他们头脑发酥头皮发麻。

嘿嘿,小老弟,抽烟人又说话了,我早就看中这棵树了,值钱。赶明儿,不等天亮,就拉到理合坞,卖个好价。然后,到集市……怎样?

行,行。八哥,你尽管弄好了,俺哥俩听你的。两个拉锯人也喜得眉飞色舞,愈发拉得快,拉得带劲起来。末了他们又补充道:八哥,今晚,咱可得捏两盅哩。

行,我呀,早同老婆说了,让她准备好酒菜呢!

是咧!是咧!两个拉锯人也应道。

渐渐地,老榆树开始摇晃了。

闪开,要倒了!话音刚落,咔嚓一声,老榆树横卧下来。

趔趔趄趄地,三人顺着原路往回走,几步就蹿到村头了。

咣!咣!咣咣咣……突然,锣声迅急地响起来。

快,把它扔了,快!三人喘着粗气,像兔子般一溜烟不见了影踪。

他从老榆树里出来,蒙了。未庄灯光一闪一闪的,随即亮了起来。

一个亮点划破夜空,飞回官道。从未庄传来骚动声和啧啧的惊叹声。

4

官道依旧庄严,肃穆。那萧萧瑟瑟的风,犹如声声凄婉的哀鸣。那座刺向天空的碑塔，经了长年的风风雨雨，砖块被剥蚀得没了棱角，但仍然那样伟岸。从他站的第一个碑牌起，一字排开去，有数十个这样的碑牌。后面的坟墓则难以计数，丛丛的草棵在秋风吹拂下已经枯萎。

这晚有月光，很亮。清清湛湛的河水同月光相映，波光粼粼。他带领着他的队伍，沿着朱寨河堤坝，猫腰前行。他记起了妻子惨死的情景。那目不忍睹的场面他已不愿再去想。官道据点的探照灯来回扫射，扫遍四周的角落。这是最后一个据点，无论如何也要端掉它，尽管这里屯兵多，且武器装备精良。

若不是这些穿黄衣服的人，他一定会吹起心爱的笛子，悠悠的，像小河流水，奏出美妙动听的小夜曲来。

而眼下，在自己家园却得不到自由，只能在别人森严的戒备中苟且偷安。他发誓要把他们赶出去，重建美好的家园。

接近官道据点时，雪白的探照灯光唰地向他们扫射过来。但他却很镇静。他明白这次任务的艰巨性，他清楚这百把号人队伍为什么会交给他。同时，他更明白，这些穿黄色衣服的人多待一天，给未庄带来的将是什么。

传我的话，他握紧匣子枪，蹙紧了眉头，消灭黄狗，重建家园！

消灭黄狗，重建家园！沉沉的闷雷在平原上荡开。

按照事先部署，两名兵士匍匐前进。突然，在他们即将接近目标时，响起了密集的枪声。

压住敌人火力点！他把匣子枪一扬，机枪手，狠狠打！

子弹在周围啾啾作响。很快，碉堡里枪声弱了下来。两名兵士一跃而起，拉响了炸药包。

随着一声震天的闷响，碉堡在一片红光闪过之后坍塌了。

几乎与此同时，官道方向呜呜开来几辆卡车。还未等他清醒过来，一发发的炮弹呼啸着在土坎边炸开。

霎时，队伍死伤大半。他刚下了撤退的命令，如雨的机枪子弹就朝他们盖过来。他的右腿渗出了鲜血。

他被通讯员搀扶着，一瘸一拐地向未庄撤退。一个好端端的队伍须臾之间毁于一旦。

打……打，狠狠地打呀！他猛地甩开通讯员，掉转头，匣子枪叭叭地响。弟兄们，打呀……刚喊到这里，腹部又中了一枪。

火光闪闪。朱寨河里水汩汩地流，堤坝两岸的桑树、枣树、垂柳也呜呜地响。靠近官道不远的地方，尸横遍野，血流成河；有的两人搂作一团，有的几人抱在一块。看上去，他们不过才十七八岁，小手小脚，然而，肩扛的却都是笨重的三八大盖。

5

不知过了多少年，一个夜晚，一个亮点在官道腾空跃起。

他带着希冀，以及那个美好的憧憬，朝未庄走来了。朱寨河依然干涸，些许的芦苇在河底无力地颤动。他心中涌起一股酸楚的感觉。

他走到那棵老榆树附近时停了下来。他想在树墩上休息一会儿，却差点陷进深坑里。他只能坐在一个树墩上喘口气。照他想象，未庄而今已是灯火通明，夜不闭户了。没想到未庄黑乎乎的，不见一点光亮。他疑心看错，急忙揉了下眼。

过了一会儿，从未庄传来婴儿的啼哭声。又过了好一会儿，那婴儿啼哭声愈发地大，哭声传来处有了一个昏黄的亮点。凭他的判断，这不是小油灯的火花。他要亲自到未庄去，去看看那里的父老乡亲，和战友们的妻室儿女。

　　他走遍了未庄的院落，最后，停在村口一棵大树下。多少年来的思念、感叹和愿望一起涌上心头，令他潸然泪下。

　　……

　　忽然，一个亮点刺破黑夜，在未庄上空盘桓，把个村子映得如同白昼，蓦地，又飞回官道。

美丽的远行

那年,我们家乡遭了大水。老人尿般的雨柱下了七七四十九天。整个庄子被淹没,远远瞅上去,光剩下汪汪的一片水了。

黄昏时,父亲看到西北角天边闪闪烁烁地亮了几下。父亲说,亮七不是及时雨,没准这雨是场灾。父亲把确枪用一块白布包裹好,在油桶浸个透,搬过槐木梯子,颤颤悠悠地上了房顶。他掀开那块张嘴瞪眼的琉璃瓦,小心翼翼地将确枪放好,又四面环顾一遭。然后,下得梯子冲我说,儿子,踩着我的背,骑上爹的脖,咱到房顶上避避这场祸。

果不其然,父亲的话应验了。涨到房檐的水面上,尸首、牲畜、粪便、食物、干草、破衣烂裤、旧帽脏鞋、席片子、棉垫子、跳蚤屎、蚊子翅等等,给这些本来泥沙混浊呈棕红色的雨水,增添了无比奇异的光辉。

这是一九三二年开春不久的时候。那年,我刚六岁。我骑在父亲那肉皮松紧自如的脖颈上,望着滚滚的洪水,觉得父亲的脖上比汽艇还潇洒,比轮船更平稳。父亲比我年长十三岁。他生得膀大腰阔,却秀眉秀眼,一张小嘴。父亲说,人言嘴大吃四方,我他妈的就不信。四方,不都囫囵吞吃?没劲!还是这小嘴,只一方就足了,慢慢尝,细细品,嘿,那才够味。说到这里,父亲也就看我的嘴,一眯眼,咪咪地笑了,说,像爹,嘴不大。

眼见那水就要漫过房顶,父亲并不慌乱。他看见我家院子里那棵枣树正开着米粒大的黄色小花,就想到去年成熟的枣了。中秋节刚过,父亲要吃枣。那是个晚上,父亲盘腿坐在蒲团上,当时,月亮当头,光线明亮柔和。父亲噗一口把灯吹熄了。他把摘好的红枣一字排开,放在桌子上。他吃枣向来与常人两样,两只手离着嘴老远,不停地扔,咬得可准,吃得也快,一边吐核,一边咽肉,机械动作。父亲说,倘若不得要领,就会很难掌握。就在父亲吃得尽兴时,一只壁虎倒了他的胃口。那只壁虎全身弯着躲在一颗红绿的枣上,稀里糊涂钻进了父亲嘴中。父亲感到酸甜的一股尿味,就知道出了差错。他噗噗地吐,还冲我说,儿子,灯,快点上。你爹吃了什么鸡巴玩意儿?不对味,不对味。

现在,势态逼迫父亲挪动位置。雨还不停地下,水仍在不断地涨。望着我家那齐屋檐的枣树,父亲似想起了什么。他说,儿子,你爹错了,那枪……唉!

父亲的确枪是为父亲立了大功的。早年,父亲受祖父的影响,也练就了一手好枪法。我们家的玉米地里不知何时何故遍地生了许多蛇,各种颜色应有尽有。那蛇蜷伏在绿色的草棵里,窸窣爬行。什么无龟头蛇、音乐蛇、绿蛇、红蛇、无脑袋蛇、杂花蛇、黑蛇、白蛇、黄蛇、铜花蛇、金银蛇等等。它们缠在玉米穗上,爬向玉米缨上,躺在硕大的玉米叶上,或两条蛇并行嬉闹,或数条蛇一块撕扭,发出叽叽喳喳、嘻嘻哈哈、呜里哇啦不绝于耳的美妙动人音符,使得整片玉米地颗粒不收。为了弄清缘故,父亲专门向乡里巫婆、道士求教。有人说此玉米地风水极好,土地黑沃,蛇乃龙之蜕化,大吉大祥。有人说先前这块玉米地是片坟茔,义和团英勇壮士在此同八国联军展开浴血奋战,上万华人和夷人在这里同归于尽,说不定眼下是他们的魂在兴风作浪。某夜,父亲拉上我,腰揣着两支确枪,手提两支确枪,吆喝随从抬上数箱子弹,迤逦来到玉米地。父亲凭着过硬的枪技,一垄垄用枪扫平。霎时,那些蛇颤抖着,哀鸣着,或断头少尾,或一断两截。但到最后一垄时,父亲眼见胜利在望,刚要露出欣慰的笑容时,猛然间,呜的一声响,蹿出一条十米长、一米宽的杂花蛇。父亲被这突然间发生的事故震蒙了。当他镇定以后，那杂花蛇已经冲他紧逼而来。父亲先是将手中两支确枪的子弹打出去，可都偏离了方向。眼见那蛇离父亲只有几十米远，似一股浪涛汹涌奔来，父亲额头急出冷汗。他迅速抽出腰中两支确枪，但其中一支仍然出现了毛病。父亲气急败坏地把这支枪砸向冲来的杂花蛇，握紧他惯用的那支乐得利确枪。就在那蛇猛地一跃，向父亲扑来之时，父亲孤注一掷，打出一排子弹。这排子弹正中张着的蛇嘴。那蛇忽地跌落在地，气息奄奄。旁边围观的人们都惊呆了。父亲喊来百把号人，把杂花蛇抬回家中。他将铡草刀嚯嚯地在石盘上磨得锃亮，为杂花蛇开了膛。父亲用蛇皮盖在我家那九间砖房上。自此，我家的那块玉米地年年丰收；自此，父亲的这支乐得利确枪美名远播。顺便说一下，后来日本侵略中国，日本将军冈村宁次，还专门来到我家拜望我的父亲，要一观乐得利真容。

  雨还在不断地下。除了杂乱的雨水声，我还听到父亲肚子叽里咕噜的响声。然而，这响声委实很怪，这响声也牵动了我那饥肠辘辘的肚子。我才记起已经有几天没有吃东西了。父亲动了一下。他说，儿子，把麻袋扎紧，爹的脖子里漏水，该不是你在撒尿吧？我这才发现自己失控，给父亲尿了一脖子。爹，还热乎吧？我问。父亲说，还行，就是潮了点，父亲背着我，严肃地说。父亲让我骑着，他站在房顶上。这时，雨水没到他的膝盖。他说，儿子，咱得挪，不然，就要栽在这。

  我骑着父亲，父亲在蹑手蹑脚地找寻躲水而不是躲雨的地方。父亲的脚迈出时既准且稳。看得出，这一带他平常走得极熟。父亲在屋脊上行走。也许是屋脊比屋顶稍滑，父亲走起路来晃晃悠悠，失了先前的平稳牢固。他每走一步，我都要颤抖。心想，父亲，你得稳住点，万一有个闪失，后果不堪设想。

终于，父亲在一屋脊稍高处停下。雨淅淅沥沥地小了。父亲把我从他脖子上抱下，放在屋脊上。刚坐稳，我就觉得口中直淌酸水，极想吐。父亲似乎看出了我那痛苦的样子，但眼下身处绝境也无可奈何。正在为食物为生存而惶惶不安时，父亲发现水面上悠悠飘过两块红薯。待红薯飘游至距我们仅有几米时，父亲走钢丝般谨慎小心地抓起红薯，又重复刚才的动作踅了回来，带着几多兴奋。未等父亲把红薯递至面前，我已伸出右手去迎接了。这过去早已吃腻的食物，时下吃着甘美如乳汁。咯嘣几下，那块红薯已溜进肚里。我又开始盯着父亲手中那块才咬一口的红薯。父亲明白了我的意思。他说，儿子，爹的肠子细，不吃也没关系。你正在抽筋长身体，吃了它吧。就这样，父亲和我被困在屋脊上。有时候，得不到食物，父亲就给我捧上又脏又臭的雨水充饥。想起那糟糕透了的、里面游荡着红色小虫和蚂蚁般的黑色蜷曲状物的污水，至今令我翻肠倒胃一吐再吐大吐特吐。

　　东方天际露出一抹红。我穿的是件紫色兜裆，阳光透过扣鼻射到我的肚脐眼，一股融融的暖意涌上心头，痒痒的，颇感舒服。我脸上涌起红晕。我的后背似生发了许多个黑痣，父亲说，那是水里有蝌蚪。躺在屋脊上，头发由黑变黄。父亲说我营养不良。我想娘。父亲说有爹就行，别想娘。娘呢？在天国。天国是哪里？碰碰岛。远不远？得小跑。我怕累。找鸵鸟。是什么？不说了。我找娘。父亲说娘不在，有爹一样。几时归？有人追。我去迎。你能行？有爹在，瞎逞能。

　　这时，日头渐毒起来。屋顶上棕色浆水开始消退。看到这些，父亲想起了紫蓝色的玉米缨子。自从父亲把那条巨蛇打死以后，我家的玉米地风调雨顺亩产过万三载有余。后来不知什么原因，黑沃的土壤渐渐变黄。父亲很奇怪，三天不吃不饮不吭不寝。母亲躺在被窝里，说，他爹，快，进来暖和暖和。这已是春末夏初。父亲脸一横,没好气地冲着母亲:胡说,心头正热。

这事我一直弄不清楚。到了一九九二年,我去德州府出差,在一个弄堂里见到阴阳先生冯。他告诉我,你家那块玉米地原本是块宝地,不然,龙咋会只往那块地里去修宅养性呢。只怪你祖父他太不识趣,承受不住如此大的福分,可又不敢亲自动手,便指派他儿也就是你爹,提上确枪干了孽事。你祖父知道他儿枪法已成,虽说自己枪法还高过你爹,但他的心思不在那块玉米地上,早跑到德州府的烟花楼上去了。以致后来的日本兵在德州府刚刚驻扎下,你祖父就乘上轿投了日本人。

父亲很是懊悔,更加憎恨祖父。为了弥补自己的过失,他把我家屋顶上的蛇皮扯下,在玉米地朝南的一个拐角斜坡上,用蛇皮重新扎了一尊蛇像。他让我娘每天在蛇像面前合手三拜。起先娘不拜。父亲说,一拜神头,二拜神尾,再拜来鬼。鬼在我家,么事不怕。今天不来,牵肠挂怀。最后父亲又教母亲说,我家来鬼,吉事相随。

看母亲拜得成个样子,父亲就搭上小船,一路直奔济南府的花鸟市场,把那笼中之蛇全部买下。末了,父亲发现在市场一隅,一噘嘴老者手中举着玉米棵子,玉米上有一条红头绿尾有脚有嘴能歌善舞的花蛇,身旁吸引着众多看客。父亲挤进人群看得发呆,瞅得眼疼,想得入迷。虽然这条蛇价钱很贵,他依然从怀中掏出现钞付上。父亲一路心情舒畅。他把笼中之蛇放进玉米地里。蛇自笼口打着喷嚏,伸着舌头,忸忸怩怩钻进土层。父亲又擎着那棵爬有蛇的玉米,绕地三圈连磕三个响头,就来到玉米地中央,小心翼翼地把玉米棵子立住。父亲看到那黄土又变成黑沃沃了。也怪,过去枯萎的玉米,尽管时值冬天,还是一片葱绿。父亲说这是耐寒松不怕冻,收了粮食要入瓮。

现在,我和父亲嗅到了呛鼻的尸臭味。有些房屋经不住大水的渗泡，轰然倒塌，水中发出噗噗之声。浑浊的水面上漂游着各种垃圾，人间应有的一切这会儿全部挪到水层上。黑色的蝌蚪状的游虫摇着尾巴，爬到父亲的脚上。父亲感到既肮脏又新鲜，既好玩又稀奇。

我家屋上的琉璃瓦稀稀落落地滑向水中。墙上的泥块啪嗒脱掉。父亲看得心疼。父亲一面拍打身上的游虫，一面看着我家那即将倒塌的房屋。他感到热得难熬，就脱下身上的对襟褂。父亲脸上的汗水齐刷刷地滴下。他那干瘪的肚脐眼上已经有了几条游虫。几条游虫在父亲的肚脐眼上踅来踅去，它们一会儿往四处游荡，一会儿围着父亲的肚脐眼转圈子。父亲爱抚地摸了它们一下，没有将它们弹掉或拍掉。父亲自从经历自家玉米地的奇遇以后，对万物十分谨慎，从不杀生。按理，他现在完全有力量把几条游虫赶走。

我渴得慌。父亲见我满脸淌汗百无聊赖，更是不安。父亲拍打了下身上的游虫，弯下身子，把水面上的杂物用手撩开，掬起一捧水，端到我面前。这中间漏了许多，其实没有几滴。我忘了水的尸臭味，趴在父亲掬水的手上猛吸了几口，水黏稠变色，腥臭相杂。喝下的几口水贴在脖子的咽喉处，臭味加重。我想到了游虫摇来晃去的样子，想到了游虫摇动不定的尾巴。我极想呕吐，头晕目眩。我刚一清醒，就吐了正在为我扇风取凉的父亲一脸。父亲说，儿子，吐得对，让爹看看你的嘴。瞅了瞅，父亲说，嘴不大，像爹。

我已是渴热饿累集于一身，恰似人类一切重负都朝我这矮小躯体汹涌狂奔而来。我承受不住，我想父亲也难以承受。这时，父亲的身上脸上已遍布游虫。父亲很痛苦，我能看得出。水面上有几只青蛙咕咕地叫了几声。父亲说，儿子，爹要远行，你要活下去，找你爷去，别流泪也别哭。说完，父亲哗一声跳进水里。

过了不久，水里哗啦直响。我瞪大眼睛仔细看，一条极其美丽、彩虹般的绳带自水面跃出,做了短暂的停留以后,洒洒脱脱飘向天际。

枪手与鲜花

1

　　小脚女人冯彩莲被活埋的时候，天空并没有飘下雨来。这是一个明朗而又晴和的日子。一大早，未庄的人们就稀稀落落地行走在那条官道上，急着到子乌镇赶早集。乳白色的薄雾似的细密的烟雨在缠绕。他们几乎看不清不远处正在铲土的人影，只能自顾自赶路。

　　王老五，人称王五爷。他的几个家丁，正在他的祖冢，一铲一铲地抛扔泥土，不时停下用衣巾擦去脸上的汗水。看看迅速凹下去的方形土坑，已经渐渐能够满足埋人之需，便开始嬉笑起来。望着那些赶早集的乡邻，他们中有人说，早集哪有埋人热闹，这些人真傻。

　　活埋冯彩莲的消息，王五爷的家丁也是在昨天晚上深夜以后才知道的。按惯例，埋活人是要在头天晚上，有人敲着铜锣，穿街走巷呼喊，挨家挨户发纸帖的。可是，王五爷的家丁知道活埋冯彩莲，是在他们睡觉正酣美的时候，他们被吆喝起来以后，起先都不清楚王家究竟发生了什么事情。当听说要活埋东家的小老婆冯彩莲时，他们也并没有显出有什么惊异，好像认为这是情理之中迟早会发生的事情。所以，这次打破村里的规矩，不敲铜锣，不发纸帖，很受他们拥护。但是轮到连夜选好地点，挖掘坟墓时，几个人却互相推让，都不乐意去。管家张学沛气得瞪了眼时，几个人才提着灯笼，扛着铲子，一路埋怨着往冢地走。

　　围绕冯彩莲能否进祖冢，王家大院争论不休。这是挖坟墓的几个人走出大院之前不久的事情。管家张学沛主张冯彩莲不能进祖冢，要单独把她埋在一个极不引人注目的地方，而冯彩莲本人却要进祖冢，和王五爷生死相依。冯彩莲一说这话，管家张学沛就把她呵斥了一番，骂她厚颜无耻。冯彩莲不再作声，只是不停地嗑瓜子。张学沛看不惯她那副得意的样子，走过去一巴掌将她手中的瓜子打落在地，并且在瓜子上狠狠地踩了一脚。这时，冯彩莲当着众人，呜呜地哭了起来。

张学沛望着冯彩莲啼哭的样子说，念及老爷子的面，进祖冢可以，但不能和老爷子埋在一起。

冯彩莲从厢房出来，坐在柚木雕花椅子上，悠闲地品着乌龙茶。这是薄雾散尽、太阳初升的时候，冯彩莲着一件深红色的对襟袄，脚踏绣花小鞋，显得更加魅力无穷。她不时盯着院子里几棵石榴树。累累的石榴压满枝头。去年的这个季节，她手拿剥好的石榴，偎在王五爷怀里，愈发青春年少，深博王五爷欢心。一想到明年的今天，就是自己的忌日，冯彩莲眼中也漾出泪水。守在门口的两个家丁，这时都扭过脸去，装作没有看到。

从门外走进来的一个家丁，在管家张学沛面前悄悄耳语了几句，告诉他轿子已经准备就绪。

王五爷的祖冢在一片葱郁的松林环抱之中，这里依次安葬着王五爷以及他的祖辈。白日里，因为硕大树林的遮翳，很少见到阳光。这就使本来阴森的墓地更为可怖。王五爷的坟墓是一个呈锥形的土堆。曾经煊赫一时的王五爷连个碑也没有立下就撒手西去，而今他的几个伙计也为之悲泣。挖坟墓的家丁，都在议论小脚女人冯彩莲被活埋时的情景。被活埋是什么滋味，成了王五爷几个家丁关心的话题，好似埋的不是小脚女人冯彩莲，而是他们自己一样。他们总算把活埋小脚女人冯彩莲的墓穴掘好。王五爷坟墓上湿漉漉的土，使几个家丁瞳孔里幻化出王五爷那既凶残狰狞，又亲切和蔼的目光。这种情绪一直困扰着他们，使他们想起了一些虚无缥缈的事情。坟墓尖顶的白纸，才仅仅三天时间，就被泥垢和风雨冲刮得破败不堪。

小脚女人冯彩莲赴死之前都在望着院中那棵石榴树。她记不清楚从什么时候开始热爱石榴。特别是那灿然开放的石榴花，小脚女人冯彩莲更加心驰神往。管家张学沛来到屋里，打断了冯彩莲对石榴树的凝思。本来，活埋小脚女人冯彩莲，是要捆缚住她的手脚，让人抬了往土坑里一扔就算完事。张学沛想，小脚女人冯彩莲毕竟是王五爷的老婆，五爷在时两人曾轰轰烈烈地欢爱过，如今小脚女人冯彩莲就要被生生地活埋，让她死时也壮壮观观的，才对得起王五爷。想到这些，管家张学沛为她准备了轿子，使小脚女人冯彩莲心安理得地赴死。

冯彩莲迈出门槛，坐上送她赴死的轿子是在这天的上午。当时，王家大院拥满了瞧热闹的人群，直到过了几十年以后，村中凡是上了年纪的人，仍然不会忘记那长长的队伍前面，小脚女人冯彩莲坐在轿子里颤颤悠悠走向墓地的情景。队伍刚刚走出村口，冯彩莲向她热恋过的王家大院投去了最后一瞥，便对身边的张学沛说，我死得好威风！

张学沛并没有理睬冯彩莲，他暗示轿夫步伐加快些。

通往王家祖冢的大道上，路边的草艾经风的吹拂，瑟瑟地抖摇。队伍正在稳妥地行进，小脚女人冯彩莲突然声嘶力竭地让轿夫停下，说忘记了带东西。她告诉管家张学沛，在东厢房她睡觉的枕头下面，压着一个红布包，那是五爷送给她的宝物，曾经追随她多年，如不带在身边，会死不瞑目。

在等待宝物的时间里，小脚女人冯彩莲表现出了异常的举动。望着迤逦的官道上，那密密麻麻嘈杂的人流，小脚女人冯彩莲想起了几年前，王五爷喜庆的日子，也就是冯彩莲嫁去的那天，也是这条官道，天出奇地热。冯彩莲坐在花轿里，只听到轿帘外面嘤嘤的声响。起初，冯彩莲觉得周身痒热，想着尽快飞到王家大院，用冷水浇个透凉，消除心绪的躁动。当她悄悄掀开轿帘时，猛然间，大群绿头苍蝇围着她旋转。她赶紧闭上眼睛，任凭热浪袭扰。当顶的太阳仿佛已经爆炸。不知过了多长时间，她睁开眼睛以后，才发现周围是一片红彤彤的世界。

轿夫抬着冯彩莲重新行走在官道上是在王五爷的家丁拿了宝物回来以后的事情。人们猜测，小脚女人冯彩莲的宝物一准是她的随身首饰，无非是些金钗玉镯。可当她打开那包了一层层的红绸布时，大家都吃了一惊，原来是两个粲然熟透了的红石榴。人们至今仍不明白，小脚女人冯彩莲为何临死之前，视石榴为宝物。

穿过成排的高粱棵子，小脚女人冯彩莲不断地吐出石榴籽，无数次地往饱满的高粱穗子掷去，并且不住地喊王老五，王老五。她每掷出一把石榴籽，都要照准通红的高粱穗子，叫一声老五，看招。周围的人们对此疑惑不解。就连管家张学沛也认为这永远是一个难解的谜。

来到冢地时，冯彩莲自己下了轿。她朝那挖掘的墓穴瞧了一眼，两脚就软瘫在地上。她用那无神且带有乞求的眼光，搜寻到管家以后，喉咙里好似在说些什么，却没有一个人听得清楚。昔日如花似玉的冯彩莲，跪在地上，眼角湿润着说不出一句话来。蓦地，她推开身边的人群，趴到王五爷的坟上，只是呜呜地哭。这情形影响了看热闹的人们。他们先前还沸沸扬扬地议论不休，这会儿却静得出奇。管家张学沛不愿这难堪的场面持续下去，拖了冯彩莲往墓穴里丢。早已等得不耐烦的家丁说了一声，把她埋了。

2

　　王五爷离开末庄时，天已经黑了下来。他和他的随从萧是惯走夜路的能手，所以周围的异常并没有引起他的警觉。

　　神枪手王五爷美名远扬是早些年的事了。在他还是孩童时，舞枪弄棒就是他的长项。到了年龄稍大时，他已能由原来的拼凑木头枪，而会制作铁壳式的自称乐得利手枪。王五爷的随从萧是军队里的一个兵士，他的枪技超人，却又不被重用。正在他为此而迷惘之时，听说子乌镇的王五爷是遐迩闻名的神枪手，且为人性格豪爽。虽说王五爷的人马不过几十号人，却独立山头，不为人操弄。萧产生投奔王五爷的念头。萧决心离开队伍，是在队伍刚刚打了一个胜仗的第三天。当时，队伍正在清理缴获的各种大小枪械。萧瞅准了那支亮晃晃的短枪，在一个没有月亮和星星的夜晚带着逃走了。事后，他的几个弟兄说，这小子临走也不打个招呼，还没为他饯行呢！

　　王家大院之所以有今天的富丽堂皇，全靠了王五爷的先祖。王五爷的父辈都是些识书达理、颇受乡邻欢迎的生意人，他们成了贩油大户时，王五爷还在襁褓之中。到了后来，王五爷长大成人之后，怎么也不明白，凭着几个挑夫来往于州地之间也会发迹。王家虽然成了大户，但对乡人从不悭吝，特别是对那些贫穷没落人家，更是解囊赈济。王家被乡党拥戴，也就在情理之中。

　　王五爷走了与他父辈完全相悖之路，是在多年以后。但他一直恪守他那颠扑不破的家训。王五爷虽然凭着他的一手枪技，靠打家劫舍维持王家昔日的辉煌，但他看不惯那些身着丝绸绫罗的男人。

他认为，这些人一旦入了他的视线，不用多久，就会让他家事衰败。但倘若是乡里乡人，他也多半忍气吞声。这就使得乡人愈发对他敬畏。凡遇有王家祝寿贺诞日子，乡人也就多不穿华丽衣着，而作一身粗布装扮。这时，王五爷就会喜得咧着嘴，冲着大家又是作揖打躬，又是笑语打趣。

王五爷独自静坐时，也有烦恼的时候。他遇到过一次孤立无援的境地。那是一个漆黑的夜晚，他带着他的家丁来到了距子乌镇三十余里的柳庄。柳庄的大户名叫柳如是，是方圆百里的首富。因为柳如是是一刁钻奸猾的文弱儒人，他的那些家丁只会举了枪扣动扳机，而柳如是又不善枪事，他的那些家丁没有得到训练机会，因而枪支也就形同虚设。柳如是针对这种情况，也下了决心，重金雇人对他的家丁进行训练。遗憾的是，他的这一计划还没有付诸实施，远近闻名的神枪手王五爷就来到了柳庄。

家人向柳如是通报时，柳如是正脱了长衫，准备和他的爱妾玉婵共度良宵。柳如是坐在床上不禁纳闷，谁在半夜还要来访呢，也不看看时候。

柳如是来到客厅还没有坐稳，就听到院子里纷乱杂沓的脚步声。他躬身看个仔细时，王五爷已经大步迈进客厅。柳如是见来人是个陌生客，惊惶中正待要问，却见这伙狰狞大汉一例着粗布，也就躬身嗫嚅了说，你是五……爷？

王五爷坐在柳如是的椅子上时，王五爷的家丁在外面巡视已久。柳如是客厅里面的椅子，王五爷觉得非常松软舒适。王五爷想，妈的，柳如是家椅子怎和我家那对柚木圈椅不一样呢。柳如是见王五爷一副冥思状，示意管家退下。

王五爷眼看着管家的影踪消失，便对柳如是说，老五今天来，一是看望柳老先生，柳老先生别来无恙。再就是借得些金帛银两。王五爷向来对自己光顾的人家很客气，虽然嘴上说是借，但实际上人人都知道他抢才是真。只不过双方都为了面子上好过，假装不知。

假装不知的柳如是老先生，开始对王五爷还有些胆怯，后来发觉王五爷也不过如此，更何况自己也有几十条枪摆着。王五爷话刚出口，柳如是捋着胡须另有所指地说，五爷指的是借几条枪吗？

王五爷提着柳如是的衣领时，外面的枪声已经响了起来。王五爷的家丁都是些快枪手，面对柳如是形同虚设的枪队，显然花不了多长时间就能摆平。枪声平息下来以后，柳家大宅的妻妾都惶惶不安。那种尖细聒耳的号叫，王五爷一听就烦。王五爷用他的乐得利手枪指着柳如是的脑壳。柳如是抖颤了身体，跪倒在地上，紧紧地抱着王五爷的腿哀求，五爷，有话好说。

王五爷带着他的短枪队，收拾好柳如是家的金银细软，迈着大步走出柳家大院，正准备往柳庄北部的槐树林里狂奔，他的背后就响起乱七八糟的枪声。王五爷让他的短枪队迅速撤离，自己躲在一块凸地狙击。追击的枪声和狙击的枪声，就像锅里炸开的黄豆，参差不齐。王五爷趴在凸地，见到黑乎乎的人影不停地朝他移动。他懊悔没有留下几位兄弟，感到自己势单力薄。王五爷毕竟是王五爷，在这非常的时刻，他表现出了非凡的智勇。他猫身隐到追击人的背部，在短时间内，将他们全部击毙。这件事令他一直引以为荣。

王五爷打家劫舍发迹以后，在很长一段时间里，闭门不出。他的家丁感到有些蹊跷，在找准了借口，见到王五爷后，发现王五爷正在他那宽大的房屋里，瞄准桌上摆好的细针。开始，他的家丁并没有注意桌上成排摆好的细针，误以为王五爷在修正枪管上的准星。当王五爷一番准确的令人咋舌的射击，将桌上的细针打得透出那种清脆的声响时，他的家丁唬得瘫在地上。

许多年以后，王五爷在总结他成功的经验时，掂着手中的乐得利手枪，对他的家丁说，玩枪就得靠枪，靠枪就要练枪，靠枪不练枪，莫说上天堂，我看只能入地狱。

在王五爷的亲身感召和影响下，家丁在王家大院不远处一个由王五爷请镇上秀才书写了"聚宝园"三字的玩枪场所，苦练枪技。时间过了很久以后，有关"聚宝园"的由来，王五爷曾专门给秀才解说，枪这东西出正理。它能使黑变白，使白变黑。如今这世道，黑白莫辨。把枪玩精了，就能有理，有理就有财。财就是宝，宝就是财。我嫌财这字眼不雅致，所以叫"聚宝园"也。

王五爷早年读书的小学堂，在子乌镇北端一个并不起眼的地方。学堂的先生是县里的一位教育长。有关他辞官回乡的传闻，对当时幼小的王五爷来说，引不起多少兴趣。王五爷学业虽不见长进，但他刁顽的天性，让学堂的先生发觉他还有聪慧可取之处。所以，当王五爷的父亲来到学堂，了解王五爷学业情况时，先生对他父亲说，孺子可教，但不在学业，日后当有发迹之时。王五爷的父亲虽对学堂老先生的话语不甚满意，因为崇敬先生的学识和为人，还是满脸笑容谢过了学堂老先生。

后来王五爷走出学堂，中断学业，遂了他自己的心愿。王五爷的父亲原本希望王五爷取得功名，承继家风，光祖耀宗。从学堂老先生处回家以后，他便让王五爷跟随自己跑些生意。

王五爷在后来的日子，走上和他父亲心愿截然不同的路，令他父亲终生感到失望。所以，他父亲临死前还嘤嘤有声地说，这是天意。

3

王五爷初次见到冯彩莲是在一个阴雨连绵的下午。后来王五爷一直没弄明白小脚女人冯彩莲和自己的相遇，究竟是福还是祸。更使人迷惑不解的是，小脚女人冯彩莲以她绰约的风姿和诱人的魅力，把王五爷迷得神魂颠倒。

王五爷永远不会忘记在客栈望着冯彩莲眼睛发直的狼狈相。那时，子乌镇的这家客栈就要打烊，王五爷远远看到客栈老板正在催促一位已经放下碗筷的小姐。他发现小姐沉默不语，两只胳膊架在桌子上，一副等人的样子。王五爷也记不清当时是什么缘由驱使自己来到这家客栈的。还没有迈进门槛，小姐那灼人的目光，就把王五爷给迷住了。当他坐在小姐对面，和她谈了很长时间连他自己都不明白的话语以后，才觉得这样是否有些冒失。他回头见到他的家丁在客栈外面徘徊时的情景，便也如梦初醒。王五爷知道小姐名字叫冯彩莲。小姐也清楚眼前就是煊赫一时的神枪手王五爷。冯彩莲小姐来到子乌镇已是第三天。三天的时间里，冯彩莲小姐除了子乌镇集市这天闭门不出以外，其余时间，大都在走街串巷。她认为子乌镇的建筑风格很别致。客栈是座两层楼的仿古建筑，密密麻麻的雕饰，和瓦楞上的文字，足够历史学家研究一辈子了，冯彩莲小姐想。冯彩莲小姐坐在客栈桌子旁的一把柳木凳子上，被色彩斑斓的古建筑迷得如痴如醉，就连客栈老板在她身边轻声细语地告诉她要打烊，她也全然没有听清，只是对老板说，饭钱我一个子也不少给，你休想占我的便宜。

早在三年前，冯彩莲小姐来到子乌镇时，她还是一个不谙世事，游手好闲，幻想着有一天像花木兰那样替父从军的女孩。使冯彩莲小姐好奇的是子乌镇中段么四巷的花鸟市场。那里有各种各样的鸟无休无止地聒噪。起初，冯彩莲小姐对悦耳的鸟语还感到有些新奇。时间久了，她才认识到，戳着鸟笼高声叫喊的人们，是在做着一桩摧残鸟类的事情。这一问题在冯彩莲小姐的脑海肆无忌惮地翻腾。看到一只黄鹂被关在竹篾编织的笼子里，伸着脖子，朝熙攘的人群，竭力发出美妙而又哀婉的音符，冯彩莲小姐憎恶地说，摧残鸟类的人啊，你们不得好死。

冯彩莲小姐从么四巷出来时，在一个拐弯处，碰见正准备收摊的相面先生。她联想到自己不快的心绪，突然质疑自己身为一个女孩，究竟该不该像今天这样东游西逛。当她想请相面先生卜下来日的凶吉时，又考虑到未出闺阁的女孩，往相面摊前站，周围的人们该用怎样的眼光看待。她下定决心对那些不三不四的言语置若罔闻，来到相面先生面前。相面先生是个过早白了头的中年人，噘着操一口外地口音的歪嘴，不停地飞斜着眼瞅住冯彩莲小姐脖子上的那颗黑痣。冯彩莲小姐给相面先生看得不好意思。她低了头内心琢磨着，今天碰到歹人了，他分明对我存心不良。

几年以后，冯彩莲小姐再一次来到子乌镇时，已经是个胸部丰满、臀部滚圆的怀春少女。在过去的日子里，冯彩莲小姐经历了继母的蛮横无理辱骂，父亲不断追求新欢望着妻妾流露淫笑的尴尬场面，和自己空寥寂寞的时光。对往昔岁月的追忆，成了她在闺房中唯一乐于去做的事情。

自从在客栈邂逅，王五爷便被冯彩莲小姐迷得神魂颠倒，夜不安寝，日不思饮，一副萎靡慵懒的样子。就连王五爷的家丁初识冯彩莲小姐以后也对王五爷说，五爷艳福厚着呢！王五爷听到这些话语，愈发眷恋起冯彩莲小姐来。特别是他独自一人时，他的眼前常常出现冯彩莲小姐低了头，含羞带笑的幻象来。这些幻象把王五爷折磨得死去活来。被折磨得死去活来的王五爷，甚至产生把冯彩莲小姐抢劫到手的念头。但这些念头又转瞬即逝。

在一个雨后初霁的日子里，冯彩莲小姐正趴在客栈窗口，呼吸新鲜空气。她看到楼下街口打着红雨伞的青春男女，依偎着走过窗口时，感到很沉闷。那对男女带过来一股说不清楚是什么的味道，冯彩莲小姐被这异样的怪味熏得无精打采地在房间里踅来踅去。楼下老板那温柔的絮语,驱散了冯彩莲小姐烦闷寂寥的心绪。

当冯彩莲小姐提着裤角,轻步移到楼梯一半时,远远见到一个陌生人正笑脸相迎地在等候她。这位陌生人自称是王家大院的张管家,受王五爷嘱托,专门到客栈来看望冯彩莲小姐。张管家说着,就把几盒点心摆在油渍渍的桌子上。冯彩莲小姐嘤嘤地笑了。不知过了多长时间,冯彩莲小姐才对着张管家说,你们五爷派头不小哇,也太不够义气。这句话在此后的日子里,一直令王家大院的张管家摸不着头脑,简直成了一个难解的谜。

在冯彩莲小姐和张管家的谈话过程中,冯彩莲小姐接受了王五爷的求婚。是王五爷的魅力,还是张管家善于迂回的谈话技巧?一段时间里,就连冯彩莲小姐本人也不清楚当时的动机。一切进行得既简单又顺当,顺当得出乎王五爷的预料。当管家把这一消息告诉王五爷时,王五爷正愁眉不展。他操起正玩弄的乐得利手枪,一把抓过管家的衣衫,抵住他的脑壳说,你也学会了耍你五爷?

冯彩莲小姐在花鸟市场站了好一会儿,才见相面先生戳杆旗幡无精打采地走过来。冯彩莲小姐择定的日子,在梅雨天过去后。这时候,她在客栈里已经住得颇不耐烦。她每天站在窗口,瞧着络绎不绝的人群,不免仰天长叹。到了傍黑时分,杂沓的脚步声传来时,冯彩莲小姐总是激动地踅到楼梯口,暗自臆测道,莫非是五爷?

冯彩莲小姐被一乘花轿抬着离开子乌镇,是在一个阳光明媚的日子里。那双绣花小鞋,套在她圆滚小巧的脚上时,把冯彩莲小姐多年缠裹的脚趾,衬得天衣无缝,一丝不苟,更显示了她那柔情勃发的诱惑力。一路上,花轿颤颤的,冯彩莲小姐颇感舒适。她脸上漾着迷人笑容,乐得合不拢嘴。掀开轿帘时,王五爷站在官道上,胸前的那朵大红花，此时格外引人视线。在他的背后，王家大院的人排成了长长的队伍。冯彩莲小姐放下轿帘后，自语着说，还真气派。

4

王五爷搂着冯彩莲小姐，坐在洞房里那张檀木床上，洞房设在王家大院东西走向的厢房里。透过窗子可以看清那棵硕大的石榴树。冯彩莲任凭王五爷把自己的对襟绸袄缓缓地解开。完全赤裸了的冯彩莲躺在床上，两眼微闭，等待美好时刻的到来。王五爷捏着她的一双小脚，举在脸前一边察看，一边冲着冯彩莲说，这哪是你的脚丫，实在像两只老鼠。

许多年以后，冯彩莲小姐每逢追忆起洞房花烛夜，总是想到粲然开放的红石榴花。

冯彩莲小姐来到王家大院的第三天，王五爷就改叫她小脚女人。冯彩莲小姐的称谓在此后的日子里已经成为历史。

小脚女人冯彩莲见过王五爷的家丁，是在这天午后时分。当管家张学沛带着她围了王家大院转过一圈以后，开始她还兴致勃勃，饶有趣味，接下来便体力不支，很难坚持把王家大院的所有景致尽收眼底。到达聚宝园时，冯彩莲见家丁持枪站立在门口两侧，里面不时传来稀里哗啦的枪声。她向管家摆了摆手，就走回到她的厢房里。

在以后的日子里，王五爷和小脚女人冯彩莲形影不离地出入聚宝园。王五爷每天除去在固定时间独自一人躲在屋子里，修炼他的排枪阵法，摆满成排的细针，又弹无虚发将它们全部击毁，其余时间便是陪了冯彩莲在厢房度过他的美好时光。在出入聚宝园的日子里,小脚女人冯彩莲居然也学会了玩弄家丁的匣子枪。冯彩莲对这些并不感到满足,她要亲眼观看王五爷神枪手的英姿。

机会终于来了。当王五爷默许了冯彩莲观看他的排枪阵法时,管家早已在那间屋里摆好成排的细针。昏暗的灯光下,王五爷眯起一双小眼,脸上的皱纹此时交错拧结。小脚女人冯彩莲屏住呼吸,两手捂着耳朵。炒黄豆般的清脆有力的一声枪响,那些细针被打得满屋飞溅。针呈扇形向两边落去。若不是有备好的安全板,冯彩莲被乱针扎死也不是没有可能。

现场目睹王五爷的排枪神技,冯彩莲更加相信了王五爷美名远播的事实。

引起小脚女人冯彩莲对黑夜的恐惧,是王五爷一手造成的。

黑夜里,王五爷对冯彩莲肆无忌惮地折腾。起初,冯彩莲只当作一种享受默认。可后来的事情,冯彩莲越来越无法忍受。他咬着牙使劲掰开冯彩莲的腿,露出一副狰狞面孔,猛然朝冯彩莲压去。小脚女人冯彩莲对突然的一击,感到惶惑。难忍的疼痛,使她发出号叫声。这号叫声好似引发了王五爷渴望的激情,他来势更加凶猛,更加狂暴。接下来的就是冯彩莲声嘶力竭的哀鸣。然而,王五爷每次却又结束得这样匆忙。匆忙得令冯彩莲感到很失望。冯彩莲在习惯了王五爷凶猛狂暴的做爱方式以后,一段时间,她竟然渴望王五爷的激情能够持续得久长些。每次,她在刚刚适应,盼望着能从王五爷那里得到多一点的温存时,王五爷就像突然泄气的皮球,使冯彩莲承受难耐的折磨。她对王五爷的需求,最后简直成了一种奢望。冯彩莲极希望王五爷像往常一样,在夜间去打家劫舍,自己便可以躲过这段难挨的光景。也怪,王五爷好长时间的夜晚都没有干他的营生了,他白天有睡不完的觉。小脚女人冯彩莲对夜晚的恐惧,在她以后的生活里成了心病。

王五爷和冯彩莲并肩走在子乌镇街道上，招来众多赶早集人们的目光。沿街叫卖鲜果的摊贩，老远就在端详着王五爷和冯彩莲。一个声名远播的瘦老头子，和一个白嫩肌肤的妙龄少女，引起过路人的兴趣，早在王五爷的预料之中。他们踟蹰于街衢巷落，被花鸟市场的嘈杂声吸引。小脚女人冯彩莲不会忘记那哀婉的叫声。当王五爷提议选几只喜爱的鸟时，冯彩莲很快就联想到了自己的命运。她不想让这些可爱的生灵同自己一样，关在王家大院，听任王五爷的挑逗。那样，冯彩莲觉得不仅没有怡人的情致，而且对自己更是一种摧残。可是，王五爷转脸对冯彩莲一瞪眼，那副狰狞的面孔，瘦长干瘪的老脸上撕裂般的纹络，令冯彩莲即刻想起恐怖的夜晚。

　　王五爷在黄鹂鸟摊前停下时，冯彩莲跟在后面。摊主见来人腰间别着小巧玲珑的短枪，提了鸟笼左顾右看，还不时询问身边的小脚女人，心里不免一惊。当他镇定下来以后，就堆了笑容走上去说，五爷，雅兴。您尽管选，不中意，明天多带几笼给您送到府上。王五爷选了几只黄鹂，又挑了两只画眉。他一手提了一只鸟笼，喉咙里不知咕噜些什么，就大摇大摆地离去。摊主看着王五爷远去的背影，呆立了半天说不出话来。

　　王五爷把鸟笼挂在厢房的窗外边。白日里叽叽喳喳的鸟叫声，好似替冯彩莲述说内心难忍的隐痛。冯彩莲听到这叫声就再也坐不住。她擦抹掉眼泪，来到聚宝园枪技训练场。

　　聚宝园那杂七杂八的枪声，影响了冯彩莲的情绪，使她从苦闷中解脱出来。小脚女人冯彩莲站在家丁的背后时，管家张学沛一路奔过来。从管家口中，冯彩莲了解到王五爷正在操练他的排枪阵法，她才放下心来。家丁见到东家太太站在面前，都自觉地停止了操练。小脚女人冯彩莲纤嫩白皙的手指，引无数家丁竞折腰。家丁都拿着自己的匣子枪，请东家太太打枪开心，实是留下她纤嫩的指印，事后追忆也是幸福。冯彩莲被众多家丁的目光环绕。管家见状，把家丁呵斥一通以后，冲了他们说，都不懂规矩，谁也别着急，排成一队，太太每支枪打一次。

在聚宝园的日子里，小脚女人冯彩莲得到一个启示。王家大院的发迹，是否与相面先生所说的王五爷那凸出的额头有关？

王五爷修炼排枪阵法回来，已是掌灯时分。冯彩莲在厢房里静听一种奇怪的声响。桌子上那盏琉璃瓦制作的彩灯不断跳动的火焰，令冯彩莲倚在绣花褥旁看得发呆。当王五爷的手轻松地搭在冯彩莲肩上时，她才从冥想中惊醒过来。夜幕中的王家大院显得异常静谧。王五爷把冯彩莲抱到檀木床上，正准备为她宽解衣襟，就听见冯彩莲哀求王五爷将她饶过。王五爷并没有搭理她的求饶。他借助酒力匆忙解开了冯彩莲的衣袄，冯彩莲发出痛苦的呻吟声。王五爷被这呻吟激发，使出修炼排枪阵法的功夫，在冯彩莲身上宣泄。他觉得自己正举着笨重的铁锤，在夯一块朽腐的木桩，尽管显得吃力，他仍紧咬牙齿，在那块木桩上乐此不疲地夯来夯去。小脚女人冯彩莲此时才发觉身上压了块巨石样沉重。那巨石不停地在她身上起落，砸得她喘不过气来，仿佛整个身体要给砸垮了，挤扁了，有几次她甚至都要窒息了。

窗外哎哎的声响，影响了王五爷。两人中断这一切以后，仔细一听，是鸟笼里黄鹂发出的奇怪叫声。小脚女人冯彩莲痛苦的呻吟，牵动了竹篾笼里的黄鹂。黄鹂那非正常的叽喳声，响彻王家大院。王五爷悚然惊惧。

天亮时，小脚女人冯彩莲端着鸟食，要亲自喂食黄鹂。早起正在用扫帚清理树上落叶的家丁，对小脚女人冯彩莲的举动感到疑惑不解。

5

小脚女人冯彩莲在子乌镇转了半晌,也没有见到相面先生。当她来到花鸟市场时,沿街遍布的鸟类,和打蔫的草棵,散发出一股奇异的怪臭。她捂着鼻子,围着花鸟市场绕了几圈,也不见一个摊主。早已收摊的地方,撒满了果皮和碎纸。冯彩莲站在巷口,远眺了一片狼藉的街道,皱着眉头说,摊子收得太早,这些人靠什么吃饭?

远远就向冯彩莲打招呼的客栈老板,手中捏了一支纸烟,跷着脚跟站在门口张望,像是等了很久的样子。冯彩莲在一张油渍渍的桌旁坐下,店家已经开始上菜。老板从厨房里出来,随便拉了条凳子坐在冯彩莲对面。他提出要陪冯彩莲喝上两杯时,冯彩莲冲他笑了笑说,不怕五爷给你吃枪子,我就先敬你两盅。客栈老板眉来眼去的样子,冯彩莲看了只想呕吐。不知不觉间,客栈老板移到冯彩莲身边,还趁她不注意,在她屁股上捏了一把。冯彩莲端起酒盅朝老板脸上泼去,口中骂道,你们男人都是贱货。

客栈老板望着冯彩莲离去的背影,竭力回忆冯彩莲第一次来到客栈时的情景。几年不见,她竟出落得如花似玉,且成了王五爷的小老婆,客栈老板想起这些,内心就涌起一股不平的怒气。小脚女人冯彩莲激起客栈老板的愤怒,在很长时间里,客栈老板和相面先生打得火热,使冯彩莲坐立不安。客栈老板对相面先生说了什么,后来冯彩莲尽管颇费周折,也没有从相面先生那里得到答案。

王五爷从厢房出来,手中拿着鸟食,正在饲养那只画眉。刚回到王家大院的冯彩莲,看见王五爷专注饲养画眉的身影,想起了那棵红透了的石榴树。粲然熟透了的石榴,在冯彩莲面前飞旋。王五爷发现冯彩莲站在门口两眼发直,不住颤抖,哈哈大笑起来。冯彩莲憋在心中的话并没有说出来,只是不住地摇头。她低着头,一路跑进屋,倚在妆柜上呜呜咽咽地哭泣。王五爷尾随冯彩莲坐在椅子上,也被她伤心的情绪感染了。

傍黑时,管家带来一个指名要见王五爷的陌生人。陌生人看上去行了不少的路,显得有些疲惫。他坐在王五爷的客厅里,不停地啜饮着香茶。从聚宝园赶回的王五爷看见陌生人边喝茶边打量着客厅里的花瓶。王五爷来到屋里时,陌生人起身不断行礼。在陌生人的自我介绍中,王五爷有了端详他的机会。王五爷总觉得,陌生人俊美的脸庞上,有些让人摸不透的东西,特别是他那双飘移不定的眼睛……

叫萧的陌生人是从军队里逃出来的,因为仰慕王五爷的枪技,钦敬他的为人,专程投靠王五爷。萧表白完对王五爷的忠心后,从一个黑色的手提皮箱里,拿出一支精致的手枪,对王五爷说,这是见面礼。王五爷在手中把玩了半天,又掏出自己的乐得利手枪比试。最后,王五爷冲了萧笑吟吟地说,你的心意,五爷我领了,不过枪还是留给你用。我有我的乐得利就足够了。今后你就是我的贴身随从。王五爷把话说完的时候,萧已经跪在地上。他谢过了王五爷又激动地说,这可是支漂亮的勃朗宁啊!王五爷呵呵地笑了,什么白玲玲,能打死人就成。

小脚女人冯彩莲第一次见到萧,是在萧来到王家大院的第二天早晨。清早,管家给萧引着路,来到聚宝园时,家丁们正在稀里哗啦地拉动枪栓。管家带着萧在旁边站了好半天,他们并没有发现。萧正在为家丁们的持枪动作感到好笑时,管家对他说道,五爷说了,若要把短枪玩得精,不练长枪不行。弟兄们正按五爷说的照办。萧只当没有听到,径直走近一个家丁,一只手利落地操起一杆长枪进行射击。草人应声倒下的时候,家丁都面面相觑。这些被正在早起散步的王五爷和冯彩莲看在眼里,小脚女人冯彩莲从萧那结实的背影看出,这是一个有着良好素养的男人。

　　王五爷的贴身随从萧,随意出入王家大院,令每一个家丁都感到吃惊。王五爷外出的日子,萧陪同冯彩莲在花园里散步,人们已经习以为常。王家大院的家丁看不惯的是,每逢王五爷外出,餐桌旁边的座椅通常被萧占据。坐在对面一勺勺喝着鸡汤的冯彩莲,好像极用心地听萧说些军队里的往事。从厨房的户牖窥视到这一情景的张管家,回想踏进王家大院二十余年的历史,尤为不安。

　　一段时间里,王五爷好像泄了气一样,一挨那檀木床,就格处睡得香甜。冯彩莲在夜间也宽松了许多。过了不久,王五爷似乎歇过劲来,他的精力表现得异乎寻常地旺盛。他以超人的气力,弥补前段时间的过失,使冯彩莲在夜晚痛苦不堪。而每逢这时,冯彩莲对萧的思恋,显得尤为强烈。

　　这天夜里,当冯彩莲那失控的哀叫声传来时,萧正为他那支勃朗宁手枪上油。萧被这非同寻常的哀叫影响着。他循声来到彩莲的户牖下,抬头望了眼挂在石榴树上的鸟笼。小脚女人冯彩莲那不断求饶的哎哎声,不断在耳边响起,萧竭力想打破这沉闷的气氛。哎哎声突然停止时,萧一阵惶惑。他刚贴近户牖,里面又传来絮语似的响动。萧感到一片茫然时,那近乎用脚拼命踏踹床板的声音,使他在无奈的烦闷中,趑回自己的房间。他躺在床上,不知过了多长时间,刚要合上眼,那种声音伴随着冯彩莲的求饶声,又在影响着他了。他捡起一颗石子,从窗口照准悬挂在石榴树上的鸟笼投去。黄鹂发出的哎哎声,中断了王五爷和冯彩莲的生死搏斗。王五爷从窗口探出头来,寻思了许久。在确认是黄鹂的叫声时,才把头缩了进去。

冯彩莲两眼布满眼眵，她无力地端着鸟食放进了鸟笼。在窗口看了很久的萧，目送冯彩莲回到屋里。

萧陪同冯彩莲在后花园里散步，是在一天晚饭后，王五爷正练他的排枪阵法。花园小径边的石桌吸引了冯彩莲。萧在石凳上坐下来以后，发觉冯彩莲似有难言之隐。冯彩莲几次想说，但见到萧那两只犀利的眼睛，又改换了其他话题。在百无聊赖的闲谈中，冯彩莲终于经不住萧那双眼睛的诱惑，趴在石桌上哭泣。萧牵住了冯彩莲那纤细柔嫩的手指。暮霭已经降临在他们周围。东西走向的花园里有不久前辞退的种花老人的棚房，还没来得及拆掉。花园距厢房仅百米之遥。小脚女人冯彩莲两手紧勾萧那滑腻的脖颈，甜甜蜜蜜地来到棚房。四围传来蛐蛐迷人的声响。萧把冯彩莲放在棚房杂乱的粟秸上，冯彩莲那柔美的哎哎声，把他撩拨得心猿意马。

王五爷坐在客厅喝茶的时候，冯彩莲回到厢房里照着镜子，往脸上涂抹脂粉。在她枕边的首饰盒中，盛满了王五爷托人从济南府捎来的胭脂。冯彩莲着一件翠色的绣罗小袄，粉唇上涂满口红，经灯光的映照，格外楚楚动人。她在衣镜前扭来扭去，王五爷看到以后，不禁皱起了眉头。

6

冯彩莲永远不会忘记在后花园里的日子。

半夜里，冯彩莲醒来想起和萧在一起的时候，总有股惬意之感。她第一次见到萧，就确认这是个有着良好素养的男人。她从萧宽宽的肩膀上，发现了王五爷没有发现的东西。王五爷只是凭了萧的一手枪技，就把萧留在身边。王五爷永远也不会知道萧的内在魅力，而冯彩莲却挖掘到了。在后来的日子里，冯彩莲为自己的慧眼感到由衷自豪。有时候，小脚女人冯彩莲独自喝着香茶，常把王五爷同萧拉在一起作比较。比较结果，往往令冯彩莲不甚满意。萧占据冯彩莲心灵深处，使冯彩莲每想起这些，便生起一种恐慌。萧来到王家大院以后，为昔日忧郁寡欢的冯彩莲带来欢乐。却给王五爷的心里蒙上一层阴影。

　　萧在王家大院，得到王五爷的赞赏，早在他预料之中，小脚女人冯彩莲对他的倾心，萧暗记在心里。他在油灯下摆弄他的勃朗宁手枪时，一些纷杂的念头，使他陷入对已逝岁月的留恋。当这些追忆最后停留在后花园时，他认为冯彩莲现在应该陪伴在他的身边，而不是在王五爷的折磨下流露乞求的目光。一个飘着细雨的午后，王五爷去练他的排枪阵法。萧被王家大院的家丁告知，冯彩莲在厢房等他很久了，萧犹豫半天，还是来到了聚宝园。萧受家丁们嘻嘻呵呵操练枪技场面影响，难耐的心绪有了排解。他刚回到那间并不宽敞的房子里，却见冯彩莲站在屋檐下，端着鸟食，不住地向他讪笑。就在萧佯装没有看到的时候，冯彩莲已经来到他的身边。冯彩莲并没有埋怨他的躲避。在一阵默契以后，萧仍然在擦弄他的勃朗宁。就在他上完最后一道枪油，准备装进套子里时，冯彩莲一把夺过他的手枪。看着萧沉着冷静的样子，冯彩莲鹰隼般的两眼盯着远远走来的王五爷。萧会意地点了点头。冯彩莲的身影，使萧在很长时间里，处于恐惧和不安之中。

　　王五爷对管家的告发，始终觉得难以置信。他并没有发觉萧有异常的举动。萧一如既往地训练家丁们的热情，打消了王五爷的疑虑。晚上，王五爷在和萧的对酌中，见萧满面红光的神态，则更加确信自己判断的准确无误。不过，管家的话语，引发了他的警惕性，使他除去修炼排枪阵法以外，从不迈出自己的门槛，牢牢地看护着王家大院。

萧每天从聚宝园回来,感到周围都有黑洞洞的枪口在对准他,从王五爷那亲切的笑脸上,萧好似领略到了难以隐藏的杀机。在王五爷那双神秘莫测的眼睛里,萧读出了这以外的东西。他每天照例到后花园散步,看到后花园的那间棚房,就想起和冯彩莲在一起的时光。冯彩莲近似乞求的泪眼,和夜间发出的哀鸣,更加坚定了萧解救冯彩莲的决心。

萧经过很长时间的冥思,在一天晚饭后离开了王家大院。

萧的失踪引起了王五爷的万分恐惧。王五爷清楚萧的枪技。萧的突然出走,进一步证实了管家对王五爷的那番耳语。霎时,王家大院的气氛肃杀紧张起来。管家每天晚上带着家丁,绕着院宅巡视。

萧的突然出走,王五爷首先联想到了冯彩莲。

几天以来,冯彩莲在厢房足不出户。萧的出走,使冯彩莲陷入遥远的追忆之中。萧为什么不辞而别?一段时间里,对于萧的各种臆测,成了小脚女人冯彩莲的心事。当冯彩莲路过萧曾经住过的地方时,后花园那段温暖的情景,激起冯彩莲内心片片涟漪。有关萧的种种传闻,使沉寂的王家大院变得活泼热闹起来。

子乌镇客栈老板声言,他亲眼看见小脚女人冯彩莲,同突然出走的萧在一起开怀畅饮。而管家则说,客栈老板为了一泄私愤,故意捏造事实。王五爷对这些并没有表示出多大兴趣。

在很长时间里,管家无论如何也不明白,小脚女人冯彩莲使用了什么魔术,让王五爷能够对她迷恋得如痴如醉。冯彩莲坐在厢房里,望着粲然熟透了的红石榴,画眉鸟的动人歌声,也没有打断她对子乌镇之行的回忆。来到么四巷花鸟市场时,冯彩莲在相面先生面前刚刚坐下,一个头戴斗笠的陌生人一晃而过。当她立即起身推开拥挤的人群准备追赶时,头戴斗笠的陌生人已经消失得只能看清背影。看到陌生人那宽厚的臂膀,冯彩莲自语着:莫非是萧?

在萧失踪的不长时间里,王五爷对冯彩莲疼爱有加。同冯彩莲在一起,生命就不会受到威胁,这是王五爷的信条。王五爷要把全副精力倾注在冯彩莲身上。在王五爷眼中,冯彩莲就是天空的小白鸽,他要把她收拾得利利落落,任她羽翼丰满也只能仰天长叹。王五爷对萧的愤怒,在冯彩莲身上得到了充分补偿。许多日子以来,王五爷不分白昼黑夜,对冯彩莲倾注着怨恨。他要使娇嫩的冯彩莲,脸上早日爬上曲曲弯弯的皱褶。每天晚上,他都要把冯彩莲折腾得死去活来。天一放亮,王五爷醒来的第一件事,就是不能放过冯彩莲。他把在短暂时间里积攒起来的点滴锐气,猛烈地抛向冯彩莲。有几次,冯彩莲还在迷迷糊糊中,或者睡意正浓的时候,王五爷就已经压在自己身上,气喘吁吁起来,令冯彩莲应接不暇,深受其苦。到了后来,冯彩莲哀苦的求饶声,和窗外黄鹂鸟发出的叽叽声,也不能中断王五爷的激情。到了后来,冯彩莲每次见到王五爷那副凶险的老脸时,心中更多的是对王五爷的极端仇视。王五爷在冯彩莲身上的投注,一如他修炼排枪阵法时的执着。许多日子以后的一天晚上,王五爷终于发现了拾掇冯彩莲,并不像修炼排枪阵法那么轻松和随意。他觉得自己的锐气都被冯彩莲吸空似的,不仅心有余力不足,还常常出现飘移不定的恍惚感。

小脚女人冯彩莲最后一次出现在子乌镇,是在一个蝉声聒噪的晌午。晌午时分,集市上稀疏的人影,都急着拥往那家驴肉酒馆。冯彩莲在药店停下时,药店老板正准备关门打烊,老板打量着她,笑眯眯地将一包药递给她,并且还趁机摸了下她那纤细的小手。

7

　　王五爷被人害死的消息，使整个王家大院沸腾起来。管家怎么也不相信，神枪手王五爷会安然死在他的客厅里。当他闻讯从聚宝园赶到时，王五爷的鼻孔还淌着血水，在他身旁冒着蒸蒸热气的那碗桂圆汤，说明了王王爷死去是不久前的事情。

　　管家急着派家丁报官的时候，冯彩莲从厢房出来阻止了他们。管家正感到不解，冯彩莲却笑起来。她说，才放了一撮砒霜，真不顶用。冯彩莲说完，咯咯地笑着，扭头转身回到厢房里。那熟透了的红石榴，冯彩莲见了，禁不住地大笑起来。

　　安葬完王五爷，围绕处置小脚女人冯彩莲，王家大院展开了一场激烈的争论。客厅里辩论不定。冯彩莲在厢房里嗑瓜子的声音，使客厅里的张管家完成了一个决策。一切布置妥当以后，报丧的家丁提着铜锣，在街巷里边走边敲。铜锣沉闷的声响传得很远。

　　子乌镇客栈的老板被吵醒的时候，伙计们聚在一起议论纷纷。他赤着膀子，脖子上搭了块汗臭味极浓的毛巾，踮起脚跟在后面观望。伙计们的谈话内容，使他不相信自己的耳朵。当他来到楼上，撩开窗帘，发现王家大院被凝滞不动的灰色云翳遮掩，好似一场大火过后。靠宅院不远的聚宝园，成排的草人，经风吹刮得摇摆不定。

　　小脚女人冯彩莲被推下墓穴时，竭尽全力想爬出穴外，眼看那劈头盖脸的土块就要扔下来，一阵枪声，惊散了围观的人群。

　　跑在最前面的张管家，远远看到王家大院熊熊燃起了大火。

　　王家大院的家丁也消失在惊散的人群中。

惊梦

秋末冬初的一天晚上，我正被《哈克贝利芬历险记》迷住，忽然，灯灭了。我索性摸黑出门，一看，整个楼梯的灯全灭了。我不由自主地两手托着腮，凝视着窗口，愣起神儿来。

蓦地，黑夜中，一个模糊的人影走进我的视线。乍一看，好熟悉的轮廓：齐截的平头，方方的脸庞，一对黑眼珠一眨不眨，面色苍白，一副庄严、肃穆的神态……为了尽量看个清楚，我使劲揉揉眼，可还是枉然，我战栗了一下，定定神，想再瞧个仔细，然而，眼前的一切又倏地不见了。

该不是梦幻吧！我想。也怪，怎么会平白地生出这样一桩事来。于是，我又联想起白天所遇到的情景——在门前的杉树旁发现了一条蝮蛇。当时，我端着一盆水正要走开，却见几米远的前面，蝮蛇摇摆着身子，朝我爬来。头一伸一伸，一副鬼鬼祟祟的样子。我啊的一声惊叫，将脸盆一扔，掉头就跑，边跑边回头看。只见那条蝮蛇穿过路边的草丛，绕着杉树转了个圈儿，就不见了。据老辈人说，见了蝮蛇就等于被鬼摄去魂魄，如让它听到你的声音，便会被它吸去血汁，而蝮蛇呢，就会时时和你过不去。设若想避免这些，你就得拿簌杉松香放在枕头旁，燃上两个时辰，驱邪的同时也就收回了魂儿。该不是蝮蛇和我开玩笑吧，不过，该做的我都照做了呀。我开始慌张起来，额头不时渗出几滴汗珠。为了不至于碰到什么灾难，我干脆拽过被子，蜷起腿，和衣而睡。

这时，我最盼望的就是赶快成眠，进入梦乡。哪怕是做一个荒诞不经的、充满罗曼蒂克色彩的梦，也比这样苦苦地、骇然地消磨时光要强上百倍。

　　还好，刚才绷紧的神经松弛下来，渐渐地，我睡熟了。一切都那么舒适，安逸。仿佛整个大地也乐滋滋地沉寂在这静谧的夜幕中。

　　就在这个时候，我的梦开始了。这不，正要准备出门旅行呢，却远远见到走过一个人来。

　　哎！那不是兵兵吗？我吃了一惊。原来他就是那个看不清的留平头、方方脸的家伙。我向后退了几步。他却一直向我走来，不说话，只是笑眯眯的。想必是要等我先开口吧！我想。

　　兵兵，你不是已经死了吗？也罢，想起这些，我只好先开口说。咱俩一直都是好朋友，我可没得罪你呀！我边说边往后退，等待机会，好越过门槛，顺手把门关上。

　　你听我说，就在我抓住门的把手准备刹那间锁上门时，兵兵右手一挥，我根本没有死。喏！我这不是还好好的吗！

　　我直喘粗气，心里怦怦跳个不停。

　　兵兵，你不要和我开玩笑了。过了一会儿，我稍微镇静了一下，壮着胆子说，你是不是托那条蝮蛇来到人间的？我见他一动不动地站在那里，只是朝我笑，也不言语，就又说：你的死是确定无疑的了。为这，高老师还专门召集同学们，为你开过追悼会呢！你还有什么可狡辩的？

　　方舟，现在我怎样和你讲，你都不明白。说着，兵兵脸上没了笑影，往前挪动了两步。

　　别动！再动，我可就关门了。我说着，右手捏紧了门把手。只要他再敢向前走一步，我就决定不给他留情面了。

　　那么，方舟，他倒冷静，随即不慌不忙地说，你知道我是怎么死的？

　　战死的！我不假思索地答道。

好，这还像老同学的样子，他又笑吟吟起来，顺手丢过来一包香烟，仔细看看我！

我瞥了眼落在脚旁的那包烟，又把视线移到他的身上：他的面部比过去粗糙了些，几颗米粒大的粉刺，有的像刚泡开的豆子，有的则鼓鼓的、尖尖的。那双眼呢，却闪闪发亮，有着军人特有的神采。

不过——打量了他一会儿，我就说，人家都说你死了，可现在，你就站在我面前，这不是我在做梦吧？

不是，真的不是！他倒怪自信的，接着又说，不信，你摸摸我。

他挨近了杉树，继而两手摸了摸它，还仰了仰脸，看了看，就又转过头来。

这时，不知怎的，白天的情景在我脑际转瞬即逝，却使我想起了什么。

但是，我还要问你，沉思了片刻，我把想到的问题提了出来，你是不是蝮蛇变的？

什么蛇不蛇的？他却装作不懂，我不清楚你说的是什么。

就是白天的那条蛇。我便提醒道，嗓门也大起来，但身子还原地不动，还绕着你身边的那棵杉树兜了个圈儿，总之，你不会不知道的，好好想一想吧！

他倚着树，两只胳膊叉着，低下了头，做出一番确实在思考的样子。我心里着实有些懊恼。

白天碰到一桩没有头绪的事儿，晚上又遇到这样难挨又难解的事儿，真倒霉！怪事儿都冲我来了。要不，我现在旅游得多好哇！着实有点……

怎么了。兵兵！想好没有？本身很简单的事儿，他却搞得这样复杂，干吗呢？这究竟为了啥？

我见他想了半天，还是不言语，就又补充道：当然，我也不愿这样，不过，你也应该替我想一下，我今天遇到的事儿，的确有些蹊跷呢！

这时，一阵风吹过，杉树摇动了几下。突然，我发现眼前站着的不是兵兵，分明是那条缠在杉树上的蝮蛇。莫不是蝮蛇白天借助仙气，隐到杉树里，这会儿，现形了吧！我打了个寒战，两腿动了下，紧接着，整个身心都瑟缩起来。

一块乌云盖过头顶，霎时，大地漆黑一团。唯独那棵杉树周围还能看得清兵兵的身影。方舟，哼！真想不到你变成这样！兵兵似有些愤懑了。

在这种情况下，断不能疏忽。我提醒自己，此景此物的变化，就是一个很好的证明。眼下恐不是兵兵，倒有些像是蝮蛇的化身。也好，今天我都和妖怪见面了……这还怕啥？我自己壮着胆子，实在有些累了，就蹲下来，歇歇脚。

他见我蹲下来，也蹲了下来。他看着我，我看着他，两人面面相觑。

不一会儿，他站起身，向我走来，一步，两步……我数着。

他每走近我一步，我都要颤抖一下，两脚还不由自主地向后挪动。此时，我的五脏六腑好像都在哆嗦。

别再走了！我猛地一跃，站起来，要不，我可真豁出去了。

方舟，你过来！他停住，对我说。

我还没那么傻。我想。眼下，走过去凶多吉少，而原地不动，则很可能立于不败之地。

我就说：你要干什么？要打要拼，咱都奉陪。话音刚落，我的腿就晃抖个不停了。

嘿嘿！嘿嘿嘿……他只是笑，末了，干脆说，你敢过来摸我一下吗？

蛇，哼！我气愤地詈骂道，你是条毒蛇！不知是激动还是悚惧，我竟流出眼泪来。

哈哈哈！他尽管笑，却一句话也不说了，呵呵呵！

我气得捏紧拳头，一会儿松开，一会儿又捏紧。做好了随时可能撕打的准备。我把牙齿咬得咯咯响，一副要豁出去的样子。

须臾，他停住了笑，毅然向我走来。

一步，两步，三步！

就在我摆出了打斗姿势，右拳冲出去的刹那间，却被他一把抓住。我挣扎了几下，见无能为力，就赶忙试图呼救，却喊不出声来。我从未遇到这么烦恼又这么可怕的事儿，脸颊直冒汗珠。

你不敢摸我，他颇有些自豪地说，我倒要摸摸你哩！

兵兵，原来不是蝮蛇，真的是你啊！待到近前细细一看，我才发觉他真的没有死。

那么，你是怎么活下来的呢？我很想问个清楚，知个明白。

我是蝮蛇哩！兵兵说，连看也不看我。我却有些不好意思起来。

我首先向他道了歉，把他让进家里，给他泡了杯他最喜爱喝的清茶。奇怪，他却一点也不喝。

不喝也罢，我便迫不及待地让他讲讲，外面传说他死了，报纸上也登过，说他很勇敢。可现在……这到底是怎么回事？他就从头到尾地给我讲他们小分队如何神出鬼没消灭敌人的事儿。

我又给他弄了些吃的东西。他说，他不能吃这些东西。我问这是为什么，他两只眼睛一眨不眨地直盯着我，像要从我脸上发现什么奇迹似的。

那么，你是怎么回来的呢？为了把他那令人害怕的眼光移开，我故意让他重讲一遍，刚才有一个地方我没听明白。而他呢，却不作声了，只是窥视着窗子，像要透过窗口，眺望见外面的什么东西似的。眼下他的神态，就跟方才我托着腮帮时一模一样。

你是不是太劳累了？见他只是望着窗子发呆，我关切地问。

他摇了摇头，还是保持着老样子。趁他不注意，我移了移视线，见他正目不转睛地瞅着外面的那棵杉树，有时还微微仰起脸，看看天空。

他变了，我内心嘀咕道，完全变成了另外一个人。他又把视线移向我，两眼死死地看着我。起初，我被他看得有些不好意思，后来，似乎有一种阴冷的感觉。那双眸子是那样明亮。我生平第一次见到有这样明亮眼睛的人。

我该走了。他低下了头生硬地说，似乎一点也没有老同学的那种亲热感了。

他伸出手来和我握手告别。

我把手伸过去。触到他的手时，我心里一惊，你生病了吗？

他假装没听见。

这时，一阵风吹过一片乌云来。窗外的那棵杉树吱吱地晃出了声响，接着，周围漆黑起来。

再一看，兵兵不见了，而我的手里怎么抓了条蝮蛇的尾巴。顿时，我啊地叫了一声……

我翻了个身。醒来时，我发现自己的手里不知什么时候抓了一只毛衣的袖子，手冻得凉冰冰。

咕咕咕！——就在这时，一只大公鸡拼命地啼叫起来……

时光欢乐

我十三岁那年，祖父听说张庄有位刚从济南府辞官回乡的老先生，学识渊博，通中外历史，知天上人间。祖父知道自己吃了没有文化的亏，一心想把我培养成一个知书达理的人，就带我二上张庄，拜见这位张先生。先生对祖父声名狼藉早有所闻，便不肯收留我。

祖父一听，眉眼一瞪，抽出驳壳枪在手中掂量说：你个老家伙，敢同爷来这一套，满肚子坏水，爷可怜你，让你吐吐，别不识抬举！

张先生坐在雕龙凤紫色漆的木椅子上，动也不动，像没这回事一样，瞥了眼我，并未作声。

祖父揪了揪我的耳朵，又拍拍我的脑勺，冲着张老先生说：今儿个，小山头就扔在你这里。他将来是猪是驴，是骡是马，全凭你个老东西的坏水泡养了。

说完，祖父欲待迈出门槛时，又停住说，将来山头成了驴，我就剥你的皮，给他做件皮衣；如果成了一匹马，一匹骏马，爷就让他亲自带领十一抬大轿，外披一色的大红花，给你造个烟花楼。

祖父早在没有荣任镇长时，就有许多狐朋狗友，远庄近邻没一个不知道二爷子的。那时，我年龄还小，经常看到祖父同那些打扮得恶如妖魔，艳如桃花，笑像鸡叫，啼似八戒之猪状的人，哈哈笑，嘻嘻闹。

这天，宿安街名叫么二的财主，自天津卫娶得一个粉面白俊的小老婆，也不知谁传到了祖父的耳朵里。祖父就带上他的几个贴身，把个么二的小老婆提到未庄，厮磨鬼混了数日，就又丢给么二，把个么二气得七窍冒烟，两腿直踹，也便呜呼哀哉！

一九三九年旧历六月二十四日黄昏时分，祖父吃了最后一个鲜嫩韭菜猪肉馅水饺，刚要咽下肚，猛然间，一颗豆粒大的晶体盐粒卡在喉管，齁得祖父呕吐了一番。奶奶赶忙端上一杯槐叶泡沏的被家乡人称作绿尿灵的东西。祖父一见奶奶手上那皱巴巴的肌肤，和摇摇晃晃的棕色瓷碗，脸一仰，眼一斜，冲着奶奶道：

灵，灵什么，那是尿！

奶奶见祖父一副气恼的样子，也就忙不迭地解释，尿灵，尿灵，喝了就行。

这时，祖父自雪白汉白玉椅上立起身，眼一闭，把那碗绿尿灵一口咽下，就走出了家门。

现在，他要赶紧回到镇上，同他那群狐朋狗友，在一起狼嚎野饮。祖父越过七二五三河，下了堤坝刚要抬脚，却见灰不溜秋一个怪物立在眼前。四周一片黑暗，只能闻见远处飘来熏燎的炊烟味。祖父想辨清这怪物究竟是何物，可怎么也看不清楚。过了好一会儿，祖父才确认这是一头膘肥体壮的犍牛正在塞窣吃草。祖父镇静以后，右手便去腰间摸出确枪，嘴里不停地嘟噜着：

妈的，你个畜生，天刚黑就胆敢拦爷的道！今儿个，爷我要提上你的臭肉去下酒！

说完，祖父便要开枪，可手刚举在空中，突然记起还未装子弹，就抽回手从青布袄里摸出子弹，一边装，一边还在骂：

你个臭牛命大，爷让你多活会儿，也歇歇我的手腕，不过，一霎就让你个狗牛养的完蛋。

话音刚落，祖父已经子弹上膛，用左手瞄准射击。那牛似乎看出了祖父的心思，突然照直朝祖父狂奔过来。祖父被犍牛那黄亮的眸子和这突如其来的行动吓蒙了，慌忙之间胡乱放了一枪。那子弹带着一声呼啸,擦牛耳而过。这牛却愈发咆哮得厉害,它两眼紧盯祖父,前蹄腾空,后尾飘逸似条黑鞭,向祖父逼近。祖父左躲右避,同这怪物兜着圈子。起先,这犍牛嚎也不嚎,使足了劲往祖父身上猛扑,但几个回合下来,那犍牛好像业已力减,又见靠近不了祖父,就在原地哞哞地长鸣。这尖厉而又嘶哑的嚎声,一如荒原的饿狼发出瘆人的怒吼,给祖父平添了几多莫名的慌乱。就在那牛大喘粗气、直放臭屁的间隙,祖父赢得了时间,把子弹推上膛,未等牛缓过气力,就已枪响牛倒。

这次祖父打得很准。他把平常抬手打鸟,挥手打鸨的硬功夫使上,一枪正中了牛眼。那牛摔在地上,浑身直抖,牛血汩汩流淌不止。祖父坐在牛肚子上,颇感柔软舒畅。但由于刚才的剧烈运动,汗流过多口渴难忍。离镇上还有些路,一时解决不了口干舌燥问题。正思虑之间,他的右手触到一摊湿润的东西,一嗅是股血腥味。他一阵惊喜,猛扑到牛头上吮吸牛的血汁。牛血的热浪散发出呛鼻的膻臭,难以下肚,可眼下祖父顾不得许多。待重新坐在牛肚子上时,他一边揩抹嘴上的血迹一边不停地臭骂。

个牛养的,坏了爷今晚喝酒兴致,待爷歇过劲剥你的皮,抽你的筋,吃你的心肝,再不喝你的臭血。

翌日清早,门外白杨沙沙,槐香扑鼻,垂柳披拂。我在张先生的教诲下正进行早读,未诵到一半,透过洁白窗帷,我发现院子里垂柳枝梢上,一只雀鸟蹦来跳去,伏在树上的蝉也吱吱呀呀。我被这美妙情景吸引,悄悄偷出先生的白面粉和成面糊敷在长长竹竿上,跑到朱家河坝子上看准正趴在刺槐上呀呀鸣叫像小孩哭的蝉,把面糊顺势往蝉翅上一粘,那蝉就成了手中玩物了。

我回到屋里玩得尽兴时,却见跌跌撞撞晃进满脸是血疲惫不堪的祖父来。

先生见祖父此状,瞪大两只眼睛直往屋里缩。我紧抓先生衣襟，心想爷爷太胡闹，也随着倒退。

祖父看我们被唬得失了常态，更是摇摇晃晃手舞足蹈嘿嘿嬉闹。

小崽子，老……老家……伙，今儿个……看你们往哪儿躲……

祖父身子晃晃悠悠，脸上红不溜秋，右手颤颤抖抖从怀中抽出确枪，一抬手，只听啾一声，一只鹏鸟落地。

山……山头，爷给你弄点野味。祖父说完，提上鹏鸟指着先生说，老家伙，快，泡泡，用你的坏水！

先生起初以为祖父饮酒过量酒疯发作，当发现他头脑清醒举枪还灵便，身体摇摆似耍龙灯，迅即上前搀扶他。

爷，咋了，快，屋里歇。又一边招呼我，山头，沏碗绿尿灵，要热，你爷没准受寒了。

先生扶祖父坐在雕龙凤椅子上。祖父只是喘，歇不过劲的样子。好半天以后，祖父开始恢复正常。他把血迹斑斑的对襟袄脱下，赤条条露出刚劲有力的脊梁。他那系着金色穗头的确枪别在腰间，此时更是熠熠生光。

山头，来。过了一会儿，祖父吆喝躲在一边的我说，躲爷？让我看个仔细。

不知怎的，见到祖父那双眼睛，我就联想起鹰隼，一种恐怖感油然而生。祖父混沌黯黄的眼球，好似一把金色的利刃，要把我攫了去切割成肉酱，放进紫砂器皿。

我被祖父两手箍进怀里。看到他那黑白相间、血性十足的短发，继而又见他用黑色布条捆扎牢固坚实的绑腿和套在有力脚板上的开口青蓝色鞋，我才醒悟祖父为何活得这样洒脱，这样欢乐，这样生机勃勃。

这时，先生见野味已经做好，就请祖父品尝。祖父将我放下，两眼盯着躺在细瓷圆盘中鹏鸟脖子上有根未剔净的毛，祖父就感到茸茸的软软的一股暖意。他一口把鹧鸟脖子咬断，咂巴几下就刺溜咽进肚里。

先生见此情景更加愕然。祖父啖得津津有味，我看着吃惊发呆，当他最后把鹧鸟的脚板送到口中，用两排歪歪斜斜的牙齿对准时，我听到了天崩地裂的咔嚓声。这声音把桌上的细瓷圆盘震得翻了个个。

祖父吃完，两手在嘴上随便抹一把，又盯住我说，山头，看得这么出神，一准是那野味好吃，是吧？

说完，祖父拉着我的手，冲着张先生道：老不死的，你用你的坏水喂山头的脑，我用我的野味喂他的包（猪肚子），今儿个让他同我回家走一遭。

出了先生的院落，祖父示意我在前面走。

哇！好大一头死牛！

在先生古朴典雅的院门一隅，我发现一头紫红色血浆染遍全身的死牛四蹄捆绑朝天躺在那里。在它周围，黑压压的绿头苍蝇熙熙攘攘。祖父抢先一步跑到我前面，抽出确枪打出颗子弹，打在牛角上应声而落。那轰鸣的绿头苍蝇顿时卷成一股黑云，在牛的尸体上空俯冲飞舞。

苍蝇苍蝇，你吃咋行？祖父极不乐意地骂道，我的山头要吃。

说完，祖父脱下他的白色对襟袄扔给我，爷背牛，你背褂。

祖父咬咬牙，笔直伸了伸腿，千把斤重的黑牛就落到了祖父脖子上。然后，祖父回过头，冲先生笑笑，立住，回吧！我们就上路了。

我和祖父走在一条阳光明媚、尘土漫飞、槐花飘香的小路上。不知是不是那只鹧鸟在祖父肚中作怪，祖父走着走着，哼起了小曲：

想喝酒来却吃牛
我带山子到东头
树上的槐花哎
味香个球
山子没爹只有爷
跟在我后头
……
阳光道
独木桥
大黑牛压弯我腰
都说世间多么好哎
我他娘的没碰到
……

　　唱到这里,祖父止了哼唱。我看见祖父脸上水涔涔的,不知是汗水是泪水。祖父见我停住步子目不斜视直瞅他,便也嘿嘿一乐。
　　已是正午,日头出奇地毒。祖父肩背大黑牛,吃力地行走。那捆缚住牛腿的绳条,几乎钻进祖父脖子肌肤。汗水顺着绳条,流到牛腿牛头,直到牛的全身,远远看上去恰似一条静静流淌着的混浊小溪。凝固的牛血经了汗水的调和变得润湿。我为祖父捏了把汗,这样能坚持到家吗?我为祖父担忧,但他看上去还是乐悠悠。我几次想停下来,目的不是为了祖父,而是自己吃不消,极想歇息歇息。再看祖父,青色布鞋裹着的脚板依然潇洒,杂色布条的绑腿照旧刚劲有力,顺着肚脐一瞧,二十四根肋骨依旧排列整齐分毫不差。与这些不相合的不过是祖父颈项略显直了些。
　　山头,加把劲!我的打量被祖父微带笑意的话语打断,老看爷干啥!

祖父已是年届六十的老人，而今却雄风犹在。他青壮年时一定是位力敌千钧的汉子。

　　前面是块苹果园，在一棵高大白杨树荫下，祖父从肩上落下黑牛。我把对襟袄拿给他，揩抹下汗水。我闻到一股淤泥般的膻臭味。来到苹果园里，祖父为我摘下一个苹果。我咬一口便扔掉。最后祖父爬到一个枝丫上，说：

　　山头，这个像你的脸蛋！

　　接着，这是蛤蟆脆！

　　给，这是狗不理。

　　祖父摘下一堆上好苹果，可又无法带回。他让我脱下裤子，用腰带将裤腿扎起，两条裤腿成了两条绝妙的口袋。

　　回到家，祖父把黑牛剥皮剁肉，一共蒸了一千八百碗，把绿尿灵撮进细口碗中，又插上寿糕——一种用干脆蘑菇粉和了面团制成的糕点。除去他的狐朋狗友每人享受一份，祖父又依次给庄里不同家族老少爷们送上。这样，还剩余一百单八碗。

　　这天，全村上千人迤逦走到祖父列祖列宗的冢地。每人手中极其庄重极其平稳地端着一碗上寿糕，恭敬地放在祖父列祖列宗塔形坟墓尖顶上，不停地点燃纸钱。纸钱在火焰簇拥中嘻嘻笑嘿嘿闹飘向天际。

　　末了，祖父拉着我的手，向北步出百余米，让我在一个不大不小但瑰丽无比堂皇无限的墓碑前跪下，说：

　　山子，快，哭爹。这是你早逝的爹呢！

　　随后，祖父也跪倒在坟前，道：我的儿，可怜你英年早逝先我而去，这都是爹作的孽，今儿个，老少爷们都来了，爹祈求你在那边好生活着；别学爹，爹一生认错了道，早听孩儿的话，你也不会这样……呜呜呜……

　　在场的人们也发出惊天地泣鬼神的号哭。

这时，白日里，一只猫头鹰发出呀呀的讥笑，自人们头顶掠过。

于是人群中有人嘀咕：大白天，猫头鹰，不祥啊……

飞向天堂的纸鹤

梅子初中辍学后，在一个细雨蒙蒙的下午被一个矮胖女人带进城里。胖女人告诉梅子，在城里每天能挣好几百块钱呢。梅子听了，心想，有了几百块钱后，自己就能重新坐在教室里读书了。于是，梅子连招呼也没和家里打，就跟胖女人来到了城里。

梅子被胖女人带到城边的一家饭店。她看到胖女人和饭店老板嘀咕了好长时间。饭店老板极不情愿地塞给胖女人一沓钱。临出门，胖女人眯着细眼，笑嘻嘻地和梅子说要去外面买东西。从此，胖女人就再也没有回来。

饭店老板嘴里叼着将要抽完的烟，说话时露出满口黄牙，眼睛盯着梅子不放。饭店老板的眼睛，梅子好像在哪里见过。她记起了那是她在画中看到的一只老鹰的两眼，梅子心里有些害怕。

晚上，饭店冷冷清清，梅子并没有看到来吃饭的人，不知过了多长时间，老板从厨房里端来一碗热气腾腾的白菜猪肉炖粉条。一股诱人的肉香扑入梅子的鼻子。梅子有了食欲，她听到了肠胃的蠕动声，觉得有些饿。她这才记起已经半天没吃东西了。梅子刚吃完饭，劳累便缠住她不放，她感觉困顿不堪。饭店老板让她在里间的一个床铺睡下。梅子躺在床上，浑身感到很舒适，不一会儿就睡着了。不知过了多长时间，熟睡中的梅子觉得透不过气来，她的身体被重物压迫着，慌乱中醒来的梅子看到，饭店老板裸着身子趴在自己身上。她这才感到下身的疼痛。顿时，梅子不知所措了，她只是坐在床上呜呜地哭泣。

第二天早晨，饭店老板就像什么事情也没发生似的。一大早，他哼着不堪入耳的小曲，只是瞅着梅子笑。

现在，梅子已经记不清楚，她是怎样逃离饭店的。她只是隐隐记得，那天饭店老板喝得烂醉如泥，她接连喊了好几声后，老板仍然不省人事。出了饭店，梅子顺着城区的路跑个不停。她也不知自己跑了多长时间才跑进熙熙攘攘的人群中。就这样，她先后给人家看过店铺，做过超市的售货员，当过保姆，也学过理发。不知不觉好几年过去了，梅子已出落成一个美丽少女了。

梅子和祥贵是在东城的一家理发店认识的。刚来理发店正在学徒的梅子，这天下午正在叠纸鹤。听到脚步声响，她抬头看见已经踏进门槛的祥贵。他头发蓬乱，脸庞瘦黑，一副邋遢的样子。

没等梅子说话，祥贵就看着她问道，大姐，能给杯水喝吗？

见年龄比自己大几岁的来人喊自己大姐，梅子内心着实好笑，梅子瞅着他无助的样子，还没等老板吭声，就早已给他倒好水递给他，继续叠起纸鹤来。

喝完水的祥贵一边用衣袖擦抹嘴角上的水滴，一边瞅着梅子叠的那些纸鹤。真好看，你很心灵手巧呀！祥贵忍不住脱口说道。

喜欢，你就拿去吧！梅子抬起头，笑盈盈地望着祥贵。

随便拿人家的东西，这怎么好意思？

就当我送你的行了吧！见祥贵不好意思，梅子抿着嘴矜持地说。

那我可真要谢谢你了。祥贵说完，手里托着纸鹤转身离去了。

几天以后，一个燥热的中午，老板上街去买东西，店里只剩下梅子自己。梅子又开始叠起纸鹤来。不知怎的，梅子自从跟母亲学会叠纸鹤后，就喜欢上纸鹤了。母亲告诉她，纸鹤是有灵性的，它能帮助人们实现自己的心愿。就在梅子神情专注地继续叠她的纸鹤的时候，几天前来过的祥贵又出现在了她的面前。梅子抬头看时，祥贵怀里正抱着两个大西瓜，汗珠挂满了他的脸膛。

快，吃瓜吧，天好热啊！祥贵说着，把西瓜放到了梅子面前。梅子内心隐隐有些感动。你给我的纸鹤，我一直放在枕头旁呢！祥贵冲她笑了笑说。

只要你喜欢，我会给你叠好多好多的纸鹤。梅子低了头羞涩地说。就这样，梅子和祥贵频繁见面了。只要有时间，他俩就一起逛公园，一起看电影。梅子还教会了祥贵叠纸鹤。

终于有一天，梅子辞去了理发店的活，祥贵也离开了他干活的那家建筑公司。在长途汽车站的候车室里，梅子和祥贵手里捏着车票。他们俩要赶到乡下祥贵的家里，当着祥贵的父母亲和乡里乡亲，喜滋滋地赶紧把喜事办了。

知道祥贵从城里带回个漂亮媳妇，一大早，村头就挤满了看热闹的人。整个婚礼显得简朴而又隆重。几声鞭炮的炸响，使梅子做了祥贵的新娘。祥贵家的院子里，猜拳行令声、嬉笑逗乐声不绝于耳。直至天黑，这番热闹才停了下来。

梅子和祥贵住两间偏房，他俩和祥贵的父母亲住在一个院子里。直到如今，梅子才清楚祥贵的家境这样寒酸。结婚以后，梅子和祥贵虽然日子过得清苦，但村里人也常听到他俩的说笑声。不知不觉间，梅子和祥贵结婚已经半年多了。眼见生活艰难，梅子和祥贵都在考虑着改变现状的办法。想来想去，还是决定去城里打工多挣些钱回来。

正是春暖花开时节，梅子和祥贵来到城里。很快，祥贵从劳务市场找到了干建筑工的活。梅子却没有找到合适的工作。为此，梅子有些烦恼。每天，她都一副郁郁不快的样子。在他们租住的一间狭窄的房子里，祥贵晚上回来，见梅子一副忧郁的样子，起初还安慰几句，到后来也就不再多说什么话了。劳累了一天的祥贵，回来后倒头便睡。眼前这情景，使梅子原本苦恼的内心，变得更加不快了。

这天中午，梅子简单吃过饭，独自在街上彳亍。她内心祈愿着能找份合适的工作，她自己也相信机遇会很快来到她的身边。他们从乡下积攒的那些钱已经所剩无几了。而祥贵打工的钱，老板总是扣住不给。她低着头，在街心宽阔的马路上踟蹰。行人不时匆忙和她擦肩而过。突然，一位上了年纪的女人拍了下她的肩膀，梅子迟疑地抬起头来。

妹子，是来找工作的吧？还没等梅子说话，中年女人已经先问她了。

哦，是的……不是，我不认识你。梅子不知说什么才好。

我看你在这里逛了多时了，要么有什么心事？不妨跟大姐我说说呀！看你愁眉苦脸的样子，可不要愁坏了身子。中年女人很关切地说。

梅子弄不明白，这人太爱管闲事了，她并不想搭理，可见她一副和蔼可亲的样子，又不忍心就这样走开。中年女人凑近她，前后左右看了看，然后对她小声说，我开了家理发店，工资可以给你开到一千多块，外加提成，你愿意去吗？

工资多少？你再说一遍。梅子好像没有听清楚中年妇女说的话。一千块，加班还有提成，中年女人又重复了一句。

梅子听了，心里禁不住暗喜。她想，这次机遇真的在向她招手了。什么时候去呀？我还没和俺男人打招呼呢！

打什么招呼，这样的好事，你男人知道了也为你高兴。就这样，梅子随了中年女人坐了好远的车，大约过了一个多小时，在城边一家不起眼的小店门前停了下来。梅子看了看眼前的一切，总觉得有些不对劲。于是，梅子扭头想回去。不知什么时候，两个一脸凶相的汉子站在她的面前，挡住了去路。

梅子无奈地来到了理发店。一股妖艳的脂粉味，使她周身血液流速加快，同时，也让她警觉起来。她环顾了一下四周，有两个打扮入时、染着黄发的女人,坐在沙发上正在打量着梅子,并且不时附耳低语着什么。梅子不解地看着她俩,不一会儿,就被中年女人喊到一间并不宽敞的房间里。

当中年女人告诉梅子,她将要从事的工作便是接客时,梅子顿时蒙了。待清醒以后,梅子说什么也不干,并且执意要回家。中年女人两手使劲拍了几下,那两个一脸凶相的男人又走了进来,不容分说,就把梅子狠狠地揍了一顿。嘴角淌着血的梅子,半蹲在房子一隅。她被刚才的阵势吓坏了,她用手抹了下嘴角,浑身抖个不停。

到了晚上,被逼就范的梅子接了第一个客人。待那个男人走后,梅子躲在房间里羞恼地哭了起来。半夜时分,梅子还在不停地哭泣。她想念祥贵,她觉得对不起自己的男人,她想,她再也没脸见祥贵了。她几次想去死,可是,窗子被木板条封得严严实实,房间里只有那张小床,除此以外,空空荡荡,梅子找个物件寻死都很难。梅子哭干了泪水,最后疲惫地歪倒在床上。

不知过了多长时间,中年妇女又来敲门了。起初,梅子硬是不给她开门。后来,那两个汉子过来不停地叫骂,用重拳撞击门,梅子听了浑身瑟缩起来,只好把门打开。一个浑身酒气的男人,摇晃着身子,进门后就把门锁上了。躲在房子一隅的梅子还没有清醒过来,就见男人倒在床上呼呼地睡着了。

躺在床上的男人,额头上有好几道皱纹,略黑的长脸,给人一种难以捉摸的感觉。不一会儿,房子里就弥漫着浓浓的酒精味。梅子几次想吐,她捂着嘴,最终没吐出来。就在梅子紧张的心情刚刚放松下来的时候,躺在床上的男人翻了个身,随后,他自己揉了揉眼坐了起来。

坐在床上的男人,看着躲在墙角的梅子笑了笑。你叫什么名字?你家是哪里的?男人不停地冲梅子问。

见梅子没有吭声,男人又说,你不用害怕,我不会勉强你的。第一个男人的粗野和无休止的折磨让梅子至今还不寒而栗。听到这些后,梅子面对眼前的男人,紧张的心情平静下来。

过来吧,我们坐在这里说说话。男人见梅子既不说话也不向他走过来,环顾了下房间后,就又冲梅子说道,房子里没有凳子,你一直站着不累吗?

梅子听到这里,带着疑惑,战战兢兢地在床上坐了下来。男人好像很守信,他并没有对梅子动手动脚,他和梅子讲起了自己公司里的事情,讲到最后男人还用手抹了下眼角。梅子发现男人淌下了泪水。

直到这时,梅子才知道男人姓陈,名叫陈育才,是一家个体建筑公司里的包工头。因为建东方大厦,公司投入上千万资金,工程完工后,东方大厦长时间不付工程款,他的银行贷款难以偿还,加之,民工又迫讨工钱,万般无奈,他只好四处躲藏。听到这里,梅子不仅没有了恐惧感,反而对眼前的男人同情起来。梅子不断地劝说陈育才,说了好多安慰陈育才的话。当梅子让陈育才帮忙寻找自己的丈夫祥贵时,陈育才很痛快地答应了她。

陈育才临走时,从兜里掏出一把钱扔给梅子。梅子坚决不要,这时,陈育才已经把门打开,他冲梅子说,服务费我来时已付给了前台的老板,我会常来看你的。

陈育才走后不久,老板敲门走进来,一进门就笑嘻嘻地说,你真有福气,刚来就被人家包了。说完,老板哈哈笑着走了出去。自此,店里的老板对梅子关心起来,梅子的房间里还有了沙发、喝水用具和水果点心。梅子也庆幸遇上了好人。但她仍时时挂念着自己的丈夫祥贵。她盼望着陈育才能很快找到祥贵,把自己从这里救出去。

梅子向老板要了许多纸张,平时,只要陈育才不来。梅子就在房子里叠她的纸鹤。梅子知道祥贵最喜欢纸鹤了。梅子叠的这些纸鹤有红纸鹤，有白纸鹤，有蓝纸鹤，也有绿纸鹤。梅子认为，红色是吉祥富贵的象征，所以，梅子在那些红色的纸鹤上，工工整整地写上丈夫祥贵的名字。每次陈育才来，梅子首先打听祥贵的消息，陈育才总是皱着眉头摇头，这让梅子更加放不下心来。

　　这天，梅子又折叠了许多红纸鹤。在给这些红纸鹤上写上祥贵的名字，说完许多祝福的话后，也许是过于劳累，她竟然手里捧着红纸鹤坐在沙发上睡着了。她梦见祥贵看到她叠的这些纸鹤，欢喜地蹦了起来。祥贵拉着她的手，让人把纸鹤全部放在一个精美的柜子里，然后把她扶上汽车，朝着很远很远的地方开去……

　　梅子醒来时，天已经黑了下来，不知道什么时候，陈育才坐在了她旁边。陈育才嘴里喷着酒气。今天他向东方大厦负责人追要工程款，不但没有要到，反而被对方戏弄了一番。他在一家酒馆喝下一瓶白酒后，来找梅子。他看着红纸鹤上祥贵的名字，气不打一处来，对梅子一改过去的样子，嘴里骂着不堪入耳的话。梅子只当是他酒喝多了，并没有搭理他。陈育才见梅子低着头不吭声，抬手向梅子打去。陈育才出手很重，手刚一落下，梅子的脸便肿了起来。

　　你这贱货，老子今天打死你！陈育才不住声地骂着梅子。疯狂了的陈育才嘴里不停地嚷嚷着，他拽着梅子的头发，使劲把梅子拖到床上，两手掐住了梅子的脖子，梅子憋得喘不过气来。梅子开始想，陈育才许是酒喝多了，等他醒了后，可能会好些。然而，眼前的景况让梅子惊呆了，陈育才想杀死自己。梅子没有想到，死亡来得这样突然，让她措手不及，毫无思想准备。梅子拼命挣扎着，她觉得陈育才的力气太大了，掐得她喘不过气来。梅子仿佛看见纸鹤在房子里飞舞起来，许多红纸鹤在房子里盘旋，盘旋……

　　祥贵在收拾梅子遗物的时候，发现红纸鹤上有梅子写的自己的名字。此时此刻，祥贵再也控制不住自己了，对梅子长久的思念，使他号啕大哭起来。祥贵边哭边说,梅子呀梅子,你让我找得好苦啊。

　　祥贵跪在梅子的坟前,捧着那些纸鹤,缓缓地点燃。他满脸泪水哭诉着,梅子呀,我不是个好男人,是我害死了你啊!你要是听见我说的话,能原谅我吗?纸鹤飞舞着旋转着,飘飘然飞向空中……

大风

九爷——一个没有见过什么世面,却笃信宗教的老人,这会儿,对着邋遢横卧在眼前的一片沼泽发愁了。碧绿的苔藓,浮于混浊的水面。没有一丝风,水面很静,甚至会让人觉得静得出奇,静得令人战栗。一条水蛇哗地跳跃一下,稍稍打破这平稳水面的平静。水洼里,斑点状的密密麻麻的蝌蚪在麇集,游移。癞蛤蟆蜷着腿,半蹲在枯萎的草丛,弓背,仰脖,朝天空吼个不停。

九爷环顾了一下周围,待惊恐的心绪镇静以后,便开始寻找来时通过沼泽的那条路了。

他记得,当初并未费多大心思,就很顺当地踏着那条路走到对岸来。

这兴许同自己急于到天王寺拜神求佛的思想有关。他这样想。随即,他拖着疲惫的身躯,继续寻觅。

九爷边走,边动脑筋。但他只是在沼泽的沿岸绕来绕去。他抬头朝天望了望,发现日影西斜,才真的有些着急起来。

往常这个时间,九爷早已回到庄子,坐在那间小屋里,把上等的酥茶沏好在赭色的壶里,咂着嘴巴,眯缝起两眼,津津有味地品茶,赏景,自由自在地享受。

想到这里,一向心中装满神灵、虔敬仰慕神灵的九爷,竟破天荒地责怪起上帝来。过去的灵验,怎么这阵子不复现呢?

其实,九爷小时候很是忌讳鬼神的。

那时,年岁大的人为了求菩萨保佑人丁兴旺,富贵荣华,纷纷跑到庄外的天王寺,燃香磕拜,打躬作揖。然后,他们跪倒在佛像的脚下，真诚地叨念经辞，接着就述说起自己的大灾大难来：孩子的夭折，老人的不幸，家里闹鬼，田里荒芜……再接着，便求万能的菩萨，仁慈的菩萨开恩，拯救。对此，九爷觉得实在荒唐，又觉得好笑，就在一旁乐得拍手，雀跃起来。正闹得欢，突然，父亲一个耳光扇过来，他咧咧嘴，想哭，又被大人狠狠地瞪了一眼，他只好摸着火辣辣的脸蛋，含泪，忍气吞声。

九爷竟觉得脸膛有些麻酥酥的，不自在起来。九爷认识到，也亏了那重重的一击，才使自己早早地成熟了。

这时，湖底咕咕冒出串串的水泡，把九爷从遥远的记忆中惊醒过来。

九爷在原地来回踅了几圈儿，终于想出一个好办法。他走到黄莺飞去的那片树林里，折断一棵拇指粗的杉树，又把枝杈、树梢拽掉。一根两米多长的杉木棍拿在手中，九爷折回头来挨近湖岸，选择了经过阳光激烈的暴晒，表面有些干燥的地带，用棍子杵了几下。很快，淤泥就要把木棍淹没。九爷唏嘘着，赶紧抽出。他又到其他地方试了试。九爷蹙起眉头。

蓦地，一个念头钻进九爷脑海，又一掠而过。九爷转忧为喜，跟着，脸色严肃起来。

土改时，九爷家一夜之间成了私通国民党的特务。原因是他的祖父在镇上任过两年的镇长。虽然给八路军送过情报，但也保不准没有给国民党传过密码，有人这样说。九爷的父亲为此而伤心，懊恼。第二天即将鸣锣擂鼓，召开大会批斗时，九爷悄悄溜出门去，一路小跑来到天王寺。远远听见当当的钟声，沉闷，却摄人心魄。

他大口喘着粗气，看到端庄静坐的佛像，扑腾跪在地上，哭丧着脸，说：

仁慈万能的神啊，请帮帮我的忙吧，我父亲的冤屈你该知道……下午，他们就要对他进行批斗呀，你不能看着不管呢……啊！

庄户人的救星,开开恩吧……

九爷话音刚落,就听到一个特别奇妙的声响。抬头看时,只见菩萨的眼中滴下泪珠来。

九爷内心涌起快乐。菩萨不愧为慈悲心肠,专给穷人解苦难。他想,父亲这下该有救了。

九爷连磕几个响头,又是一路飞奔回家。正要踏进门槛时,就见西北方向隆隆地滚过满天的黑云。接着,雷声不绝于耳,铺天盖地,把九爷家的小屋震得摇摇晃晃,颤颤巍巍的。九爷父子搂在一块,以为雷公公板起面孔,要大发雷霆了。两人被耀眼的闪电一照,瑟缩个不住。待杏核大的雨点啪啪地砸下来时,父子俩才略略定了定神。这场大雨一连下了两天两夜。风停雨住后,这件事顿时在庄里哄传开去。谣言、猜疑、议论,遍布整个庄子的大街小巷。

事情也确乎有些蹊跷。恁大的雨,恁大的风,而九爷家这间小屋完好无恙。以致那些批斗会的组织者,也暗暗心惊。原定铲除天王寺,破四旧,立新风的宏愿,也被雷公公震慑住了。

从此,九爷有道不出的愉悦。

说话间,九爷已到了结亲的年龄。庄里有不少好事者,争着为九爷筹办。九爷心中更是乐开了花,逢人就先哈哈大笑一番。

但几天以后,九爷似乎又不那么兴奋了。庄里的好事者也替九爷愁容满面。原因是,庄里那些女子都不愿做特务老婆。

这天中午,九爷早早放下碗筷,满面春风、神采奕奕地来到天王寺。他把心中的不快倾诉给菩萨。

然而他把经辞复诵了数遍,看不到任何反应,菩萨依然一副慈善样子,似笑非笑地目视他。九爷不禁打了个寒噤。

九爷为至今还是个鳏夫而悲伤。

此刻,他向后退了两步,回过头去,一下跪倒在地上……

那天,九爷飞奔到天王寺时,恰值中午。按照礼俗,是不能搅扰的。他只好在庙里拐来绕去。走着走着,他的视线突然模糊起来。他隐隐约约地瞧见,菩萨一抛过去温和的姿态,变得面目狰狞;周围的几条大汉,有持剑的,有握钺的,还有举戈的,个个虎视眈眈,狰狞可怖……他抬脚准备离开时,又被盘在寺门上的一条红黑白相间花纹的大蛇吓蒙了。

九爷揉揉眼,定定神,再仔细一看,那花蛇又倏地变成一个身穿浅灰色布衣道袍、手摇龙扇的长者,他无须迈动脚步(所有神灵都这样,九爷认为),一下跃到众大汉面前,泰然自若,并不屑地眄了眼九爷。众汉子都恭而敬之地连忙作揖。于是,长者从衣袖里晃出核桃状、琥珀色的一个觥杯来,依次给每个汉子一嗅。众汉子又啧啧称赞。接下来,长者哗哗地把觥杯中的物质倒进一个道者的肚脐眼里,褐红色的液体又汩汩地从道者的下部流了出来。

圣水!九爷禁不住地叫了一声。

那圣水可真真的是神物哩!喝了圣水不就像神灵一样,万岁,万万岁了吗?九爷无数次地磕拜为的是什么?不就是那褐红色、汩汩而流的液体吗?!既然现在近在眼前,何不向长者求得哪怕点滴呢?意识到这些,九爷又连磕六个响头,口中又默默地叨唠了半天。待抬头看时,又感到大失所望了。

刚才的情景多么像一场梦。眼前的一切仍旧是原来的样子。

九爷疑心看错,又向前爬动几步,待摸着神像的脚踝时,才知道这是真真的现实。他眼珠一转,那花蛇也不存在了。泥塑神像依旧在缭绕弥漫的香气中,端庄静坐。

九爷瘫倒在地上,觉得天旋地转,晕眩过去。

醒来时,他发现日光正斜射进寺里,四周分外敞亮,燥热……

蒙眬中,九爷醒悟过来。

九爷格外愤懑。一股难以形容的悲哀袭上心头,他抬起杉木棍,想着那可怕的事情,那些熟悉而又陌生的人的轮廓,无限怅惘。

不知怎的,九爷这会儿想起了他心中的那条小河,童年那支熟悉的曲子,好似萦绕耳边:

> 家乡的小河呀清又长。
> 流去多少思虑和悲伤?
> 人生的岁月呀茫茫无边,
> 有多少个艰难和辛酸?
> ……
> 静静的小河呀不停地淌,
> 古朴的村庄是我的家乡。
> 绿色密林呀多可爱,
> 激起我对美好生活的向往……

九爷哼着哼着,眼角湿润,再也吟唱不下去了。

他用衣襟抹去泪水,昂了昂头,却见来时的那条路神仙般地铺展在面前。九爷一阵惊喜。他往对岸望时,太阳洒下的余晖,把小路染成可爱的彩虹。那片绿色的林区,枝叶披拂,鸟儿啁啾,雀儿叽喳,黄莺也发出动人的婉转的歌声。

九爷跃上"彩虹",晃晃悠悠地走着,走着!

就在即将到达尽头时,九爷乏累的身躯往左一扭,栽到水坑里。灰不溜秋的稀泥粘满九爷的衣裤。他咬咬牙,竭尽全力拖出右腿,又借助坑沿的生机勃勃的小山毛榉树,终于爬了出来。

他刚要坐下喘息一会儿,忽听对岸传来嘶哑、凄凉、哀婉的鸣叫声。

九爷猛一回首,看到自天王寺方向冲过漆黑的乌云来。他呆愣一阵,四周已是暮霭笼罩,什么也看不见,他只听出呜呜的轰鸣声掠过耳际——继而,又辨出庄里有哭泣声。

啊!九爷大呼一声,发丝竖立,毛骨悚然。他看到大风闯到庄里,吹倒屋舍,旋走牲畜,放荡不羁……庄里,沙砾砖瓦遍地;天空,大风渐渐地现出鸟之形,正振翼而飞……

民害!九爷狂跳着,这简直是民害呀!他摔倒在地上。他翻动几下身子,两眼炯炯地凝视那个他曾经膜拜而今憎恨的地方。

不知过了多长时间,九爷慢慢睁开眼来,发现自己正躺在一个斜坡上。

他站起来。夜晚,秋风格外凉爽。他觉得有些冷。

沼泽地边,蛙声赛歌般此起彼伏,偶尔还有鸟儿交媾的喁语。

可是,可是——你听:天王寺的钟声仍旧在沉闷闷地回响。

当!当!当……

    大风:风伯,能坏人房屋,实孔雀之形。此鸟之大,振翼而飞,必伴大风。

血色斜阳

少佐，中国人让我们给搅得睡不好觉，整个大地像腾起无数条幽灵，将这些支那人淹没。你看他们干裂的骨架，永远也竖不直的脊梁，一副可怜相，要向我们乞求什么似的。不是扯淡，也不海吹，你拿个木棍，只轻轻一戳，如同刈麦一样，他们就一片片地倒下去。不信？不信你明天把队伍集合起来，做个实验。少佐躺在床上，哼了一声，又蜷起腿，呼噜呼噜地进入梦乡。小野的话，听起来不无道理。徒骇河边树棵子落进恁些蝉，吵得心烦。把它们打死，统统打死。这时，没了动静。慢慢飘过来的煦风凉爽，舒坦。河中心的芦苇不住地摇头晃脑。经这燥热天气的炙烤，布满青苔的水面，不时鼓起几个泡沫，发出青蛙才有的呱呱声。这鬼地方，什么也不生长，害得咱们只能吃玉米面。不过，我们得去逮两只鸡"米西米西"。就到费庄。正午时刻，徒骇河里热闹极了。几个中国人把芦苇断隔开，用水桶将水往外淘。一会儿，那些鲫鱼、鲇鱼就在水中蹦跳。见此情景，又涌来不少老幼妇孺。他们挽起裤角，干脆跳到水中，用竹筐、笊篱，捕捉只能坐以待毙的鱼儿。当顶的日头像一堆熊熊燃烧的大火，向下浇洒着火苗。妈的，老子睡不了安稳觉。小野说，带几个人悄悄在旁边架起机枪。说完，他那举在空中的手向下一摔。密集的枪声过去以后，远远地可以看到，人血把河水染红了。少佐，这地方多苍凉啊，到处都光秃秃，连棵像样的树也没有。喏！你瞧，凭几簇枯萎的玉米，能喂饱这些不少吃干粮的东西？中尉摇了摇头。通往费庄的小路，弯曲狭窄。嘿！一条破烂的街衢，我倒不想去问津。住嘴，你个狗养的混账，干吗老在我耳边唠叨，耳膜快要震坏了。晚上，少佐去摸蝉猴。未等蝉猴自窝里露头，他就将它抓在手里了。天一亮，放油锅一煎，喷香。那些支那人每天晚上都要捉。他们没有肉吃，这样就可以调剂生活了。他看见几个支那人抱着成捆的秫秸，依次在几棵树下点燃。成群的蝉猴就纷纷落向火堆。一片吱吱唧唧的叫声。一个中年男子手里抓着一把刚摸到的蝉猴。他右手一挥，在小野耳边嘀咕了一阵儿。很快，中年男子手中的蝉猴就被抢在小野手里。接着，几个兵士把他捆绑在垂柳树下，用枪托拷打。少佐又用柳条狠命地抽。中年男子就咬牙瞪眼。不大工夫，他晕厥过去。一盆冷水劈头盖脸泼上，他的身体又有了生机。少佐从小野手里抓过几个蝉猴，将它们放在中年男子的伤口上。那些尖爪的蝉猴犹如在血洼里爬行。中年男子摇头晃脑地叫唤。少佐在一旁嘻嘻地笑。一个小女孩自人群中冲出，爸爸爸爸地呼喊。少佐一看，小女孩一双泪眼，手里紧捏几片绿叶。顿时，他愣了。他眼睛盯住小女孩的手。小女孩手里的几片绿叶发出七色光环。不，那不是绿叶，那分明是圣物……

  这时，少佐于混混沌沌中醒过来，那些幽灵般的幻觉渐渐地闪去。他有气无力地睁开慵懒的眼睛，看见妻子忧虑地守候在身边，他强颜一笑。妻子见他望着自己，脸上也开始有了喜色。妻子眼也不眨地瞅着他，忽然，他又觉得眼前的世界模模糊糊。看得出，尽管他做了很大的努力，欲使眼睛多睁一会儿，脸上的笑容多保持一会儿，好给妻子以暂时的慰藉，可无论如何也支撑不住。时下，他只有闭上眼睛，在这个世界的边缘徘徊。

  妻子在榻边倾着身子，趴在他的胸口静静地听。她听到他的心脏发出像有人在踹地板时那种无节制、无规律的响声。她急了。急又有什么用，医生早已告诉过她：你丈夫的病只能这样了。她伤痛地把眼神移向他苍老、倦怠、毫无生气的面孔。她记得，那年他俩新婚不久，他就从军去了，到了中国的德州。她在读他的来信时，不慎将夹在信里的一张照片掉在地上。她轻轻地捡起来,一看,愣住了。这是一张什么样的照片?他嘻嘻哈哈地举着一把刀,正劈向一个被绳子捆住的中国人。照片后面题曰:大日本的自豪。想起这惨不忍睹的场面,她一夜都没有睡好觉。她责怪他,怨恨他,干下这伤天害理、惨无人道的勾当。

他翻动一下身子,叹了一口气。他觉得眼前氤氲一片,自己一会儿往下沉,一会儿又高高地腾起。这浮浮沉沉的状态,折磨得他几乎窒息。蓦地,他又回到一个明媚的世界。如果说,刚才在昏暗的时光里,自己仿佛入了地狱,那么,现在他似又升了天堂。

正恍恍惚惚之际,他瞥见妻子一副愁苦的样子。他不忍心再看下去,就赶紧闭上眼睛。这沉闷的病房要坍塌了。他多想见到绿草坪,多想听到黄莺在静寂的山野悦耳地鸣叫。不,不,这些对他都无关紧要了。现在他只想看一眼绿色,哪怕是一片微小的绿色,他也心满意足了。时下对绿的渴望成了生命急需的一部分,只要瞄一眼那绿色,他的生命就会延续几十年,乃至几百年。可是,这房间里哪来的绿色啊?白的窗帷,白的墙壁,连那张写字台也是白色。他依稀记得,年轻时,在德州他曾巡逻在绿色的平原上,多么赏心悦目。但他又用炮火肆无忌惮地破坏那辽阔的绿色。早知如此,他应该将一片白杨的叶子珍藏在胸间,这阵儿,静静地看上几眼,也会瞑目的。

就在他准备闭上眼睛时,猛然间,他看到一盆绿得要滴下汁水来的君子兰摆在床头柜上。顿时,他清醒过来,深深地呼出一口粗气。

妻子见他垂死的面容又有了生气。

房间里的亮光,使他感到清爽。两个世界的空气也相差甚远,一边是如此窒闷,一边是如此舒心,舒心得令他想下床走动走动。葱郁的君子兰又把他带回遥远的记忆。

这天，阳光很柔和，一大早，人们就忙碌个不停。待一切收拾准备完毕，他刚要坐下来歇息片刻，小野杵了下他示意他过来，在他耳边悄悄地嘀咕了一会儿，好像央求他什么似的。他朝窗口一望，见一个三十多岁模样的中国人，两手叉着腰蹲在屋檐下。他面容憔悴，像刚害过一场大病一样。九点钟的时候，那个宪兵吆喝了一阵，这个中国青年艰难地直立起伛偻的身子，一步步挪动到了门槛。他发现，他的同事们都心情紧张，为这个中国青年的命运而捏一把汗。走到手术台前时，这个青年停下脚步。

周围十几双眼睛在盯着他。小野走上前，凑在他耳边说，要给他检查一下身体，让他躺到手术台上去。小野边说，边用右手拉他的衣角。等中国人挨近手术台时，小野未容他反应过来，顺势一推，中国人一趔趄，倒在床上。一群穿白大褂的人如饿狼扑食般倏地涌到中国人周围，摁胳膊，捆腿。中国人见状，先是嗷嗷地叫，他本来没有力气说话的，可是，现在也不知哪来的力量，拼死挣扎。穿白大褂的人用浸满生理盐水和酒精的药布使劲往中国人嘴里塞。中国人还是不断地拼命摇头晃脑，大吵大叫。他让护士再多加点生理盐水和酒精。护士就搬起瓶子往药布上倒，一股呛鼻的味道使他快要眩晕过去。

眼下，中国人不号也不叫了。他把捆绳给中国人解开，见他只是剧烈地呼吸。手术台上变得有些忙乱。他让其他几个见习医生做好准备。说着，他操起手术刀，熟练地在中国人右下腹剖开一条十厘米的口子，进行盲肠手术。被切除的盲肠像蚯蚓一样细，这一点，可以证明这个人的身体完全健康。

接着，他又打量了下这个人的肩骨和肌肉。他知道这是一个自小就在田里劳作的农民。紧跟着，他又从他胸部到肚脐眼划了条五十厘米的大口子。刀口刚划开，那血就像喷泉一样哗哗地流在手术台上，继而流到地面。血腥味弥漫整个房间。他两手掏下去，在这个人的肚子里翻腾着。他先是摸到了胃，后来又触到心脏，那心脏蹦跳得很厉害，比常人的心脏要快好几倍。他又摸到了肠子，他觉得那些肠子都空空的，仅凭这一点他就可以判断，这个人至少有一天的时间没吃东西了。无怪乎他老是抱着肚子蹲下。

活人内脏的恶臭味直冲他的鼻子，他觉得这种味道很舒服，很新鲜。

正在他清点内脏时，小野在背后捅了下他的腰部。他记起了小野要他给弄一挂活人的内脏。据说，活人内脏能包治百病。

小野拿到手以后，铁青着脸对他说，我还有事儿，先走了。

他摸了下这个人的脉搏，觉得比刚才弱了些。他告诉麻醉医生，可以少用一些乙醚。

紧接着，他又开始给这个人做右臂和左臂截肢的大手术。像这样的手术，平常绝不可能一个人来做，可现在，他顾不了这些了。

他吩咐护士给这个人进行皮肤消毒，并在右臂与左腿根部缠上止血带。

他极熟练地操起手术刀，在那人左大腿根下面约三分之一地方的皮肤切了一圈，把皮肤剥开，稍微向外卷起一些。随后，他又把那人的大腿肌肉一下子切到骨头边。他清楚，这样的手术，只有外科医生才能做。他想让实习医生来体验一下，便让他取来一把大的切断刀。然后，他用一只胳膊拖住那人的大腿，另一只手拿刀比画，教实习医生怎样一口气切下去。

他告诉实习医生，倘若切断面呈踞齿形，止血的时候找血管就困难了，为此，要把大腿骨的筋和肌肉切成一个平面，一直切到大腿。

他让护士抬起那人的脚。实习医生照他所说的切下去，把大腿骨周围的软组织全部切开了。鲜血一下子呼地流了出来。被切断的肌肉，还在抖动着。

他又麻利地用两手使劲把肌肉撕开,联结骨膜的筋被一块拽下。霎时,雪白的大腿骨露了出来。他又拿起锯刀,在大腿骨最靠上的位置锯。

锯刀嗞嗞地发出声响,就在即将锯割完时,锯刀却被卡住了。他让几个护士扳住大腿,使劲往下压。

咔嚓一声,大腿断落了。因为大腿太重,护士不小心,大腿掉在地上的血泊里,溅得大家满身是血。

待一切肢解完成以后,他揭去蒙在那人面部的白布。他想看一下麻醉的效力。只见那人面部渐次地青紫起来,嘴唇出奇地干裂,眼珠好久才转动一下。他再摸摸脉搏,发现已经很微弱了。

完了,他叹了口气,说,这个人不知不觉地就把命送了。

他转过身,把沾满鲜血的手,往净水里一放,那水即刻变成了绛紫色。

……

他激动了。躺在病榻上,他竭力想坐起来,可是怎么也起不来。妻子费了好大劲,托着他的背部,才将他扶起来,让他半躺在床头上。他半躺的姿势刚好能够看到窗外的景物。他让妻子拉开窗帘。

一棵枫树。一棵白杨。

当懒洋洋的阳光疲倦地爬进这间充满死气的房子,他听到了落叶摔打在墙壁上的声音。

就在他极其郁闷之时,不知自哪儿传来进行曲般的小号声。他一阵烦乱。这种乐曲,只有年轻时从军那几年,才经常听到。他觉得憋得慌。他有气无力地抬了抬手,指了指不知什么时间开的门。妻子赶忙把门关上。

他又躺下来,略微闭了会儿眼睛。在活跃的思维里,他跑了很远很远的路。他到了那路的尽头,祈望着能找回一点什么带走,可是，他两手空空，非常失望。疲惫的心绪使他觉得很累。他一会儿觉得要沉到一个深不可测的茫茫荒野，那里有狼群，那里有毒蛇，那里有虫蚤。可是，他一会儿又觉得要悬到高不可攀的峭壁上，那里没有树，那里没有草，那里没有水。

他感到渴得慌，喉咙里像有东西堵塞。那窗口与枫树刚好成一个直角。经了斜阳的反射，房间里红彤彤的，煞是骇人。就在这个时候，一个小女孩手拿几片绿叶，睁着一双乞怜的泪眼，出现在他的视线里。他以为小女孩是自己的孩子，待辨认清楚，他只是摇头。这时，那绿叶愈发熠熠生辉，分外耀眼。他心里咯噔一下。

水……水……他在呓语着。

妻子迅即把一杯橘汁端给他，他刚准备喝下去——

不……不……他大睁着眼睛，狂乱地发出一阵吼声,那,那是……是血……血……他死去了。

妻子恸哭了一场自不必说，但她最伤心地是丈夫的眼睛怎么也合不上。

劫婚记

1

菊花坐上轿出门的时候，薄雾似的细密的烟雨朝四周飘散，而太阳则懒洋洋地刚从雾霭中探出头来。吹吹打打的迎亲队伍，迤逦行走在官道上。正是初秋时节，路两边长满了成熟的庄稼，引得菊花禁不住掀起红盖头，欣赏外面的景色。她仿佛闻到了那橘黄而又清新的玉米甜香。

菊花坐在轿子里，只有那颤悠悠的轿子响声，才使她感觉到一丝惬意。菊花是子虚镇出名的俊俏女孩，她有着一张白皙的面孔，加上眉清目秀，尤其是那乖巧羞涩的一笑，引来无数男子向她投来欣羡的目光。自然，媒人就成了菊花家里的常客。

起先，有人给菊花说的一门亲事是百里以外的大户人家。这家粟粮囤满，宽宅大院，堪称周围的首富。只是，说给菊花的男人腿有些跛，年幼时与人打架，脸上落下很长的疤。菊花的父母很是赞同这门亲事。当征求菊花的意见时，菊花却说什么也不答应。父亲劝导她说，过了门不受罪，是门好亲事。菊花，你就把这门亲事应了吧。

菊花嗔怪父亲说出这样的话，她不明白，父亲怎能把她往火坑里推，自己怎能跟一个满脸疤痕的瘸子厮守一辈子呢？于是，她愠怒地说，要应你应，要嫁你嫁，这门亲事，就是死我也不同意。

父亲的一番劝说，不仅没能使菊花动摇，反而坚定了菊花不从的决心。菊花的父亲尽管很生气，但是也拿菊花没有办法。

日子就这样慢慢地过去，终于有一天，距离子虚镇数里地远的乌岫镇的一户人家上门提亲了。这户人家家境也还殷实，青年名叫雨来。菊花和他见过面后，很快就喜欢上了他。媒人不是外人，正是菊花的姑姑何仙子，何仙子家距乌岫镇雨来家很近。何仙子的男人往来济南做着竹篾生意。有一天晚上，何仙子在梦中见到一位白发长须长者，手拄象牙拐杖对她说，到了济南府，金银很富足。天一亮，黄河岸边自有吉人相候。何仙子醒来后，赶忙摇醒正在熟睡中的丈夫，示意他赶紧带上竹篾去济南府。哪知到了下午太阳快要落下去的时候，有人告诉何仙子，说她男人过黄河时不慎掉入水中，到现在尸首不见。何仙子自然是号哭了一番。随着时间的推移，她也很快从悲痛中解脱了出来。人们又听到了她往日的笑声。

菊花坐在轿子里，继续走在那条通往乌岫镇的官道上。菊花在想着下轿后和雨来共进洞房的情景。当想到被雨来抱入洞房，掀开遮脸的红盖头时，菊花的脸有些灼热，红了起来。

2

武生知道菊花将嫁是不久之后的事情。武生家是子虚镇一带知名的富户。平日里，武生专爱结交那些游手好闲的狐朋狗友，他又爱使些拳脚，整天沉溺在酒色之中，人们多不敢靠近他。对菊花，武生早已把她看在眼里，想在心上，只是时机不成熟，还没有下手。他整天苦思冥想，想着怎样才能得到菊花，让菊花投入他的怀抱中，可最终没有想出办法来。直到菊花接受了乌岫镇雨来的婚聘的消息传来，武生才意识到问题的严重性。他想，看来明媒正娶这条路子是走不通了。与其这样，还不如说白了的好。想到这里，第二天清早，武生带上了几个随从打手，来到菊花家里，要以重金强行纳聘。菊花看到武生蛮横的嘴脸，打心里涌起一股厌恶感，她当然不同意。为了逃避武生的纠缠，菊花悄悄地托人给雨来捎去口信，并催促雨来尽快择日前来迎娶。

何仙子是在一个月明星稀的晚上来到菊花家的。定下迎娶的日子，她便连夜赶了回去。

既慑于武生的淫威，又贪图武生的钱财。菊花的父亲矛盾着。他在屋里踌躇，想好了一个两全之策。于是，他也赶忙传信给武生，让武生在菊花迎娶的那天，途中秘密劫持自己的女儿。沉浸在幸福之中的菊花对这些全然不知。她只是期待着这一天早日到来。

武生也在期待这一天早日到来，他和手下做好了一切劫婚的准备。

就这样，时间过得很快，迎娶的日子在不知不觉中到来了。

3

吹吹打打的迎亲队伍缓缓而行，菊花走在半路上的时候，忽听到前方人声喧哗，这引起了她的警觉。她掀开轿帘远远望去，只见距迎亲队伍不远的道路上，人头攒动，不时传来吵闹声。菊花想，自己可能遇到歹人了。面对这突如其来的局面，究竟应该怎么办？她让自己镇静下来，赶忙让轿夫停住。她沉稳而又急促地说，我今天恐怕回不了家了，我躲到路旁的玉米地里，让他们将空轿劫去，或许能免遭凌辱。

轿夫们是知理识义之人，面对这种情况，都很同情菊花的遭遇，便听从了她的话，抬着空轿沿着原路往前走。下了轿的菊花刚刚钻进玉米地里，武生的人就已赶到，他们二话不说，抬起轿子一路跑去了。

躲在玉米地里的菊花拨开玉米叶子,看到外面发生的情况,她手扶着壮硕的玉米棵子,想起亲生父母竟然与武生串通一气,共同来陷害自己,不禁潸然泪下。菊花在思虑着,自己的家是回不成了,即便回去,也免不了被武生抢去。可是,不回去又能到哪里去呀?眼下究竟该怎么办呢?菊花一面伤心自己命苦,一面考虑该往何处去。万般无奈的情况下,菊花想起了自己的姑姑离此地很近。菊花想着,不如投奔姑姑倾诉原委和苦衷,兴许事情还有挽回的希望。于是,菊花穿过茂密的玉米地,一路朝姑姑家奔来。何仙子家离乌岫镇只有三里多路,所以菊花很快就来到了她的家。这时天已经完全黑了下来,奔波了半天的菊花感到实在有些累了,她真想踏进姑姑家的门,先睡上一觉,使紊乱的思绪平和下来。还好,菊花发现姑姑家的门虚掩着,她便悄悄地来到院中。菊花透过窗口看到,暖融融的灯光中,姑姑正与一个秃顶和尚相对饮酒,还不时调笑,发出淫荡偷情的声音来。菊花悚然一惊。为了不让姑姑发现自己,菊花急忙悄无声息地自院中退了出来。菊花欲哭无泪。她有家难回,有亲难投。

当她在村头的一块土坎上坐下来的时候,苦恼将她攫住。她感叹世态的炎凉,人间的不公。眼下,她已经无计可施,无家可归了。菊花忽然想到那些人很可能状告夫家劫轿,如果那样的话,雨来家将会有吃官司的麻烦。与其坐以待毙,不如径直奔往夫家。这样,自己把真情诉说,雨来一家或许能避过这场灾祸。同时,自己这样做,也是迫于无奈,她在想,公婆也许会理解她的选择。菊花想到这些,又重新鼓起勇气,起身向夫家奔去。

4

迎亲的队伍被这突然的变故搞得有些蒙了。他们发现，数十个劫轿的人都手拿刀枪，凶神恶煞的样子。有人喊道，抬轿人如想活命，不要停下，赶紧跟我们走。武生劫持花轿到家，便急不可耐地打开轿帘想看个仔细，可是，轿内空无一人。武生变得恼怒起来，抬脚就把花轿踹倒在一边，随即气急败坏地说，贱人，你跑得了和尚跑不了庙，我倒是要看你还跑不跑。恼怒中的武生猛然间记起菊花的姑姑何仙子来，何仙子住处距劫持花轿的地方不远。他料定菊花别无去处，一准是投了她的姑姑何仙子。思忖到这里，他连忙带人拿了枪径直往何仙子家奔来。武生闯入何仙子的院内后，搜遍角角落落，就是不见菊花的身影。见此情况，何仙子急切地同武生说，大兄弟，实不相瞒，菊花真没来过这里啊！武生在屋里兜了几个圈子后，一架上了锁的大衣柜引起了他的注意。武生上去掂了一下，感觉里面有人，便指使手下把那挂了锁的衣柜抬走。

武生回到家里，这次他改变了主意，并不急于让人打开衣柜。他在想，而今，猎物在手，这会儿，你菊花就是长了翅膀也休想飞走。他吩咐手下置办了酒菜，自己直喝到三更时分。早已喝得酩酊大醉的武生，气不打一处来，他手持梃杖，指着衣柜大声骂道，你这贱货，不愿随我同享荣华富贵，却甘心嫁与个庄稼汉挨饿受穷，你纵然多计谋，又怎能逃出我的手心。我要你整天侍候我，这世间美人多的是，我若不抢你来，怎能显出我的威力和手段。武生边骂边用梃杖敲击衣柜，可是，哪知他用力过猛，只听得咔嚓一声，衣柜破裂开来。这时的武生稍微清醒些，他拿起蜡烛上前一照，一光头和尚已是脑浆迸裂，毙命归西了。

原来，夜间武生带领众人气势汹汹夺门而入时，和尚同菊花的姑姑成就完好事，刚刚睡下。他俩猜测，许是邻居知他们往来私通，前来捉奸。惊慌之余，菊花的姑姑将和尚藏在衣柜里并上了锁。眼下的武生被这突然的境况吓出一身冷汗，顿时，酒也醒了大半。待镇定下来，武生赶紧将和尚的尸首悄悄地埋在了后院的花园里。

在以后的几天里，他战战兢兢，提心吊胆，整日闭门不出，更怕见到生人。有时两眼呆滞地盯着后花园的门口看个不停。就这样，时间一天天过去了。一切风平浪静。武生庆幸自己挨过了这场人命官司。从此，武生又开始豪饮起来，当然是和他的那些狐朋狗友。在武生看来，生活又开始变得滋润有趣起来。

一个阴雨绵绵的午后，武生正在家中喝酒，猜拳行令。正喝在兴头上的时候，院子里进来一群人。他走出去仔细一看，其中有菊花和她的姑姑何仙子，何仙子的手里还拿着和尚的戒牒。还没等他们说话，武生两腿就禁不住地抖了起来……

战争

1

公元二〇〇×年春天的一个星期日。一位瘦削的留着平头的高个子，在作战室里踱来踱去。他那灰白的短发下面，一双鹰隼般的眼睛紧盯着远方。他有一串难以记下的名字。他不时停下来，两手伏在那张摊开的军用地图前，一副冥思苦想的样子。他手中拿着一支黑色的碳素笔，不断地在那张军用地图上圈来圈去。很快，好好的一张地图，让这位儒雅的将军圈点得面目全非了。令将军高兴的是，他的勇士们在这块版图上，所到之处，攻无不克，战无不胜。这次盾牌行动，在千里沙漠，更显示出了他麾下的士兵昂扬的斗志和无坚不摧的良好军事素养。他为部队进攻顺利而洋洋得意，自己斟了杯威士忌，酒杯夹在右手的两指中间。这时，将军凝视着窗外，他的思绪已经飞向远方。他仿佛听到了婴儿凄然的号哭声，他好像看见了许多难民的影子。正是春暖花开的季节，不远处传来栀子花的馨香，也没有提起他的兴趣。过了不长时间，他那紧蹙的眉头开始舒展，有了些微的笑意。就在他端起杯子准备一饮而尽时，前方传来消息：部队推进到一座拱形的桥附近时受阻。连续几天，部队久攻不下。士兵们面对辽阔的沙漠，显得很是无奈。前线指挥官请求空中力量支援。两架F-16战斗机从基地起飞，对准桥梁接连发射了几枚导弹，却都没有击中目标。最后，空中力量传回地面的信息是，从空中看去，桥飘摇不定，根本无法实施打击。

将军闻讯后坐立不安，他一会儿走到地图前，一会儿又盯着前方。从那迷惘的眼神中不难看出，将军似乎在期盼着什么。就在他感到百思不得其解时，他的手机收到这样一条短讯：你在哪里？为了你的安全，不要告诉别人，否则会有危险。我准备带十位美女，一百万美元，和一车金元宝，到你那里躲几天。本人拉登。

2

将军看完短讯后皱起了眉头，他想，是谁把自己的手机号码泄露出去了呢？提起拉登，将军的牙齿咬得咯咯直响，倘若不是他蓄意挑衅，制造那起骇人听闻的事件，战争至少不会来得这样快。想到这些，将军开始思虑谁是那个泄密的人。他先是对情报局中层以上人员逐一作了分析。在锁定几处疑点以后，他着重分析了疑点人物的家庭背景、个人爱好和习惯，以及他们可能接触到的人。在进行认真排查分析后，他联想到几起驻境外大使馆的爆炸案。这是否也与泄密人有关联呢？为此将军陷入深深的思索。他在这个迷宫里思考来思考去，被折腾得焦头烂额。他两手抱着头，头颅快要炸开了。他要发疯了。自从他入驻国防部至今，许多棘手的军事外交问题也没有难倒过他，就连总统在许多对外军事方面，也多数采纳了他的方案，通过采取他的方案，都收到了出人意料的效果。总统在召集重要会议时，总免不了赞美他几句。他也曾感到自豪过。这无形当中，也提高了他在高层中的位置，那些曾经对他不屑一顾的同僚，也大都改变了看法，对他多了些许敬重。为一条手机短讯而大伤脑筋，这究竟值不值，就算基地头目拉登知道了他的手机号码，又能怎样？时常收到他发来的短讯，在一定情况下，也算不上什么坏事。至少，在工作忙碌之余，可以一笑呀。将军想到这里，竟有些释然了。他庆幸自己无论遇到什么难解的问题，到最后都能找到解决的办法，不至于为此而大伤脑筋。这时，将军轻松笑了起来，他端起那杯威士忌一饮而尽。接着,将军又俯下身子,在那张摊开的地图上的桥梁处做了标识。

3

自从将军在地图上的桥梁处做了标识以后,一线部队想方设法,集中火力轮番进攻,直到把桥彻底摧毁。很快,部队顺利地向前推进了近百里。就在这时,城区的敌人散出传单说,他们已经做好了一场艰苦的巷战准备。

眼下,将军又在盘算着攻城的计划了。将军在思考这场己方占劣势的巷战,有意避开巷战,不愿与敌人正面交锋。这倒不是将军出于胆怯的考虑,而是为了减少伤亡。更何况,现代战争双方很少正面接触了。不过,将军庆幸的是,自开战一来,由于借助空中力量对敌人实施猛烈打击,地面部队伤亡很少。想到这些,将军会心地笑了起来。为了打好这场街巷之战,将军在他的办公室里不停地踱起步来。这是他周密考虑问题时习以为常的动作了。他轻步走到窗前,小心翼翼地打开窗子,想再次闻到那诱人的栀子花香。可是,扑入他视野的却是一股蘑菇状的烟云,刺鼻的怪味使他赶紧掩上窗子。他感到非常失望。这种不祥的预感,在将军喜悦的心情里,蒙上了一层阴影。将军拿着笔,在军用地图前密密麻麻地做了好多标记。过了一会儿,他又来到沙盘前。他的视线绕过那连绵起伏的群山,又穿越那尘土飞扬的大沙漠,最终,在那些漂亮的建筑群上停下。他两眼紧盯着建筑群的街衢不放。那尖锐的目光,仿佛一把锋利的剑,要刺透那些街巷似的。经过一番深思熟虑,对打赢这场街巷之战,将军已经成竹在胸了。将军自己斟了满满一杯威士忌，二话没说，仰脸大口喝了下去。

一场艰苦的街巷之战就要打响了。

五月的鲜花

玄叔和玄婶结婚那天,玄婶头蒙通红的面纱,下得轿来,被众人簇拥着,迷迷糊糊进了家门。玄叔两手抖颤着,心儿慌慌地轻轻撩开新娘的面纱。顿时,玄婶腮帮上鼓起一片红晕,又羞涩地低头,继而止不住地笑了起来。

现在,玄叔和玄婶躺在被窝里。天还没有放亮,玄叔和玄婶就被一个共同的问题搅得再也睡不下去。屋外的风呼呼作响,那白杨的落叶飘在地面,沙沙沙的,像是淅淅沥沥的雨声。两人又都往被窝里缩了缩头,揪揪被角。

难道老玄家从此断了香火?玄叔暗自嘀咕着。

是不是老玄家上辈祖宗做了什么缺德事儿?玄婶也转过脸在琢磨,不然佛祖怎么不让自己怀上个孩?唉!

什么,你说什么?玄叔听到玄婶叨念什么德啊孽的,内心怦然一动。

这使玄叔突然想到,前几日夜里,自己总是鬼使神差地见到祖父祖母,父亲母亲,姑姑……全家人丁兴旺,好不热闹,醒来就怅然若失。难道这是佛祖点拨,再不就是阴界的先人祷告。玄叔弄不清楚。

一大早,他拿起扫帚清理院子里的落叶。往常,用不多久,院子里就会变得清洁起来。今天不同,他一直忙到吃早饭还没结束。玄婶立在门口,扎着青布绑腿的小脚跺着门槛朝他吆喝。

起初,或许玄叔真没听见,兀自扯着扫把橐橐地扫个不停。直到玄婶两手卷成筒状托在嘴上喊,玄叔才停下来,尔后则怔怔地呆住,朝玄婶一哂:吃饭还用叫!

玄叔吃饭时,端着那盛满粥的赭色瓷碗,一圈圈瞧个不住。那碗的周遭印着龙凤花纹。他的视线停在一个不太显眼的小缺口处,缺口下的图案似乎动了起来:一位白发童颜的老叟,左手拄着拐杖,从一座宫殿走出,右手捋着垂柳般的胡须,随即伸开手掌向空中一托,登时,一群白胖、红润、舞着小手的幼童挨着他围成一圈。

看啥咧?玄婶见玄叔木讷的样子,问他。

你甭问。玄叔在一个神秘的氛围中好似有了某种领悟,他放下碗筷,拉着玄婶的手说,走!

做啥?玄婶惶惑地想甩脱玄叔的手,可怎么也挣扎不开。

就这样,两人来到村东头的天王庙。

玄叔松开手看也未看玄婶,便作揖打躬,在庙门前虔诚地连叩三个响头。起来,又朝玄婶瞥一眼,玄婶止不住想笑。就在玄叔回头之时,玄婶看到他的额头冒出三个红肿的,略带紫色的圆包。见此模样,玄婶终于扑哧笑出来。玄叔大怒,当即脱下鞋子,不容分说打了玄婶一顿鞋底。可玄婶那笑的表情似乎很牢固,所以,尽管经了那一顿鞋底,她眼角含着泪,仍旧扑哧又笑出一声。

笑,笑!玄叔扬着鞋急得直跺脚,指着玄婶那丰满的部位骂道,连个娃娃也养不出来,留着奶水自己吃。

你不吃?

你自己吃!

偏不,谁也不给吃,就给你吃!

臊腥味,你自己吃。

放在锅里,看你吃不吃!

玄叔气至喉头,又咽了回去。他毕竟还是经历过些事,特别是眼下，在佛的面前怎能发火呢？不管玄婶如何地顶撞他，他还是忍了。忍了，他觉得是对的。他认为自己不怒而胜，也是托了佛的福。

想到这里，玄叔拉着玄婶登门而入。

这会儿，玄叔很沉得住气。许是经了刚才的场面，许是他的心同佛有了某种感应，只见他慢慢弯下身来，手成向菩萨请安状，口中开始默念经辞。见妻子还在愣怔呆立，他又迅速杵了下她的衣襟，妻子也很快作打躬作揖状。于是，玄叔玄婶开始叨念：

菩萨大慈大悲。

我玄叔一生三十有五，不是背朝天就是面朝土，连续香火之人也无。仁慈万能的菩萨，请拯救我玄叔，赐我以恩泽，续祖上之香火……

说完，俩人咯噔咯噔磕响头不止，继而趴在地上不敢抬头，心中咚咚直跳。玄婶细腻，忽觉头发有些湿润，不敢触摸，便拉玄叔的衣襟，示意他菩萨开始显灵了。

玄叔和玄婶刚要抬头看个究竟，蓦地，一束鲜花在他俩的视线中一闪又不见了。玄叔又忙不迭地磕了几个响头，玄婶也赶忙跟着磕。

两人满心喜悦地折头回家，刚进村口，便碰见一位手执木棍的卜卦老者。玄叔乘着兴头卜了一卦。老者问了玄叔和玄婶的生辰八字，沉默片刻，扯起那根木棍向西南方向指了指，结结巴巴地说，坡……你得……你得守坡。稍后，又补充道，按你的生辰八字算，忌西北，福西南，你的福星在西南的一个小屋里。

玄叔拍了下脑门，自语道，对呀，我做梦都有几回到那里转悠呢。成功都在机遇，玄叔想到这些，不敢延误时间，便卷上一床被褥，来到了老者所指的地方。

这地方是一个菜园。正北有一间茅草小屋，小屋不大，挺暖和。进得屋来,他的感觉就是黑。四周没有窗子,门一开就等于有了窗子。每天,太阳刚从西边落下,玄叔便把门关上。关上门也就关上了窗子,倒省去了不少麻烦。

初来的第一个晚上,尽管这屋暖暖的,可玄叔总觉得缺少点什么。他钻进被窝里,借助小油灯柔和的光线,看着屋顶上簇簇的蜘蛛网,仿佛听到了蜘蛛大口大口的喘息声。他的右手朝身子旁边触了触。墙,他摸到了墙壁,他颓丧地叹了口气,转过身去。当发觉这样不合适时,就又侧回身来,面壁而睡。后来,他觉得这样更难受,又恢复原来的姿势。如是折腾了好半天,无论如何也合不上眼。他试着把灯吹熄,强行闭上眼睛,可脑海经常浮现出他和玄婶做事时的亢奋。开始只是大脑兴奋,思维活跃,可后来竟发展至全身抖动。他只好坚持着,一直坚持到犬声停止,万籁俱寂,还是不行。他干脆钻出被窝,甚至有几次站到门口来,想走回家去。

第二天晚上,玄叔一开始竭力避开这些念头。所以,他便在白天拼命消耗体力,薅草,锄地,给菜浇水。而他这样做的目的只有一个,就是不再受那样的折磨,天一黑躺下来进入梦乡。事实上,玄叔这样做,并没有达到预期目的。起先也倒好,总算平平稳稳地进入似睡非睡的状态。可到了下半夜,他却被屋檐上的蜘蛛吵醒了,那该死的喘息声又响起来。玄叔再也睡不着,便又出现了头天晚上的情景。

第三天,玄叔想到前两个晚上的光景,便做了比较充分的准备。因而,玄叔从家里带回一把锁,以防不测。果不其然,玄叔既是一个成功者,也是一个失败者。不管怎么说,按事情的先后顺序,玄叔还是成功在前了。这是因为,玄叔在上半夜是个胜利者。

下半夜,玄叔钻出被窝,把门锁上,兴冲冲地往回赶。别看菜园离家只有一里,可玄叔也嫌远了些。这晚没有月光,唯有疏密有致的星星在天空闪动,虽说不及月光明亮,可也助了玄叔的兴致。

来到家门口,玄叔推了下门,已经闩上。因天色太晚,不便把妻子唤醒。踌躇片刻,他决定翻墙而入。好在自己的院墙并不太高,玄叔顺利翻进了院子里。

屋门玄叔是极其熟知的。虽然也闩上了,可两扇门总也合不上拢不起,留出一道手指宽的缝。玄叔轻而易举地把门打开,而玄婶全然不知。玄婶正在做着当母亲的美梦。前天的天王庙之行,对于玄婶来说是一件喜事。故而自从回来以后她总是乐不可支。她逢人便笑,有时吃饭时也会笑出声来。

玄叔把门轻轻闩上,像偷东西一样蹑手蹑脚上了床。玄叔上床时手脚极轻,以致脱衣后玄婶也未觉知。直到玄叔把玄婶那掩得颇严的被角拽开时,玄婶才被那重重的呼气声惊醒……

馋猫,玄婶有些气恼了。这可咋办?这可咋办?

啥事咋办?玄叔拥着玄婶的肩头说。

把喜冲了,玄婶着急道,咱家的香火,原是有指望了的,可你……说着说着,她哭泣起来。

都怪我,都怪我。玄叔激动过后,猛然醒悟,对万能的佛背信弃义,这种罪过无论如何也无法补偿。玄叔捶胸顿腿,和玄婶在被窝里相拥流泪。

玄婶凑过脸来,止住哭泣,和玄叔商量是否再去天王庙,求万能的菩萨。这一点,玄叔也不是未有想到,其实,他早有这个主意,只是心里空空的,虚虚的,当然也是惶惶的,稳不下心绪。人们都说菩萨是善心、软心,有一片体察人情的心,但如此严重的罪过,菩萨会原谅吗?不会,这是断然不会的。玄叔和玄婶又沉浸在忧郁、烦闷和不安之中。

从此,玄叔也不去守坡了。那座小屋依旧空荡冷清。

玄叔每日吃过饭后,总是蹲在门槛上,两手抱着头想他的心事。有时候,玄婶同他讲话,玄叔颠颠倒倒,答非所问。这很使玄婶着急。玄婶的心事来得快，去得也快，不像玄叔兜着一件事，非兜出个病来不可。那件事玄婶虽说也曾往心里装过，但随着时间的推移，也就渐渐地淡漠了。玄叔不同，才过了几日，他已平添了不少的白发，眼睛呆滞，似乎对世上的一切都失去了信心。

约莫过了月余，玄叔还是萎靡不振的样子。一天，玄婶突然觉得下腹不适，极想呕吐，自己也没有当回事。可是，时间一长，这症状日渐严重，还常伴有厌食。这也没有引起玄叔的警觉。

一日中午，门外响起了一阵货郎鼓声。仔细一听，有人要卜卦。玄叔才提起神，扯上玄婶的一只手要去卜上一卦。才出得门不远，玄叔便立住不动。原来那卜卦先生竟是上次天王庙归来时碰到的老者。只不过，这次老者有了一个幼童引路，丢掉木棍，换上了拨浪鼓。

恭喜，恭喜。老者微微躬腰，作细长声音，尊夫人有喜了，是个带把的。

有喜了，也就是，我要有儿子了？玄叔顿时年轻了许多，圆睁爽亮的眼睛，激动得牵上玄婶的手转身往家飞奔，边跑边说：我也有儿子了，我要有儿子了……说着，抱起玄婶，又在她的腹部听了一会儿。

听到了，我儿子还挺捣蛋呢，没出娘腹就这般可爱，噢，可爱……可爱……

玄叔为这凭空而降的喜事差点乐疯。自此，再也看不到他蹲在门槛抱头愁思的样子，却发觉他勤勉，乖巧起来了。玄叔再也不是过去的玄叔，而玄婶当然也不是以前的玄婶了。两人美滋滋乐悠悠的。

大人不计小人过，玄叔对着玄婶说，到底还是菩萨心胸宽大。

是咧！玄婶也应和道。

转眼已是春暖花开时节。

五月的一天上午，阳光明媚，万里澄碧，到处一派喜庆景色。中午，玄叔下地回来，又忙着做饭。玄婶就要生产了，玄叔什么活也不让玄婶干，生怕她扭着腿，或闪着腰，有个什么闪失。吃过饭，玄叔又牵着玄婶的手来到天王庙，作揖打躬，虔诚膜拜。回到家还未立稳脚跟，却见西北天际汹汹涌过一片乌云。随后，雨点密集而狂暴地直冲而下。那雨仿佛是血色的。红雨不是好兆头。这玄叔和玄婶都知道。所以，天一擦黑，他们就上了床，钻进被窝，相互拥着，说不尽地亲昵。

　　第二天，这猛烈肆虐的大雨持续到天亮也没有歇歇劲，大概半夜时分，有人听到房屋轰然坍塌的声音。

　　翌日，邻舍发现了玄叔和玄婶被破旧不堪的老屋覆盖在内。在那被雨柱浇灌的松软泥土上，人们在诧异地猜测着一束来历不明的鲜花。

老人

这是一年中最后一个晚上的午夜。

北风呼呼地吹,高高的白杨树光着头,在空中摇来晃去,就像小孩为了取暖,跺脚,把膀子歪过来,再歪过去。

噼啪!噼啪!鞭炮声还在时断时响。

有一个宁静的小院,闪亮的白炽灯光透过窗玻璃,射出来,熠熠生辉。阁楼里,两位老人,老头两手笨拙地捏饺子,老太坐在沙发上,直愣神儿,红肿的眼角,还在淌出泪珠。

老太坐在那里,话也不说,动也不动,只是不时地用手帕擦拭滚下眼角的泪水。

这些个,明天——老头站起来,伸了个懒腰,随即又说,够吃的了。

唉!老太叹了口气,接过话茬说,多包些!

哟!光是坐等吃饺子啊!老头微微一笑,也不动手包。

还记得去年过年吗?老太好像想起了什么,又说,那是个合家欢。

是咧!合家欢。听到这话,老头脸色有些变,开始是严肃,继而又有些悲哀起来。为了克制这种异样的感觉,他迅速出门,站在晾台上把情绪稳定下来。

他又走进房间,见老伴盯住墙上的相框还在抹泪,一股难以名状的伤感涌上心头。

唉!你准是又在想儿子喽!老头望着老伴,两眉拧成结。

再也……听不到——老太终于哭出声来,明明……喊……喊妈

——妈的声音了呀!

明明,他小时候……多……多乖!老太泣不成声,泪水鼻涕混在一块。

他十岁那年,咱俩还在牛棚里,家中只有他和小杰;明明每天总是把小手含在嘴里,倚在门口,呆呆地望着外面,喊爸爸……喊妈妈……

老头停止包饺子,怔怔地望着老伴,鼻子抽搐了几下,跟着,泪水像小溪,在他那宽宽的、深深的皱纹里痛苦地流淌。

在那种岁月,老太继续说,他没有和那些不三不四的坏孩子学,而是躲在家里,和他姐姐一起背唐诗、宋词什么的,他竟能背得烂熟,还记得吗?咱俩出来时,知道这些个,当时那心情,那滋味儿……

老头缓缓地举起右手,在眼角停留了一会儿,又放下,肩头耸动了两下,往事如急骤的雨点,拍打着他的心。

他记起了他和老伴在干校的那年冬天,天特别冷。几年不遇的大雪也纷纷扬扬下个不停。他真惦念明明,孩子这么小,又没人照料;他担心明明会被冻坏。那几天,他和老伴总是唠叨不休,把明明——唯一的儿子挂记。可到了第三天,明明就和小杰在一位好心司机的帮助下来到干校,给他们带来棉衣。他俩望着孩子那可怜相,只是流泪。可明明却拉着他的手,说,爸爸,咱们回家……咱们回家吧……妈妈,你和爸爸不在,我跟姐姐可想你们了。开始……开始我只是哭,后来,姐姐说,好……好孩子是不哭的。我就不让姐姐看出我流……流泪,每天……每天,在门口等呀,等呀,可是,一天一天过去了,你们总也不回家。我就问姐姐,是不是爸爸妈妈不要我们了……

到了下午,明明和小杰被干校出去买东西的车子拉走了,明明拉着小杰的手,却没有大哭,但看得出,孩子的眼泪,顺着他那冻得苹果似的红红的脸蛋，流了下来。那年三十晚上，孩子望着天空升起的红红绿绿的烟花，数起天上的星星来。明明奇怪地问小杰说，怎么天上的星星少了两颗……

老头想到这里，心里感到闷得慌，胸口像堵了样什么东西，憋得有些难受。

……

还记得大柱吗？过了一会儿，老头突然说。他想把话题引开，活跃一下气氛。

他不是已经死了吗？老太倒有些惊讶，猛地抬起头。

那是一九四三年的事喽！停顿了片刻，老头接着说，那阵子，你正怀着小杰，你们卫生队刚走，我们就被鬼子包围了……

老太专注地听，老头绘声绘色地讲。

无奈，大家只好就地疏散，隐蔽到老百姓家中。我和大柱子来到张大伯家，脚跟还未立稳，鬼子就嘭嘭嘭地砸门了。这时，张大伯开始心慌起来，让我俩赶快躲进磨坊的地窖里。我一跃钻进地窖，可回头看时，心里咯噔了一下，大柱咋没下来？紧接着，鬼子已经叽里呱啦地叫着冲进院来。外面一片鸡犬鬼嚎的声音。鬼子逼迫张大伯把人交出来，张大伯硬是不肯。就在鬼子恼羞成怒，要杀害张大伯时，我却听到一声住手，外面一阵骚动……等一切静下来以后，我爬出地窖。张大伯抹着泪，慌慌地告诉我，大柱给鬼子抓走了。不几天，就传来大柱被杀害的消息……老头讲到这里，两眼簌簌流泪。

不知过了多长时间，老头又说，大柱和我一块参加革命，又分到一个团……他死时，我是团长，他是政委……多好的一个人啊！老头再也讲不下去了。

一阵沉默过后，老头长吁了一口气。

我们未庄的十二个人，老头似乎激动了，颤巍巍地拖长声音说，可到最后，就剩了我一个……

不过，柱子可是……老太说话开始语无伦次，颠三倒四起来，人家柱子，是为掩护你才……

是啊！老头有点内疚，蹙了下眉，但他不慌不忙，旋即扳着指头说，他的老母刚好七十岁哟！至今还住在鲁北的乡下……

老太听到这话，竟不知自哪来了一股劲，从沙发上站起来，居然一点也不费气力了。

噢，对了，老太瞅着老伴，似想起了什么，你给老人家寄钱了没有？

老头点燃一支烟，半晌才说，腊月二十三，也就是过小年的时候，我就把钱寄出去了。吸了口烟老头又说，并且，还寄了双份儿。

时钟在吧嗒吧嗒地响个不停，转眼，老太又直直地望着墙上的相框，心里涌起酸酸楚楚的感觉，脸上的笑影不见了。随即，她皱起眉头，一脸愁苦的样子，抽动着身子，呜咽起来。

这又是咋了？老头知道她心里痛苦，可他又何尝不是如此呢！他硬是强装笑脸，说，今天可是喜庆日子哩！

此时，老头也悲痛万分。他怎能忘记刚参加革命那阵儿，有一次，他来到柱子家里，老人捧出红枣儿，直往他的兜里塞，塞得鼓鼓的，满满的。老人两眼看他个不停，许久才说，咋看，你都和柱子一模一样。他就说，怪不得您老人家把俺和柱子当作弟兄俩哩！他的话音刚落，老人就眯眼笑个不住。

现在，老人该多么孤独啊！虽说每月寄钱，可老人家总是手脚不灵便了呀！想到这里，他有些愧疚，现在她一定又在思念柱子了。

猛然间，他眼前仿佛出现了一个画面：一位白发老人挂着拐棍，走向荒野，来到冢地，先是呆呆地望着坟墓，然后，是撕心裂肺地号哭，寒风吹起老人雪白的头发……他眼角渗出几颗泪珠。他又想到，老人辛苦一辈子，当她得知柱子牺牲的消息时，只淡淡地说了句，会的，这一切……会的，我早就知道，他会先我离去的。她说这话，好像柱子的死是情理之中的事，并未流露出令人揪心的伤感，但她却突然变得默默不语，呆愣了好大一阵子……

许久许久，老太又站起身，来到写字台旁，拿出一个黑皮夹子，轻轻地拉开拉链，右手爱抚地摸了摸。

这是一个影集，有明明的照片，他是一个英俊、潇洒的小伙子。

老太端详着，仔细地端详着，泪珠不时落在影集的照片上，滚来滚去。

老头庆幸现代技术的发达，一个小册子就容纳了人的一生，随时可以同家人见见面。而大柱呢？死了就死了。老人想再看一下大柱的模样，也只能静下心来，在脑子里把过去的一切，一幕幕放出来。

蓦地，老头好像看到老人独自坐在炕沿上，盘着腿，眼睛呆直地注视着小油灯，想着什么。也许她正在回忆着自己的一生，也许在想念大柱，正在和儿子说着亲切的话儿，诉尽离别后的苦衷……

老太看着照片，却没翻动。不一会儿，她又慢慢地，小心翼翼地把影集放回原处。

就在这时，外面传来鞭炮的响声。歇会儿吧！老头看了看表，说，天不早了。

老太应了声，就疲乏地倒在床上。老头拉开被子给她盖好，自己披件大衣，又回到沙发上，坐下来。

黑夜前脚刚走，声声鞭炮就跟上了，接着，迎来了黎明。

老太被密集的爆竹声惊醒，没顾得上揉揉惺忪的睡眼，就一下撩开被子下床来。

黎明的天空不时被一片火光照亮，到处是鞭炮声，到处是欢笑声，唯独这个小院听不到鞭炮鸣响，也听不到嘻嘻哈哈的笑声。

饺子煮熟了。老太多盛了两碗，同醋碟一块精心地摆好。

老头不解地问，还这样迷信吗？

别说不吉利的话儿，老太乜斜了他一眼，这是大年初一，都这样。

喜欢吃就多吃点，老太看着多盛的两碗水饺，像是自言自语，又像是故弄玄虚。这是自己家，甭客气，尽管吃，妈的这碗也给你。你不是说，在前线吃不到水饺吗？这会儿，你总该多吃。看你，来到自个儿家里，还扭扭捏捏得像个姑娘。醋的味道不错吧，那是山西老陈醋，酸得要命，菜馅儿是我切的，都是些瘦肉。不过，这饺子可是你爸捏的皮儿。我看你那贪馋样儿，饺子的味道保准不错——好，那我就尝一个。哎，你吃你的，你甭管我，妈总比你吃的饺子多。哎，别愣着，别光顾了听说话，忘了吃饭，边说边吃……

老太一会儿右手摆动一下，一会儿左手又端一下碗，一会儿，又用筷子夹起饺子，从这碗放到那碗，口里还念念有词。

最后，老太终于停止了这些异样的举动。

老头看着热气腾腾的饺子，没有动筷子……

渐渐地，东方泛出了红晕，太阳露出红扑扑的笑脸，好似要和大家抢新年过一样，迅急地升高，升高。这时拜年的人们走进了这家小院。

先是 M 军区的政委，带来了他们爱吃的香蕉、柑橘，握着老头的手，亲切地说，老伙计，你是有功的人哪！新年好啊……所里的领导、门诊的医生、护士送来一束束鲜花……

握着他们的手，道着新年好。看着他们的满脸笑容，老头两眼淌出泪水。

老头抹去眼角的泪水,激动地说,老婆子,快,带同志们进屋吃饺子哩!

宝贝

李豪来到未庄时，已是秋末冬初了。他是从燕赵国的沧州府起程的，对这一点，他很清楚。他也不会忘记，他乘的那列火车是直快，到站刚好下午两点呢。

　　你看他，脚蹬一双耐克旅游鞋，上着棕色外衣，下穿一条灯芯绒格子裤。下了火车，他先是确定要去的方向，接着，雇上一辆的士，就直冲未庄驶来。在距村口不远的地方，他让司机停下，自己开始步行。他之所以不把车子开到村里，自有他的缘故。他需要这样静静地插足这个陌生的地方，他不喜欢去打扰别人，更不乐意惊动村里的人们。他只想一个人无声无息地来，最后再无声无息地离开。在家里，李豪把那张地图左看右看，对这里的风土人情，以及地理特征，已经熟记在心。可以说，他来时查阅了大量资料，做了精细的准备，才得以顺顺当当地到达目的地。尽管那张地图因为年代久远，缺角少边，整个纸面变得焦黄，地图的墨迹有些脱落，好多字已经模模糊糊，难以辨认，但他还是凭着自己的一股韧劲，确切说，凭着那颗着魔的心，硬是把地图的标记同历史记载有条不紊地对了起来。

　　翌日，李豪以高价租买了徒骇河坝子上的那块油菜地。傍着油菜地有个风吹雨淋坍塌了的洞穴，李豪就近搭了棚子便于休息。

　　过了不久，人们开始发现，地里的油菜由于缺少浇水施肥，叶子和茎秆渐渐萎谢了。而李豪呢，每到晚上，夜幕把大地罩住的时候，他就点燃那盏小马提灯，不知在干些什么。油灯经常达旦通宵地亮，天一放明，人们便又发现李豪正在酣睡。

李豪醒来时有个说不上是好是坏的习惯。他蜷着脚，趴在被窝里，两手托着腮，睁着一双惺忪却诡谲的眼睛，凝视远方。堤坝上的刺槐啦，桑葚啦，开始光秃起头，在寒风中摇来晃去。碧清的河水里，鱼儿欢快地、穿梭般地游来游去。

李豪扯过一根草艾含在嘴里，一阵风吹来草艾的醇香，李豪感到无比惬意，这惬意犹如一杯浓浓的鸡尾酒冲在他的心坎上，激起他许多美好的遐想。

太阳西斜时，李豪揉了揉眼，准备坐起来。过了一会儿，他已经蹲在草棚旁边，拿出洛北春酒，又弄了几块羊杂碎，便盘起腿，独自斟饮起来。他边喝酒，边眺望未庄。未庄在一片绿色的环抱中，隐隐约约地现着轮廓。这时，晚霞的光点仿佛组成了无数条彩带，在未庄上空旋转、飘舞。跟着，不远处传来鹂鸟的叫声。这声音虽然时断时续，但在李豪听来，就像一首首动人的曲子。李豪记起了数年前祖父指着那张地图给他描述未庄的情景来。未庄，在鲁西北版图不起眼的地方，当年，苏禄国王受到大唐帝国的皇恩御赐，班师回朝时，路经未庄，百姓锣鼓敲打，夹道相迎。当得知国王不幸溘逝于德州府时，百姓又荐人写下挽联敬上。至今，庄口还保留这样一个碑刻：苏禄国王在此登天。不过，这早已被省府列为一级文物保护了。

李豪也不清楚祖父那时讲这些话的用意。后来，他在父亲那里知道了祖父是前清举人，曾去济南府的都督府里谋过职，父亲还告诉他，过去未庄是一块风水宝地，住此者可以财源茂盛。传言济南府都督都动了心念，决定把都督府迁徙到未庄，只因为后来战事日趋紧张，局势颇不安稳，加之，第二年，督都便突染重病，呜呼哀哉。从此，移迁一事无人过问，也就作罢。但关于未庄的传说却很快被皇朝得知，不少大臣名将都借故巡视，纷纷来到未庄。一看，果然个好景致，到处垂柳披拂，白杨毵毵。内中有人暗暗称道，无怪乎苏禄国国王在此小憩。他们又乘轿椅来到徒骇河沿岸察看。这是明太祖朱元璋亲督民工修挖的大河。据说，未庄那几年连年大旱，禾苗不长，百姓饿死者不计其数，未庄周围几百个村庄的上万民众，推举了数名代表，专程到都督府，请求大人老爷们，拯救他们的性命。这一事件惊动了朝廷。皇帝陛下把济南的都督召来，当着满朝文武官员，让大家献计献策，才修挖了这条大河。如今，过了若干年之后，未庄竟成了一块宝地，真真地牵动了他们的心，来此建造陵墓的也愈加多起来。

　　李豪让思绪回到现实中。起风了，但风不大，李豪略觉得有些凉。他点上马提灯，又静静地站立着抽了一支烟。现在，远庄近村一片漆黑。虽然这时人的视觉受到限制，但思维却异常活跃，他燃起一堆火，内心有说不出的舒适之感。他仰脸望望天空，一眨一眨的，星星在闪烁。这夜委实很静。突然，自未庄传来猎猎的吠声，这声音开始是逐渐地大，末了又渐次地小，最后停息下来。李豪知道，这是未庄有人在走动。他站在河坝上，鱼儿在水中的跳跃声，使得他浮想联翩，但他却不知自己究竟想了些什么。天上，地下，远方，周围，都是些零零碎碎的断片。有几次，李豪试着将这些断片衔接起来，可无论如何都不能做到。李豪感到无限惆怅。一会儿，似有一种美滋滋的生活前景在向他招手，他又情不自禁地笑了起来。他在想，自己为了什么要离开温暖的家，来到这个陌生而熟悉的异乡。本来大学刚毕业，发展自己的学术，出版几部专著，才是他的初衷。可是，他的这个计划，后来由他自己改变了。学术能值几个钱，专著又怎样？他把原来的想法彻底翻了个个儿，把原来的计划全盘否定，一切都得重新来，一切都得重新开始。李豪认为生活就是这样，你得去适应，而不可能让它来适应你。时下，李豪倒有些庆幸了。他庆幸祖父给了自己这张地图，他庆幸父亲给他讲过那些故事。如若不然，自己的的确确是无能为力，想到这里，李豪又信心百倍了。

这时，呼呼的北风把堤坝上的刺槐吹得呜呜直响，李豪凭直觉判断，风是愈刮愈大起来。他觉得有些冷，周身似抖颤了几下，他将衣领拉起，颈项使劲往里缩，末了，他干脆钻到棚子里，把被子披在身上。在这静谧的夜里，李豪只听得棚子给撒泼的风摇得晃晃悠悠，沙沙直响，而挂在棚口的马提灯好像萤火虫，忽明忽暗。荒寂的原野，只有破烂的草棚，像一位步履蹒跚的老人，孤独地在堤坝上摆动。李豪躲在里面，内心竟涌起许多不祥之感。一种恐惧的情绪，开始慢慢侵袭着他。

说来也怪，李豪这阵，脑海不时呈现父亲给他讲过的那些过去的事物。诸如皇室的楼阁、宫殿，那些工艺精湛的建筑，以及建筑物上工笔细致的飞鸟、彩凤、狮头、人像；皇帝坐过的缠缠绵绵、龙虎纹络的交椅，皇帝戴过的珠玉点缀的软帽，和那玲珑剔透、精雕细琢的洗漱用具，都令李豪向往至极。过了一会儿，李豪的心绪稍稍平静了，又想到了这徒骇河沿岸都是些造型独特、规模宏大的陵墓。这些陵墓都是名匠建造，至于陵墓里的殉葬品，都是金银器皿、远古名贵陶瓷、玉钏珠石、宝剑等等。李豪似乎已经置身于这些宝物之中，他仿佛是在皇宫里，而不是这破破烂烂就地搭起的棚子里。当李豪醒来时，一切又都是那么缥缈，一切都是一场梦。他原本以为徒骇河沿岸乐园林立，风光宜人，即便现在龟缩在一个草棚，也是一种享受。但当他镇静下来以后，听到外面的风仍旧在肆虐，草棚依旧在摇晃，打棚口吹进来的风，还是那样冷，冷得他不得不用棉被裹住整个身体，他觉得刚才的幻想是多么荒唐，又是多么滑稽。

李豪一手捏住披在身上的棉被，一手去拎过那瓶洛北春老窖，仰脖灌了几口。登时，这烈性酒就在李豪的肚里生了效。他觉得体内有一股热流正慢慢往外溢。他脸膛微微有些温热，鼻尖上开始渗出几滴汗珠。他又用刚才的姿势抿了几口。还好，冷的问题暂时解决了。李豪准备开始他的工作。他扯下搭在身上的被子，走出草棚。不知什么时候，风停了，挂在棚里的马提灯仍然熠熠生辉。漆黑一团的夜，茫茫无边的夜，只有这盏马提灯给李豪带来光明，而李豪每当看到这橘黄色的亮点，就像服了兴奋剂，周身格外舒坦。他走下河床，缓缓来到水边，发现河水也是这样静，倘若是夏季，一定是蛙声一片了。可这时，却静得使人烦闷。李豪在河床上缓缓地徘徊，他想如果是夏季，他一准一头扎到河里，游个痛快，兴许，还能从中提出几条鱼来。李豪读初中时曾经夺得过学校的游泳冠军。他最拿手的是蛙泳和仰泳。他可以不间歇地在水中游上几个小时。为此，他的体育老师也不得不对此咋舌惊羡。

李豪从河床来到堤坝上，他看了看表。是时候了，李豪自语。他一手拿着铁锹、铲子，一手提着小马提灯。当他走到那个极其熟悉的地方时，停了下来。把灯放好以后，他就着手干了起来。李豪来未庄已是一月有余了，这一个多月，李豪几乎哪里都没有去。白天，他睡到日影西斜，而傍晚，他又通常在这个地方不停地挖，不停地掘。可以说，李豪无暇顾及这以外的事情。不过，李豪也失眠过那么几次，想了这以外的事情。那天，李豪正蹲在堤坝上，独自呆呆地到处眺望。忽然，在他的视线里有了一个美丽的轮廓。那美丽的轮廓变得越来越清晰，离李豪也越来越近。待最后认定这是位美丽的女子时，李豪惊奇得呆愣了好半天。睡觉时，李豪躺在草棚里，翻来覆去，怎么也睡不着，着实折腾了一夜。醒来时，李豪只感到周身乏力，眼圈红肿，头晕耳鸣。李豪只好又蹲到原来的位置，闭目养神起来。但过了不大一会儿，李豪的视线里又模模糊糊地出现了那个美丽的轮廓。他疑心看错，揉了揉眼，再一看，果然是真。李豪的心像揣了只小兔，跳动个不停。等那女子过去，李豪尾随在后，径直来到未庄，而那女子却一直头也不回。李豪看她走进一个农家小院，怕招惹是非，就蹑手蹑脚地走回来，又折腾了一番自不必说。第二天，李豪来到老地方，看得头昏眼花，直到傍晚时分，也未见那女子的踪影。带着一种失落感，李豪悻悻地回到草棚里。

李豪还在刨挖着。透过马提灯微弱的灯光，他发现有样东西闪了一下。李豪赶紧蹲下来仔细地寻觅，可什么也没有。

蓦地，李豪一个趔趄，双腿像是踩空了什么似的，他提起灯，朝脚下一照。咦！洞，是一个洞！李豪兴奋地说着。他将右腿拔出来，旋即，把洞口边的土掘出去。李豪闻到一股自洞内发出的幽香，这香韵由淡而浓扑鼻而来，李豪使劲猛吸了几口，顿觉精神一爽。李豪把铲子丢到一边，端详着洞口，这洞口足有一米高一米宽。也许是被香韵冲昏了头脑，诱惑了心，李豪一阵欣喜，提上灯，弓着背，两眼紧盯着洞口，一副即将扑卧的姿态。李豪走进洞口，就在他即将迈出第二步时，一道亮光擦肩而过，把个李豪给唬得魂飞魄散。李豪赶紧退出，提着灯，看到洞口的松土上有种闪着光的东西，凑近一看，原来是把匕首。他左瞧右看，喜得合不拢嘴，尽管刚才的一惊使他出了一身冷汗，但镇定以后，他倒觉得有些冷了。他把匕首放好，又提上灯，钻到洞里来。他猫腰一直往前走，大约走到五六米的地方，那寒冷他便经受不住了。但随之而来的也是他的心理已经承受不住的喜悦了，现在，摆在他面前的竟令他眼花缭乱。一切都来得那么自然，一切都来得那么迅急，一切又都来得那么合乎情理。

眼下，李豪竟兴奋得忘乎所以了。他忘记了寒冷，忘记了黑夜，忘记了由于心理的愉悦与切肤之痛失去的平衡。他沉浸在这些珠宝玛瑙之中，他陶醉在这夜以继日梦寐以求的宝贝的乐园，他分明看清了左前方离他仅有数米之远的经灯光的照耀闪闪发亮的那个宝箱，他分明设计好了在得到这些宝贝之后的美好生活，他分明准备在拿到这些宝物就连夜离开未庄（哪怕这只是在他发现了宝物后的一丝闪念）。然而，就在他提着马提灯，快步向前想一手抱起那宝贝时，他的整个身体也随之倾斜了。那隆隆的声响未容李豪来得及反应，就把他给盖了起来，当然是连同宝物……

从此，这些宝贝依旧安详地躺在徒骇河的坝子上，只不过在这些宝贝中又多了一件宝贝。

那父老人

上篇

不知费庄是因了那父老人而出的名，还是那父老人在费庄得了势红火起来。反正，这地图上难以寻觅到的地点，鲁西北平原一个不起眼的地方，委实有这个庄子，有这个老人。

那父老人不善言语，但颇爱动脑筋。他伛偻着背，眼睛呆滞。单看那副忧郁的样子，就可断定他饱受了劳作之苦，他的嘴唇厚且大，以致和整个脸孔实不相称，鼻梁上那两颗清晰度极强的痣斑，阳光射来，宛如两盏忽明忽暗的电珠。总之，在人们的眼里，那父老人是个很丑陋的人。

平时，他自己感到孤寂（人们怕看他的一副丑脸孔），找不到人聊天，听不见来自庄里庄外这样那样的种种趣闻，唯有一双无彩的眼睛所见的种种，给他即将熄灭的生命之火，注入一点新鲜的血液。村童们的蹦跳、欢闹，牛羊悦耳的叫声，鸟儿在枝丫上蹿来蹿去不住地啁啾，以及凉风拂面时带来一股清新惬意的气息，使老人也禁不住露出一丝笑。而当他笑时，皮肉褶皱带动痣斑在鼻梁上耸动，或许是因为血液的聚集，电珠顿成了悬挂的红红的小灯笼。

老人每到了深夜，先是在院子里溜达几圈，接着，来到庄外，倚着刺槐蹲下，静静地听狺狺的狂吠。过上一会儿，他又仰头，透过那密密的绿叶，凝视天际银河边的一颗颗星星，特别是牛郎与织女相会的地方的星点。传说，设若数清了银河边上的星星，即可洪福齐天，死了的时候，天神也会准许他升入天堂。于是，那父老人就每天子夜过后，开始做这繁重而又沉静持久的事情。

翌日，那父老人吃罢饭，欲去做些农活，却听到枣园边有吵嚷、哭叫的声音。他走近，才知何婶的姑娘小丫，因爬到树上摸枣吃，一不小心跌下，眼角青肿，溢出血滴来，把个何婶急得手足无措，只是跺脚、搓手。

这孩子——躲在一旁的那父老人，见状突然战栗了下，顷刻又摇晃着头，怏怏的，似有些惋惜，闲着生事咧！

一会儿，人群开始移动。不知谁找来一块木板——小丫躺在上面，两个汉子一前一后轻轻地抬着，何婶紧跟在后，用衣襟不住地拭去簌簌落出的眼泪，往医院方向走去。

小丫今年十六岁，刚刚中学毕业，生得如花似玉。她继承了父亲（在一次车祸中罹难身亡）的胸襟，母亲的秀美，加上天资聪颖，还未到婚嫁年龄，就成了庄里小伙子们时刻注目的对象。而这些小伙子呢，只要赢得小丫的哪怕一个笑靥，就会连续几个夜里睡不好觉。

何叔早逝，何婶母女虽说生活拮据，日子清苦，但因为何婶把对丈夫的爱全部给了小丫，所以，人们也经常听到这母女俩嘻嘻哈哈的笑声。

每当吃晚饭时，小丫总会给何婶谈起那父老人是如何如何丑陋，并问何婶他年轻时是否也恁地肮脏，为什么不成个家等等一些女孩子不该问起的话。这时，何婶本来很是喜悦的脸色滞住了，心情沉重起来，有时便会岔开话头，扯到其他方面。好似，女儿的话语勾起了她什么不快的往事一样。

中篇

那父老人年轻时，曾向庄里一位娴淑的女子求过爱。他求爱的方式也别具一格。那天晚上,他把姑娘约到庄头一棵生机勃勃的白杨树下,说很久很久以前,一到夜里,庄稼人为了答谢月亮奶奶使天下有情人结成百年之好,一对对的情人会在此互诉衷曲,山盟海誓,整夜整夜地不休息。还说,牛郎与织女过了子夜,忙完他们的事情,也来为人间的情人牵线搭桥。说完这些,那父老人就开诚布公地向那美女子倾吐了爱慕之情。也就在同时,好大好大一块云层把月亮奶奶慈祥的面孔蒙住,周围霎时昏暗起来。那父老人的脸经这灰黑色的映照,把姑娘惊得大叫一声,跑回庄里。老人自是懊悔、愧疚,却满心巴望着子夜过后,牛郎与织女还会给他美好的预兆。哪知,一直到五更鸡鸣时分,大片大片的云层还聚集不散,月老和牛郎与织女没有同那父老人晤面。

老人回到自己的小屋里,很是丧气。从此,每每想到这个夜晚,他就自惭形秽。从此,那父老人也就抱定了终身不娶的念头。直到现在,那父老人还孑然一身。

那个夜晚过后,那父老人有五天五夜没有出过自家的门槛。待他极想出来解解闷,散散心时,他心爱的女子已经同他人定了婚姻。后来,倒是那父老人时常自我安慰,认为自己这样一副丑相,怎配和恁好的女子生活呢。特别是当听说他俩情投意笃,深深相爱时,更是打心眼里愉悦。

一晃几年过去了。那父老人心爱的女子生下一个可爱的小宝宝。知道消息以后,老人原想悄悄地给她送上一些补品,但因始终未有想出妥当的办法,害怕这样会招致不堪设想的恶果,也就作罢。孩子一天天地长大,老人发现她出落得同她的母亲是那么相似,以致老人由此而追忆起那个可恶、可怖而又美好的夜晚。

随着老人的逐渐衰老,孩子年岁的增长,老人竟莫名地苦恼了。他发现孩子在躲避他,两人距离远时,小姑娘看到他正在看她,就迅速背过身去,或侧过脸来。有时,实在回避不及,她就像要呕吐的样子,从他身边跑开。老人见此情景,感到无比伤感,心里犹如刀绞般难受。

都怪这副丑相!老人垂头丧气,自言自语,我哪辈子得罪了苍天啊?于是,从老人的小屋里传来凄凉的恸哭声。

自此,那父老人只能躲在角落,偷看上孩子几眼。

几天来,老人一直未见到孩子。他走回家里,未及迈进门槛,就趴在门框上呜呜地哀泣起来。他担心孩子生病什么的,总也放心不下。他抽泣着,耸动肩头,泪花顺着眼角,滑到痣斑上,又滚落到地下撞碎。他一边抹泪,一边想着……最后,他走出家来,想吹吹风,呼吸呼吸新鲜空气,他抬头望了望远方,又仰仰脸,日晷和他在一条直线上。他知道这已是正午时分。为了填塞一下咕咕叫的肚子,他准备吃点东西,也就在这时,飘来一阵歌声:

月亮奶奶咿呀走娘家,
走呀走到嗨我的身边,
向我说呀说那悄悄话。
……

老人迅即跑进旁边坍墙的一隅,听着,歌声是这样耳熟。他真想跃出问清是谁教她的——尽管他明明知道是谁教的。孩子边唱边嘻嘻笑。看得出,她很高兴。老人听到孩子的声音,便躲在墙角,欣赏起这乐曲般的童声来。

直到这声音渐渐地远去,老人还在望着那慢慢消失的背影。他的脸膛上绽出几丝笑纹。接着,他长长地舒了口气。

下 篇

那天,两个汉子抬着小丫,还未走到医院,就听小丫痛得号啕大哭。何婶竭力劝慰,不住地弯下腰去,给她盖好伤口,又焦急地眺望前方,时不时地抬起胳膊,擦那说不清是泪水还是汗水的渍点。

可是,不知怎的,小丫的哭声渐渐中断下来。她脑门上的虚汗豆粒般饱满。何婶见状,脸上清晰的纹络,在收缩中抖动。她忙俯下身去,强忍住难挨的剧烈的战栗,凑近女儿青紫的嘴角,说,丫儿……你怎么了?真是作孽呀……我的丫儿,你咬咬牙。马上就到了……啊——你怎么不同我说话呀,娘可急死了……丫儿,你睁睁眼,看看娘,也好让娘放放心……

何婶说着说着,已经泣不成声,嘴角在无休止地颤动,泪水滴落在小丫的额头。

过了一会儿,小丫觉得额头上热了一下,开始醒转。她听到了母亲声嘶力竭的呼喊声。

这是哪里?小丫顿觉眼冒金星,四周一片暮色,这是往什么地方走?我的眼睛怎么了?我怎么一点都看不见……娘——我的眼睛怎么了……

两个汉子也心急如焚。他俩以最快的速度,往医院奔去。何婶更是不知如何是好,她只能来回在两边打转儿——

然终归伤势太重,医生对此也无可奈何。

小丫双目失明了。

何婶不敢当着女儿的面伤心,她在背地里独自悄然落泪,而现实已给可爱的小丫的心灵蒙上一层阴影，使她不能像常人一样享受生活的愉悦、欢欣。她每天只是不住声地啼哭，几次挣扎着寻死觅活，却被母亲无数次的劝阻感动了。

打这，人们再也听不到母女俩嘻嘻哈哈的笑声了。

小丫变得忧郁，寡言。她整天都在想着许许多多难以理解、莫名其妙的事情。

这几天，何婶下地薅草，除苗，小丫坐着方凳，待在家里，愣愣地注视空空荡荡的一切。小丫在想她的心事儿。蓦地，院门一响，那父老人橐橐地走进来，不声不响坐在小丫对面。——老人很是高兴，孩子未有说赶走他的话。

接着，老人只装不知道似的，并不提及小丫的眼睛，却同她讲些她能感受到的事情——清新的空气是多么令人陶醉；和风吹来，白杨发出沙沙的响声；小鸟在枝头跳来跳去唱个不停；远处柳琴般的蝉鸣。大自然是如此可爱。把个小丫说得心情舒展，脸上又慢慢地有了笑意。

须臾，小丫听得来了劲。她两手托着腮帮，俨然一个小学生。直到正午时分，老人才橐橐地赶回家去。一路上，他喜滋滋的。老人如释重负地叹了口气。

……

记不清是多少个白昼，多少个黑夜，那父老人第一次安安顿顿、舒舒坦坦地睡了好觉。

何婶干完农活，还未踏进门槛，就见女儿唱着欢乐的歌儿在洗菜，做饭。何婶自是高兴，但也颇感蹊跷。

那父老人呢，也开始大着胆子进出何婶家。而小丫只要听到老人那橐橐的无力的脚步声，一股兴奋之情就会涌上心间。老人便同小丫在田野里，隐在一处，静听鸟儿穿梭般从身边飞过。它们是那样自由，那样热爱生命。一会儿，他们又伏下身去，欣赏那蟋蟀自土块缝隙传出的时断时续的歌喉。小丫总是露出一张笑脸，天真，淘气。

人们又听到了何婶母女俩嘻嘻哈哈的笑声。

尾声

昨天夜里下了一场大雨。不知什么缘故，这场大雨竟成了第二天街头巷尾众说纷纭的话题。有人说看到那父老人又到庄头，仍旧蹲在那棵刺槐下，仰脸注视天际那密密麻麻的星点；也有人问起不知那父老人数清没有。

另一人站在大家中间，两手比画着，显出吃惊的样子，说，下雨呢……是从银河里泼下来的。好大好大哩！

那，那父老人呢？不知谁又问了句。

人们走到老人房门前，推开门，屋里一切很是井然，尽管没有昂贵的物品，却摆设有序。站在老人屋里，没有一人会产生空空荡荡的感觉。屋角安着一张简易的床铺。老人安详地躺着，一双仁慈的眼睛闭拢，好像正在坦然、安逸地睡下去，睡下去……

费庄东头的那棵刺槐旁，有了一座坟墓。每当子夜过后，一个少女就会守在墓旁，透过密密的绿叶，凝视天际银河边的星点，数着：

天王星，冥王星，太白星……

这柔和而又妩媚的语音，虽说细得令人窒息，但它的确像一首和谐、悦人、瑰丽的小夜曲。

汉奸

1

日本士兵进驻未庄的时候，村头围满了黑压压逃难的人群。日本兵士荷着长枪边走边从兜里掏出糖块，放在口中发出声响，这使得躲在树丛里的孩童觉得无比燥热。

未庄是济南府和德州公路干线的交通要塞，经常遭到八路的突然袭击。为确保济德沿线畅通无阻，使北平和天津的"皇军"在东南亚能够实施"王道乐土"大计，总司令特意把自己的一个亲信中队调防在此。其余便是百多人组成的穿黑衣扎皮带、惯当汉奸的伪军了。这里的头目——中队长山田四野给维的印象是，像一个极其平常的人物，不戴眼镜，也没留小胡子，但爱理平头，白白净净的。从眼神看，他很和蔼，一点彪悍的气色也没有。他对他的下属也不那么凶。但他遇事却非常冷静，每逢兵士向他报告军情，他先是在房里来回踱步，继而两只胳膊并拢，交叉，忽而侧脸，右手托着腮帮。待这些习惯性的动作完成以后，他就不慌不忙地坐下来，静静地，同时也是两眼直直地盯住对方。当未发现异样的变化时，才哈哈大笑起来，倏地，又将笑收敛住，道，八路的，要西……要西！

不知什么原因，山田四野并没有安排维和他住一个院子。维搬到距离兵营较近的一个小四合院里。这个院落极具北方特色。面东的门是用上等的红松木板精制而成，再刷上乌黑发亮的油漆。门口呈拱形，也是碧砖朱甍，门的两侧各蹲一尊青面獠牙的石狮，两个荷枪实弹的兵士站成黑色的风景。这院落看上去空空荡荡，但那棵合抱粗的刺槐，和三株亭亭玉立的白杨，给这寂寥的空间增加了一点别致和清秀。每年开春，香喷十里的槐花，着实诱人。而一串串的榆钱，则鲜嫩盈口。维用镰刀把结满榆钱的枝条割下，把榆钱捋在竹筐里，再用冷水洗净，和上玉米面，蒸着吃。

山田四野命令兵士给维装了部电话。维为了不让电话铃在自己睡觉时过于搅扰美梦，干脆将电话放在枕头旁。维每天在东方快要放亮时，就穿上衣服，一路小跑着，奔到山田四野的住处。

山田四野有早起的习惯。这会儿，他正在院子里舞弄东洋剑。在他旁边，侍卫兵士昂着头，一副精神抖擞的样子，鼻子下面的那撮小胡子，给他增添了不少风采，使他显得十分干练。紧挨着的是一个颇有些豪华的大理石圆桌，上面摆放着袅袅升腾蒸汽的咖啡和茶点。

山田四野见维来了，也就停止了舞剑，额上渗出些许的汗珠。他在桌旁坐下。

维躬着腰，像是作揖的姿势，太君，早上好！

他挂着东洋刀，朝维摆了摆手，示意维坐下，接着，又给维端过一杯浓酽的咖啡。维感到很紧张，又不敢目视山田四野，只是战战兢兢地揣度着会不会发生什么事情。过了一会儿，山田终于说话了，维君。他抚着东洋刀，看也不看维一眼地说，未庄的，未庄的好地方。

2

维回到自己的小四合院时，觉得舒畅而自由。在这里，维可以随意走来走去，随意思考应该思考的问题，随意仰天长叹，随意大声咳嗽，甚至还可以哼点戏曲什么的，当然是如果他自己有兴趣。

无须像站在山田四野的面前那样，老是手心捏把汗，老是思想全力以赴，头脑高度集中，就像树桠上的鸟雀，得时刻提防着，环顾着，说不准会自哪里飞来一颗致命的子弹，从胸膛穿过，那血就会汩汩地流淌，直到两腿直蹬，与死神做那最后的搏击，末了仰面朝天，呜呼哀哉。

维躺在床上，竭力使自己内心平静下来，不再想令人悚然又惧怕的事情。不知何时，月光竟爬上窗口，悄悄地窥探维的心事儿。一簇簇的蚊蝇也结伴涌进屋里，嗡嗡地吵叫着，喧闹个不休。维右手拿着蒲扇，一面扇风，一面驱赶落在腿上、肚皮上和脑瓜上的蚊子及其他虫豸。这屋里，一挨到夏日便十分潮湿，特别是到了晚上，天上飞的，地下爬的，床上跳的，莫说睡觉，就是躺上一会儿，也会周身痛痒，焦躁不安。不过，说来也怪，这屋里每到了夤夜时分，这群怪物就会自行退场。好像它们知道维劳累了一天，这阵儿，如不留点空隙，他是无论如何也无法支持住。在这之前，维简直无法上床就寝。维经常来到外面，同两个兵士聊天。他俩倒是极爱听维讲未庄过去的一些奇闻轶事。

这天晚上，没有月亮，窗外异常黑，外面送来的晚风出奇地凉爽，怡人，所以蚊子也格外少。维把东洋人赏赐的洁白素花蚊帐落下，赶走四只躲在里面等待机会吮吸维殷红鲜血的蚊子。维刚要合眼，就听屋后咚咚地响。这是以往没有发生过的事。

维清楚，这屋后住的是前年才死了丈夫的翠英，人称英姑。说起来，英姑可是一个薄命人。刚过门还没几天，丈夫为使日子过得富足一些，撇下英姑一人在家，徒步来到济南府，以为此番十有八九能遇到一桩好买卖，赚个大钱，也不枉了英姑一张俊俏的脸蛋让自己摸，让自己吻。因为，在洞房花烛夜，他对英姑千般恩爱，几番温存，着实乏累，搂着英姑很快进入梦乡。他梦见一位童颜白发老叟，在翻滚汹涌浪尖上，手持象牙雕鸾金手杖，眯缝着笑眼，往南一指，孩子，闭上你的眼睛，走上百把里路，就能碰到一个金娃娃……他从梦里乐醒，新婚不到五天，就上路了。然而，他的确非常失望。在济南府来回兜了不少圈子，什么有益之事也未沾身。他垂头丧气，把洋布马褂扣子解开，悻悻地回家。但他刚过了黄河，就在岸边捡到一个用红绸系好的包袱，打开一看，顿时，愣了。

呀！这梦果然是真，这老杂种行呢！他自言自语，同时也不无得到以后的歇斯底里。一沓沓的钞票足有上万。

他回到家里时，还未迈进门槛，竟身不由己地跌倒在一块圆石上。待英姑发现从屋里飞奔出来时，他已经气息奄奄，指了指那个仍然在胳膊上的红包袱就死去了。英姑一场号啕自不必说，从此，她也便成了户主。

3

英姑在玉米地里薅草时，葱郁的玉米棵子同英姑一般高。和风吹来，呼啦啦的一排绿浪，发出沙沙沙、啪啪啪的声响。这天英姑恰好穿着那件大红金花开襟上衣，远远望去，犹如万绿丛中一点红。

维记得英姑出嫁那天，未庄欢腾一片，人人都争先目睹新娘子的漂亮脸蛋，遗憾的是人人都有一种失落感。原来，英姑的漂亮被一块刺绣红绸蒙住。她被两个中年女子搀扶着。每走一步，中年女子便向空中抛撒糖块。那些孩童也就顾不上瞧新媳妇，两眼直瞅着中年女子。只要中年女子的胳膊向上一挥，孩子们便顾头不顾屁股地在人群脚下抢夺糖块。后来，先饱眼福的人便一口咬定，英姑是未庄绝顶的美人，这倒不是因为她有一双玲珑的小脚和稍稍高凸的鼻梁，当然也不是因为她羸弱的身姿和纤巧的小嘴，而是因为她有一双微陷的、略带忧郁但又不乏神采的眼睛，就连她那齐截的眼睫毛也如此美丽。只有这样美丽的眼睛，才配有这样美丽的眼睫毛。

山田四野一人怔怔地、孤寂地、百无聊赖地弹起扬琴，哼着凄婉的声调。此时他的心已经飞过东太平洋，停留在大阪一个给过他温存，使他享受到家庭温暖和欢乐的女人身上。青春的血让他咆哮过，青春的爱也让他寻觅过，倾注过，但一旦到了异乡他土，这爱是否还经得住时间的冲击，就如在风平浪静以后，是否还能一同划舟。他时常向维问起中国女子的生活习俗啦，道德风尚啦，贞操观念啦，等等等等。维是个鳏夫，对他提的问题，只好吞吞吐吐，敷衍了事。而山田四野呢，则爱刨根问底，有些话问得维实在脸红，无地自容。

也许是因为替英姑担心，维对英姑的敬慕，渐渐上升到了一种让他无法承受的地步。这问题来得突然，来得迅猛，无论哪一个男人，都会感到惊惶不定，同时又欣喜若狂。有了这样的思想作基础，于是，维决定走在山田四野的前面。就在这时，电话铃声急促地响起来。

维君——是山田四野。这么晚了，他找维做啥？难道他能未卜先知？或者维的动机已经被他发现？你的，马上来这里。

是，太君！

维以最快速度来到山田四野院落的时候，见黑压压的日本兵已排好队伍，山田四野戴着雪白的手套，在黑夜里格外醒目。他站在队伍前，叽里哇啦地训话。看来有行动，维推测。

果不出所料，昨晚一号炮楼一个班的兵力，被悄无声息地解决了。这可气坏了山田四野。他决心对邻近的子乌镇进行清洗。

队伍行进在茫茫暮色中的时候，山田四野没有骑他的高头大马，反而乘上轿，夹在队伍中间。子乌镇的路煞是平坦，路两边都是茂盛的玉米地。那玉米棵子摇摆着头，在晚风的吹拂下，瑟瑟直抖。天空依稀可辨的星星，在不断升起的云团的遮翳之中，忽明忽暗地亮着。

即将到达子乌镇时，山田四野命令部队把子乌镇围起来。霎时，队伍呈 V 形散开。子乌镇在这深夜里显得异常静寂，劳作了一天的人们，在甜美的梦中，怎么也想不到即将面临一场劫难。

维站在山田四野的旁边。山田四野没有下轿，而轿里也没有声息。抬轿的是两个瘦骨嶙峋的中国人，这会儿，正在呼呼地喘粗气，不停地用衣襟擦抹那止不住的汗水。一股凉风飘来，空气中夹杂着难闻的酸臭的汗味。

这时，子乌镇传来猎猎的狂吠声。山田四野还是坐在轿里。从前面跑来的一个兵士在轿旁立住，一番叽里哇啦。随之，山田四野从轿里步出。

太君，你看……

维君——没等维把话说完，他就挂起东洋刀，截断维的话头，右手在空中一晃，过来两个兵士。你的，回到未庄，原地待命，听清楚的有？

哈咿！太君，一切清楚。

他又左手一摆，做出不把维放在眼里的样子，然后，暴烈地道：

全体，开始！

维由两个日本兵士陪同，开始往回走。还没走几步，就听到子乌镇传来小孩的号哭声，老人的骂骂咧咧，女人的声嘶力竭。维回过头去，子乌镇一片火，冲天的火柱在漆黑的夜里把个周围映得红红亮亮。维禁不住慨叹道：

作孽呀，这真是作孽！

你的说什么？两个兵士因听不懂维的自言自语，便追问道，要西，你说啥？

啊，没啥。维赶忙纠正道，太君，没什么。

4

维回到家里时，门口的两个兵士依旧昂着头，俨然两座冰雕。

这时，维不禁又想起英姑。不管怎么说，赶明儿，维得去找英姑，把想到的对她表白。如不然，设若被山田四野瞅上，英姑只能屈从，也枉费了维的一片爱意。

想着这些问题，维的眼睛总是合不上，不觉不知地，倦意全消，到后来，他躺在床上惶惑不安起来。维只好起身，来到院子里，看到那两个兵士坐在石狮上，其中一个还吸起了烟。他俩怀抱长枪，低声细语地述说着什么。维蹑手蹑脚地在紧挨门口的地方停住。

维伫立着，仔细听了一会儿。抽烟的兵士边说边哭泣起来，另一个兵士在安慰他。待听完他的安慰话后，维才知道，这个兵士名叫太山茨郎。他刚收到东京家里寄来的家书。他的母亲因生活日益贫困，最后竟一病不起，又因住不起医院，便客死在回家的路上。

哭声很悲哀，犹如他们惯吹的凄凉的箫声。

静默了片刻，另一个兵士对太山茨郎规劝了几句，然后又说，茨郎君，我们对天皇效忠，至死不渝。

不知茨郎听到没有，他没任何反应。

5

第二天,东方刚露出鱼肚白,维一如既往地迅速跑着来到山田四野的住处,只见山田正在恼羞成怒地训话。维的心开始急促地跳起来。

维的干活——维还没弄清是怎么回事,就见他拍着桌子,来回踱步,说,你的要查清八路的有?明白?维倒退了两步,慌忙躬下身,明白,太君!

昨天夜里,他仰了仰脸,蹙蹙额,说,我们血洗了子乌镇,可是,回来的路上,却遭到八路的袭击,中了他们的埋伏,你的,哪里去了?

哎,奉太君之命,维随即答道,在家待命啊!

噢,好好。山田四野连忙说,头一摇,让他们下去,继而脸上露出了笑意,来,维君,坐下。

维摸不着头脑,胆战心惊地看着山田四野。山田四野从桌子对面绕过来,凑近维的耳朵低声嘀咕了一阵。

吃过早饭,维来到村头,站在朱家河的坝子上,遥望滚滚河水。这朱家河的水向西流入德州城的大运河。据说,明朝永乐年间,皇帝来济南府探察民情,途经德州,发现沿途荒田居多,杂草丛生。官员向皇帝禀报说,这里连年大旱,且每逢旱年,蝗灾肆虐,百姓饥饿难忍,亡者不计其数。后来,就纷纷迁徙于各地了。皇帝听后感到愕然,这是一块土质肥沃、良田万顷的宝地,居然荒芜了。皇帝马上起驾回京,召集各地都督,大兴水利,朱家河也就应运而生了。

朱家河的水,你流去多少悲欢离合的故事,又流走维多少童年的歌,你为未庄的百姓谋过多少利。你总是唱着来唱着去。可是,眼下,毕竟一切不同了。就连河坝上的刺槐、桑葚、白杨,也屈指可数了。

从河坝上下来,维走进玉米地,摩挲着生机勃勃的玉米叶。那宽厚硕大的叶子,渗出芬芳的香甜气息,而毛茸茸的玉米,正在接受缨头的花粉。

蓦地,在茫茫绿海中,维发现一个红点。他内心涌起一股喜悦,那是英姑。

维拨弄开阻挡行走的玉米棵子,渐渐地,来到她的身边,但她却并未发现,依然在干她的活。

英姑。维高兴地喊道。

她回过头来看了维一眼,没有作声。许久,又抬起头,两眼静静地而又不乏沉郁地看着维。她向四周环顾了一下,就低下头,侧过身去。

此时此刻,维的心恰似朱家河汹涌翻滚的波涛,散发出一股股热浪。醉心的喜悦,在挑拨着他,熏炙着他,煽动着他。维再也忍不住了,一下把她搂过来,让她紧紧地贴在心坎上。她微闭着眼睛,那情形也似醉了一样,向后仰着脸。

英姑。维恳切地说道,又用手把她的刘海理平,先是在她的额上深深地留下一个吻,接着他就失去理智了。

英姑倒在维的怀里,似乎在低语什么。维全然不顾这些,急忙把她的衣襟解开。她很快就赤裸了,犹如《苏珊娜沐浴》。维被眼前的美景震慑住,瞬间竟不知所措。维以一个少男(尽管他已步入不惑之年)的追求和向往,尽情地在美的领域游览。这一切来得是这样突然,结束得又是这样迅速。

维想用早已准备好的话语,向英姑表白。可是,她一扭身,挎起竹筐，回头莞尔一笑，说，屋墙快挖通了。扭头走了。

说不清是满足后的陶醉，还是英姑一番话的点拨，维自己在玉米地里躺了一会儿，这恬静的青纱帐，宛如一个个幽灵，孕育了无数颗生命的种子。

6

维开始细致地进行家访的时候，发现人们不是老远躲着他走，就是见到他就白着眼赶紧将门关上，弄得维十分狼狈。维意识到，遭到乡人的唾骂是多么悲哀，是多么可耻，同时也是多么不幸。过去维之所以说话管用，受到人们的尊敬，是因为父老乡亲看维有学识，遇事有远见；可现在，维说话管用，是依仗权势的威慑力量，而不是往昔的信服了。记不清是哪位哲人曾经说过一句话：一个人的悲哀，莫过于失去自己的亲人。眼下，维不就是失信于亲人吗？以前每到晚上，人们收工回来，吃罢晚饭，就簇拥着他谈天说地，山南海北，天上地下，好不快活。而今，名为翻译官，实为汉奸，为世人嗤之以鼻，不屑一顾。这等于是背叛自己的亲人，背叛自己家乡，更不必说如何面对自己的先人了。长此下去，怎能对得起乡亲呢？

认识到问题的严重性，一切富丽堂皇的奢望，都如过眼烟云，飘飘绕绕地不驱自散了。

维每天还是按惯例，一大早就迅跑到山田四野的住处，像等中国古代皇帝下圣旨一样，毕恭毕敬听候命令。仿佛对方是天王老子在宣读圣经，教化于人。

待这些烦琐而因习惯成自然变得简易的常规，全部完成以后，维便倒吸了一口凉气。待抖颤的躯体渐渐恢复原状，维便把陈旧的雕龙凤的太师椅，搬到院子里，手捧一部古书陪衬时光的流逝。

山田四野写得一手遒劲有力、飘逸传神的毛笔字。他很推崇中国人的道德观，但对中国人"礼、仁、让"却极力反对。特别是"让"字。他经常听维给他诵读中国古书的部分章节，也很喜爱中国的唐诗。

转眼已经严寒逼近。

维自山田四野处归来时，两脚刚踏进屋里，就见英姑背着身子坐在床上了。维说不上是高兴，还是惊诧，只觉得有一种异样的冲动使自己无法克制。看得出，英姑知道是维，可就是不回转头来。维在她背后，轻轻地扳着她的两肩，慢慢地，她回过头来，仰起脸，瞧着屋顶。

你是怎么进来的？见她不说话，维禁不住问道。

她看了维一眼，颇有些洋洋自得。跟着，用手指了指墙角说，喏，飞进来的呗！

维放下英姑，左右端详这神秘的洞口。洞口有块挡板。这挡板也是用砖块砌成，所以，放上去，整个墙角看似完好无恙，使你简直看不出任何一点被挖过的痕迹。

维有些激动了。她告诉维，她每天在维到山田四野处时，就开始刨挖，见维归来，就停止挖洞。

维听着听着，愣住了。维记起有天深夜，那沙沙声持续了很久，而他竟没反应过来。

英姑依偎在维怀里，一股融融的暖意袭上维的心头。维让她平躺在床上，给她宽解了衣襟……

过了一会儿，英姑仍然躺在床上，她抚摸着维的脸，深情地望着维。最后，她的视线停住，眼睛眨也不眨，说，你想娶我吗？

想。

真的?

真的。

什么时候?

什么时候。

问你什么时候呢!

啊,让我再想想!

英姑有些不高兴,她哭丧着脸,把头侧过去,对维不理睬了。

这静默过去以后,是难挨的冷清。为了打破尴尬的局面,维沏了杯咖啡,给英姑端过来。英姑却摇了摇头,说:

俺喝不来那洋玩意儿。

维就又把咖啡放回桌子上。

知道吗?英姑转过脸来,语言冷淡,说,乡亲们都骂你当汉奸,洋人哈巴狗。

别说了。维听了如五雷炸耳,心都提了起来,脸上火辣辣发烫。我早就预料到了。

预料到了什么?她明知故问,或许她真的不知道。

预料到——维故作镇静,悠然说,别人会这样骂我。

不过——英姑还准备接着话头说下去。

不过什么?没等她开口,维就抢着说,就为这些?

不过人家都是为你好。

为我好?维想也没想,便连珠炮似的说,那谁给我饭吃,谁给我衣穿……哼,好个屁。

你怎么能这样呢?英姑也有些愤怒了,她已从床上爬起来,说,你还有没有一点良心?

良心?维苦笑道,国破家灭了,还谈什么良心?

亏你还是个读书人,英姑一点也不示弱,说,就想当一辈子汉奸？

听到这里，维实在忍不下去了。但待维回过头来，英姑却早已移开洞口走了。

不知是劳累，还是因为刚才被英姑戏弄，维总觉得身子像散了架，不由自主地倒在床上。

这时，电话铃声响了起来，是山田四野打来的。他让维马上过去。

山田四野两手按在地图上，用红笔勾画着。维站在一边，大气不敢出地看着。

维君，过了一会儿，山田四野抬起头，朝维走来，笑眯眯地说，消灭八路，指日可待，你为皇军效力的时候到了。

维不知会发生什么事，只是躬着腰，听着山田四野似演说又充满自信，且恶气十足的话语。维原以为，他喊他来，一定有什么企图，抑或授意。可是，他略思忖了片刻，又转过身去，回到他原来的位置。

看得出，山田四野顾虑重重，踌躇之后，他启齿道：

据司令部来电，今晚十点钟以后，有队八路要在子乌镇过夜，我们零点出发，杀他个鸡犬不留。不过，你要亲自带队。维君？

维啪一个立正说，哈咿，效忠太君！

7

子乌镇紧傍济德线，东挨朱家河。这里庄密人稠，三里一村，五里一店。如走漏风声，实在辜负了皇军的一片信任。并且，山田四野早就有言在先，一旦为皇军立功，他答应带维东渡日本，在东京谋个官职，找个漂亮的女人。往后，真是有享不完的福。不过，这八路可神出鬼没。他们来无踪，去无影，行如飞，战如虎。况且，他们熟悉那里的地形地貌，这一仗，实在没有把握。维在思虑着。

门口的两个日本兵士，像两尊石雕一样木然地也是傲然地坚守岗位。但维近日越来越发现两个兵士尽管白日里这样恪守职责，可每到晚上，夜幕把大地的轮廓罩住，星星开始探出头来，他俩就轻松自在，便各霸一边，干脆坐到石狮上。尽管这里是兵营主要防区，但因为很少有人走动，所以，每到子夜时分，他们还可以睡上一觉。虽然维没有在山田四野面前打他俩的小报告，他俩这样下去也没有受到应有的惩罚，可给维的生命安全带来直接威胁。甚至夜里，维都不敢睡得过于酣熟，也就更谈不上香甜了。这样却弄得维左右为难。同山田四野说吧，想他肯定庇护东洋人，不说吧，八路摸上门来把维给结果了，也许他们还在梦境里呢。

维独自躺在床上时，觉得这翻译官的确干得晦气，而这汉奸则确乎名副其实。他想到夜里还要执行重任，又不免忧虑起来。在这个时候，维倒真恨不得早日把八路斩尽戮绝，皇君也好尽早在东南亚建立"王道乐土"。自己也好尽快永远穿着软縠明罗，趁华年而慕色，也不至于毁了个人的前程，误了自己的事业。

维悠闲地在院子里漫步，望着那棵合抱粗的刺槐。它在夜色的遮掩下，像是默记了未庄的历史。透过这迷乱的夜的眼，维仿佛已走出未庄，来到庄头东北角一块爽垲的高地，那是维的祖坟冢地。维的先人都长眠在这里。里面有维曾经做过举人的祖父，有维那杀人放火、吃喝嫖赌的父亲。他们都在历史的长河游荡过，又都被历史长河的滚滚激流冲击得狼狈不堪，被抛弃在一个污泥浊水的沙滩上，声名狼藉。时下，维好像看到一缕缕的青烟，从祖坟的不知哪个缝隙缓缓上升，上升。此时，他们好像在炼狱里讨饶，以求得上苍的赦宥，净化自己的灵魂。

这是想到哪里去了？维责怪起自己来了，自己怎么想到远离尘世的地方去了？也许这会儿，维被纷繁复杂的世途，折磨得神经错乱了。

不行！维意识到肩上的重担（也许是罪恶更为妥当），便告诫自己应该立即刹住这混乱的心绪。

维回到屋里的时候，眼睛却不由自主地斜到通向英姑家的洞口。维如梦方醒，为解脱这不安的思绪，为何不去找英姑呢？维看了下表，才九点。这时，维才真正感到一种卸掉包袱的轻松感，他如在云雾之中见到黎明的曙色了。

维轻轻移开挡板，先把头钻进去，然后，他便出现在英姑面前。

英姑正在拿针线刺绣。维站在她背后并未作声，显然她也没有发现维。维见她绣的是一朵含苞欲放的荷花，而那荷花上不知怎么跳上一只蛤蟆。那荷花真是清秀之极，可那蛤蟆却丑陋不堪，令人作呕。

维禁不住说，可惜，那蛤蟆太肮脏了。

她受惊般地茫然回过头，待镇静下来以后，则说，你还知道肮脏？

维好像受了侮辱，眼前一阵眩晕。他清醒过来，便扭身往外走。

怎么，就走了？她放下活计，望着维说。

维一下子坐在她身边，粗鲁地拉过她的手，把衣袖捋起来，最后，干脆把她按到床上。起初她还反抗，但见维这样固执，也就委屈地顺从了。只不过，她的眼睛纹丝不动，木讷地盯着维。

8

维从洞口刚一露头,电话铃声就急促地响起来。

坐在维对面的山田四野神采奕奕,满面红光。紧挨他坐着的是小队长田中。桌上鸡鸭鱼肉,很是丰盛。

维君!山田四野左手端着杯,右手示意说,坐,赶紧坐!

谢太君,谢太君!

维马上一个躬身,这些礼节,他已经习惯成自然了,甚至有时候只要见到日本人就哈下腰来。好像这个动作已由习惯转化成机械性反应了,有时竟然还由不得他自己。

维君!山田四野举起杯子,一副春风得意的样子。今天,你和田中君代我为天皇陛下去成就大业,我祝你们旗开得胜,马到成功。干!

几杯浓烈的酒下肚,维觉得舒坦多了。那些不必要的忧虑,给冲洗得无影无踪。

队伍集合完毕的时候,山田四野开始了训话。他说了些激励兵士效忠天皇的话语,接着,队伍便出发了。

田中骑着山田四野的高头大马,维坐着山田四野的轿,并排向子乌镇进发。

凛冽的寒风,直凉透筋骨,拍打着人们的脸膛。而这些日本兵士却精神十足,快速向子乌镇挺进。

远方,一溜磷火正轻飘飘蹦跳着飞向未庄。维不由一怔,在这冥冥夜色中,维从轿子里探出头朝东北方向静默了几分钟。或许是从朱家河河坝上的树林中,夜莺发出几声惨烈的哀鸣。

维在盘算着如何打好这一仗。不知田中是否有思想准备？如果他一味听我的差遣，那么，打好打不好，一切的责任就由我承担了。反过来，设若听田中的调度……不行，这是山田四野的信任，他这样器重我，倘若不抓住这千载难逢的机会，表白一下对皇军的耿耿忠心，就等于错失一次显露自己的良机。

离子乌镇只有几百米远的时候，维告诉田中，让大家立即停止前进，呈三角形包抄行进。

仅十多分钟时间，队伍就从四面团团围住了子乌镇。

子乌镇立时狼烟升腾，大火如柱冲天。枪弹声犹如一个个闷雷，一串串鞭炮。

一会儿，有几名士兵接连报告，没有遭到任何反击。田中拍着维的肩头，跷着大拇指笑着说，维君，中国的这个，佩服，佩服！

谢谢太君夸奖！维赶忙说。

大约一刻钟以后，子乌镇没有了哭啼和哀号，唯有那升腾的大火噼啪作响，把个天空映得亮如白昼。

鸡鸣时分，他们回到未庄，但见山田四野非常庄重严肃。

维赶紧跑上去，报告太君，子乌镇的八路已被我们消灭！

山田四野点了点头，表示满意。

带着惶惑和不解，维跌跌撞撞地回到家里。

9

维躺在床上望着屋顶的时候，老觉得有什么响声，维枕着枕头如坠五里云雾，整个头部往下沉，混混沌沌……他被玉米秸包住，点燃、烧炙，胸口像堵了样东西。那毛茸茸的玉米缨穗，化作无数块方纸飘向空中，继而落向维家的冢地。壅埋维祖父的坟墓敞开一道缝，忽而跳出一个身着大红绸袍的长者，两眼暴突，咄咄逼人。维跪在地上，抱着头，不停地磕拜。可那老者腾空一跃，跳在维面前，飞起一脚，将维踢向半空，旋转着跌落……眼看就要摔在地面了。

维惊叫一声，连忙坐起来，揉揉惺忪的睡眼。

屋顶有嗒嗒的声音。而并排的屋檩则像无数条七叉八仰的死尸。维不敢去看。那榆木桌上逐渐剥落的紫色油漆，一会儿像那升腾的大火，一会儿像无数滴斑斑的血渍。而墙壁上不时显现出孩童、妇孺及老人的悲惨的轮廓。外面呲呲的风响，似许多鬼怪的哀号……他怕，他不知怕什么，但他一切都怕！维来到院子里时，发现两个兵士依旧那么庄严地恪尽职守，他才稍稍放下心来。

维心情开始舒畅，眉毛开始舒展，心胸也豁然开朗了，有皇军这样严明的军规，他觉得一切顾虑都是多余的了。

这些可怖可诅咒的闪念消逝。维望着合抱粗的老槐树，联想匿迹遁影的蛛丝马迹，觉得必须立即做一件事。维回到屋里，把白花花的纸张折叠成菱形，又将筷子放在切割好的纸张中心，就势转了数圈。按照未庄的习俗，这样旋转的圈数越多，则纸钱也越多，而亡灵才够受用，他们生活才不至于孤独和寂寞，同时，也托福于阳间的生灵。

维把大扎大扎的纸钱放在一个圆篓里，挎在胳膊上，又将点心放于两个瓷盘中，用木盘托着，来到冢地。

维在每个坟包的尖顶压上一张纸钱后，才开始擦燃火柴，烧起纸钱来。那火苗蹿跃着，把烧成灰烬的纸钱摇摇摆摆，嘻嘻闹闹，颤颤悠悠地送向空中。

维双腿跪在地上，低下头，嘴里不停地叨念着，爹呀，别舍不得花钱呀，我来给你送钱来了……

维流下几滴泪，又顺手抹在衣袖上，起身，端起木盘，走走停停，停停走走地返回庄里去。

10

英姑坐在维的床上，见到他劈头盖脸就是一阵臭骂，洋人的汉奸，没出息的东西。

见她一来就满脸怒色，维感到莫名其妙，就问道，你这是怎么了？

问你自己吧！她咬牙切齿地说，跟着还骂骂咧咧。

昨夜里——英姑回过头来，面目狰狞地望着维说，你干什么去啦？

抓八路去了！

抓你娘个鬼。

啪！维打了她一巴掌。兴许是用力过猛，她的脸上清楚地留着维的手印。

你打我？她站起身来，你作恶多端，乡亲们早晚要找你算账。

一听这话维吓坏了，他自知罪孽深重，早晚会有那一天的。于是他跪在英姑面前说，英姑，我给你磕头了。求求你，看在我抱过你，搂过你的分上，饶了我吧，饶了我吧！

好，那你答应我。英姑终于消下气来，她低头看了维一眼，接着又教训维说，往后不再当汉奸，怎么样？

行，我一定改，一定改！

若不痛改前非，你只有死路一条。

尾声

一天中午，维又来到英姑处，要求与她亲昵做爱。英姑说，这几天鬼子正紧紧盯我的梢，住处已不安全，这你也知道，不如晚上到庄北树林里安全。维同意了。

天黑后，维如约来到小树林里，等了半天，英姑才来。英姑，维等不耐烦了，你怎么才来呀！维仔细一看，英姑的神态有些反常，近前看时，他呆愣住了。维发现英姑握一只短枪逼近自己。维还没有清醒过来，就听英姑说，你这死不悔改的汉奸，今天我代表乡亲惩罚你。说罢，甩手一枪，维倒在了地上。

枪响以后，维觉得黑蒙蒙的天宇掉下来压在他的身上，很重，很重。

风鸣咽

黑子

黑子，个头矮，黑胖。新兵训练一结束，就分到了炊事班。本来，炊事班人少，加上一人生病住院，一人外出学习烹调，喏，只剩下了他和班长——黄脸。

这天上午，黑子和班长买完菜归来，把米饭焖好后，坐下来抽了两支烟。黄脸见黑子左手两指被熏得黄不拉几，就说，黑子，你自上到下都黑不溜秋，就只有张口一排白牙了，看看，现在白牙也要变成黑牙喽！

黑子挠了挠后脑勺嘿嘿笑了两声，又咂了几口烟。最后，把烟头捏在手中，像研究古董一样，歪头仔细看了半天，就啪一下将烟头弹出去。烟头落在一个几米远的蚂蚁窝正中，顿时，蚂蚁一片沸腾，四奔逃命，黑子又嘿嘿笑了两声。

开饭时，百把号人已经站队准备就餐。他见黄脸忙活着把菜一一端餐桌上，就把工作服脱下包好蒸子，两手就势一搂，似举重运动员杠铃过顶般，哎了一声，碎了步子抱进食堂。在一旁的班长看得呆了，脸上露出喜色。回到厨房，黑子用毛巾一边揩抹脸上的汗水，一边冲着班长嘿嘿说，运动会上，说不定，咱黑子也能举块金牌回来。

练，黄脸不无揶揄地笑着说，就这样练，亚运会上，给咱哥们捏回块牌，也展展咱军威。

中午休息时，黑子把窗子打开了。他觉得闷热气短。室外，太阳挂在当空，懒洋洋地泼洒火苗。一阵哨子声响过后，无风无扰，这时，显得颇静寂。

还未吹起床号,黄脸好像听到有人叫。揉揉眼,醒来一听,原来是树上的蝉鸣。复又躺下,还未合眼,又被猛烈的粗壮的鼾声扰醒。他便一阵烦躁。起床,见是黑子,他本想来场恶作剧,但刚走到黑子床边,就被那情景逗乐了。黑子裸着上身,着了短裤,被子也不盖。七仰八叉正睡得甜。一只苍蝇嗡嗡着落在他的脚心,爬来爬去。黑子也许觉得痒,脚板不时缩回又伸出,伸出又缩回地往复。从窗口斜进来的一缕阳光,刚好射在他的脸上。他满脸渗出汗珠,但猛烈激壮的鼾声依旧。黄脸看到这里,已经笑不出声。他想,只有劳累过度的人才会睡得这样甜美,黑子许是累极了。黄脸拉过被子,轻轻给黑子盖到肚脐眼。

下午,黑子照常抽完两支烟,洗了下手,和黄脸开始上班。过了一会儿,黄脸许是记起黑子中午时的光景,他冲着黑子说,阿黑,你睡觉时,还蛮有景致哩!

啥意思呢?黑子停住手中的活,不解地望着班长。

哈哈,黄脸立时止不住笑了,活像只大黑熊!

我以为笑啥来,黑子故作镇静说,你不知,咱那是在练内功呢!

不久,就要过"八一"节了。

这天,黄脸自床底下拖出冒尖的一盆衣服,对黑子说,黑子,今儿个,我来料理料理这堆衣服。

黑子冲着班长嘿嘿了两声说,买菜咱行。就骑上三轮车上街了。

黄脸衣服洗到一半时,不知什么原因,心中涌起一股莫名的烦躁。此刻,有几只蝉正停在树上,咿咿呀呀地鸣叫。黄脸越洗越烦躁,一听蝉鸣,更加不安宁。最后,他气急败坏地来到树下,侧着身子用脚一踹,蝉也呜呜啦啦逃散。就在他又蹲下洗衣服时,忽然,通讯员从连部迅急跑来。

不好了，出事了。

啥事儿？黄脸赶紧问。

黑子被人捅了。

待黄脸赶到现场，那里已经围了层层的人。

真是的，恁多人竟都不敢管，还是人家解放军。

那三个流氓也太可恶，应该枪毙！

黄脸拨开众人看到，连长抱着黑子，黑子胸口的血汩汩地流了一地，旁边一位俊俏的姑娘泣不成声。

见此情景，黄脸却没有放声哭。不过，人们看到他脸上不住淌下泪水。黄脸从连长怀中接过黑子，紧紧抱着。

黑子醒来时已经视线模糊。他呓语着，是班长吗？亚运会……我去拿金牌……

黄脸听到这里，再出控制不住，竟失声哭着说，黑子，金牌，你已经拿到了呀！

黄脸

黑子终因流血过多，抢救无效，在医院里停止了呼吸。一个星期过去了，连里的文书小甬写了篇报道，碰巧报社正需要这方面的稿子，黑子的事迹登在军区小报的头条。于是，军师团的新闻干事和工作组，迤逦来到黑子所在连。连长指导员介绍完情况后，最后说，你们要挖典型，还得去找黄脸。

几天下来，工作组的同志虽说颇费了半天脑筋，可黄脸只字未吐。末了，工作组的同志望着黄脸，无可奈何地摇摇头。这个时候，正是新闻干事们出风头的良机。他们轮番进攻，个别谈心，把自己肚子里墨水泡酿的十八般招数使出来，还是让工作组的同志看了笑话，落了个瞎逞能的名声。

为此，连里对黄脸实不满意，错失了出典型的良机。

黄脸整日沉默不语。他每天照常上班，买菜，切菜，做饭。连里尽管对他有意见，但对他的工作还是给予肯定，考虑到他的体质，也就派了两个战士协助。并吩咐文书小甬，没事到炊事班帮帮忙。

黄脸对黑子情意极深，便请求连里保留黑子在炊事班的床铺。连里允许暂不整理黑子遗物。黄脸和黑子是对铺，他每天晚上都凄苦地望着黑子的铺位。他忆起那天中午黑子睡觉的情形，内心更增加了无尽的思念。

黄脸喜欢看正午的阳光。他每天中午睡不成眠，就独自坐到树荫下的草坪上，任凭四外吹来的凉风掠过面部。有时，他会仰着脸，透过翠绿的枝叶，看那束束的太阳光线。

小甬来和他聊天时，腋下夹了本杂志。黄脸望了望那封面，便扭过脸去。小甬说，一见你就笑。黄脸并不搭理，对小甬的话语只当未有听见。过了一会儿，黄脸终于对小甬说：小甬，想家吗？

想。小甬说，当然想家了。

我就不想。黄脸说。以前我也很想家。自从黑子不在了，不知咋的，我就不想家了。

黄脸说的话，让小甬觉得莫名其妙。他想，可能是黄脸平素与黑子极好，精神受的刺激太大。他对黄脸说，你该去医院调理调理。

黄脸似乎觉出了小甬话中有话，也不愿挑明。

太阳西斜时，阳光正射在他脸上，他俩挪换了地方。小甬说，好好干，照你给连里的印象，明年可以弄个司务长代理干干。

黄脸两只手腕勾住头部，直直地望了望天空，随后瞅瞅小甬，见小甬也正目不斜视地看着他笑。黄脸说，小甬，我想当个运动员。

话音刚落，小甬味味地笑了。开国际玩笑吧，那运动员随便当的？就冲你那身体，走后门当的兵吧？

黄脸不高兴，但他没有发火。我们那地方，公鸡去了不打鸣，母鸡去了不下蛋。像我这体格还是数这个的。小甬见黄脸竖起大拇指，听着愣怔了。

黄脸接着说，举重咱知道不行，可赛跑总可以。有机会时，给你拿个名次，让你愣愣。

不久，团里召开大型运动会，为军区选拔运动员打前战，其中就有田径、举重等项目。小甬替黄脸报了田径。

黄脸每天在工作之余，练他的赛跑，小甬来炊事班帮厨时，两人也时常说说笑话。

临近比赛那天，黄脸竟然闹起了肚子，但他执意要参加。自然，全连上下都为黄脸捏了把汗……

白云苍狗

这天，刚过晌，五爷腰别老确枪，带上赵麻子、李长嘴、张歪眼、王三邪等随从，来到宿安街。五爷手摇纯白种公鸡羽毛制作的凉扇，汗水还是从额头渗出，滴落在枪柄上。

黄昏时分，五爷揪住我的耳朵，说，侄子，你道你爷这枪是闹了玩的？顺势从腰中拔出确枪，两眼眯眯朝我笑，啪地甩出一枪，前面的刺槐上就滚下一只雀鸟。接着，五爷摸摸我的脑勺，道，爷这枪，这弹，真格的，不同你的火枪！我真有些差了。当着恁多人的面，特别是赵麻子、李长嘴、张歪眼、王三邪，逗啥呢？不定哪天我剥了你们的皮，连你们的小鸡鸡也割下炒韭菜给儿子吃。我这火枪咋了？论美观，你们的确枪自愧不如，论起制作，你们那确枪更没法比了！

气温异常高。墙头上的草气息奄奄，干活的人回到家都觉得疲倦。往日，五爷向来在夜间出没。趁天黑，他们出了家门，顺着栽有垂柳夹杂白杨的壕沟，直捣宿安街。他们有粮不抢，有牲畜不拉，闯进院舍单找那才嫁娶的少男少女，把他们的衣裤扒光，拿个破烂绳一捆，依次拖到院子里，然后将松明油浇在一条破褥子上，点着。待到院里火光明亮，松明油烧得噼啪直响，他们就翻到墙头上，朝熟睡的人们呼喊，着火了！救命了！

今儿不同，天一擦黑，五爷手提老确枪，绕院一周，回到屋里，把确枪往八仙桌上一摔，吸着水烟，吩咐道：赵三李歪，给爷听着，爷要困觉，你们不得有误！赵麻子、李长嘴、张歪眼、王三邪，弯着身子围五爷个半圆。直到看着五爷就要睡了，才渐次退出。

　　五爷抽完水烟，拉过枕头，仔细地瞧着。这枕头里装的是谷秕子，那颗颗秕子粒，每逢五爷枕上去，就发出簌簌的响声。五爷时常指着枕头同赵三李歪说，你们知道爷头下枕的是什么？过了半天，见未有人应声，他不无自豪地说，告诉你们，爷枕的是古老的小虫子。

　　小虫子？大家迷惑不解，呆立着，似乎要让五爷指点迷津。

　　五爷笑了笑，捋着胡须说，这秕子像不像虱子？像不像跳蚤？虱子、跳蚤是不是很古老啊？

　　赵三李歪唯唯诺诺地说，不是爷指点，小的真不明白。

　　五爷吹熄了灯，把那淡黄色的缎面被摊在身上，混混沌沌进入梦乡。正睡得甜，隐隐约约听到枕头旁有嗦嗦的响动声，却见雪白绒毛貔子样的一只狗，在撕扯枕头。过了一会儿，他又听见那秕子从破洞口簌簌流到地面的声音。

　　五爷一惊，跃起身就抓那把老确枪，刚要开枪，那狗却倏地不见了。他捻亮灯，见秕子已流成一座小金山似的。他想起清早的事来。那时，他趿拉着鞋把最后一滴尿撒在葱郁的黄瓜架上，见东方彤彤的一片红，太阳还羞于见世人面。他走到祖坟上来。祖坟上栽着一色开白花的刺槐，紧靠西南角的那棵面东有一个丫杈，丫杈上有只乌鸦，乌鸦炯炯的双眼注视走过来的五爷，不住嘴地叫唤。五爷被那瘆人的声响震得直颤。倘若不是处于祖坟之上，他早一枪让乌鸦落地，血溅黄土了。只为不让祖先们在阴间担惊受怕，五爷才按住枪柄克制着，饶乌鸦一命。当他走到祖坟前时，不由怔住了，五爷发现祖父坟墓的一侧露着磨得极亮的洞穴，那洞穴里有白色的绒毛。起初，五爷以为这是野兔所为，但当他仔细观察过后，确定这是个比野兔大得多的动物，就着实有些纳闷了。

　　光天化日之下，何物竟如此大胆在爷的祖坟上动土呢？

回到家里,五爷就私下同赵三李歪说了此事,令其四面埋伏,好生监视,如有可疑,迅速报告……

　　就在五爷盯着那小虫子样的秕子粒百思不解时,赵三李歪跑来。五爷见他们跑得直喘且面露恐慌,便故作镇静地说,慌什么?一个个从头道来。

　　赵麻子说,报告五爷,我在南门见一个走路噗噗噗、亮晶晶一对黄眼珠的东西,从墙底下的阴沟里钻跑了!

　　李长嘴说,禀爷,刚才一个毛白如雪、带尾巴的怪物在院子里一晃不见了……

　　王三邪说,五爷,你睡下不久,有个白乎乎的东西跑进屋里,我怕出事,喊了几个弟兄来保护……

　　张歪眼说,爷,我们遵您老旨意,在祖坟上八面埋伏,不大会儿,发现一只白狗向着祖坟跑来。我和弟兄们不敢开枪,想逮活的,哪知,白狗从我们头上飞过去了……

　　放肆!五爷明白赵三李歪在绕圈子说话,唯独张歪眼说了实话,但五爷在众人跟前顾及脸面,就呵斥道,祖坟,白狗,能相提并论吗?

　　张歪眼慌了,爷,真的,一点不敢掺假。

　　五爷坐在那里闭上眼,过了许久才说,好了好了,这件事暂且不提,你们都退下吧!

　　待赵三李歪走了,五爷独自在屋里踱来踱去。走到床前时,他停住了脚步。五爷凝望着那堆古老的"小虫子",好像见到了黄灿灿的一座金山。有了这些念头,那小虫子状的秕子粒渐渐大起来,似乎漫过房屋,直冲云霄。五爷发觉,刚才的奇思怪想兴许是因了自己的眩晕,于是赶忙坐下来,趴在床上。

　　这时,外面传来猖猖的犬声。开始是几只狗撒泼打滚地嚎叫,接着又有几十只、几百只狗在叫,整个村子像开锅的沸水。五爷的耳朵塞满了白狗、黄狗、绿狗、花狗、灰狗、黑狗、红狗,及杂毛狗和长毛狗的嗷嗷叫,猖猖闹和来回跑的杂乱声。

五爷两手捂住耳朵,在床上滚来滚去,同时嘴里不停地喊,赵三李歪,这会子都给我回来……

赵三李歪迅即跑进屋里说,五爷,你咋了?

好半天,五爷才镇静下来,慢慢睁开眼睛,见站在身旁的赵三李歪,又眄了眼房屋,完好无恙,说,外面怎恁些狗叫?你们都是干什么吃的?爷养活你们,连狗都管不住!

赵麻子弯腰对五爷说,刚才那些狗叫,都是因为从宿安街跑来一只白狗,那白狗是公的,就跟村里的公狗打起来,好多人拉它不开,竟把咱村那只挺凶的四眼狗咬死了。最后再无狗敢上前,那白狗就蹿过人群溜了。

混蛋!你们是干什么的?五爷下床来怒气冲冲地说,恁些狗,恁些人,居然叫它给跑掉!

赵麻子又说,起先我们想用确枪结果了那白狗,谁知有人说这白狗是神狗。

五爷听到这里,朝赵三李歪摆了摆手。这会儿,他的眼光盯住那堆古老的"小虫子",枕头被撕破的情景又一幕幕浮现在眼前,祖坟上的白狗,宿安街的白狗,以及本村里的杂毛狗,这一夜间围绕着狗竟发生了那么多事,弄得他连觉也未睡成。为什么村里那么多狗,竟无一只敢同那只白狗撕咬?而平时人来人去,那些狗则狂咬不住。那天夜里,五爷同赵三李歪归家路过墙西那条大道,有三四只杂毛狗居然穷追不舍,一直狂咬到五爷家门前,不是看在庄乡爷们面上,五爷早就把它们崩了,免得每到夜里杂毛狗狂吠不住,惹得远乡近邻烦躁不安,这也是五爷不养狗的原因所在。

不过,五爷也曾养过狗。那是几十年前的事了。一天,五爷的祖父从关外带回一只纯白种的公狗。起先祖父把它放在一个竹篾编的笼子里，精心喂养。后来，老少爷们都来看稀奇，五爷觉得把它放出来更好玩。征得祖父的同意，这只狗便在院里踅来踅去，自由自在地活动，一会儿这里嗅嗅，一会儿那里扒扒。不觉不知它长成了一条大狗，五爷也到了娶亲的年岁。五爷祖父就从宿安街抢回一个秀眉秀眼的女子，扔给五爷做媳妇。哪知，晚上入洞房时，却不见了纯白种公狗和那女子，把个五爷气得一把火烧了洞房。这时的五爷已经练就了一手好枪法。是夜，他要追回失去的女子和那只白狗，尤其是那条白狗。五爷恨不得抓住那条白狗，扒了它的皮，饮了它的血，用它的狗肉下酒。可是，到头来，五爷枉有一手好枪法也无可奈何，自此，五爷对狗痛恨不已。

可是，那白狗出现在祖坟上的奥秘，却令五爷无论如何也理不出个头绪。出现在祖坟上也罢了，宿安街的白狗同祖坟上的白狗有什么联系？五爷越想越糊涂，越想越摸不着头脑。他把那些古老的"小虫子"收起，小心翼翼地装进枕头，用绑腿布捆住枕头的洞。

第二天，五爷带着赵三李歪，端上纸钱，极庄重而又严肃地绷着面孔，来到祖坟上。祖坟大小共有二十八座。五爷亲自在每座坟顶压上一张纸钱，让赵三李歪在坟地四角放起鞭炮，自己则实实地跪在祖父坟前，燃起一沓一沓的纸钱。那纸钱的黑色灰烬纷纷飘过五爷头顶，旋转着飞向无际的苍穹。

回想到祖父生前的许多好处，五爷禁不住泪花挂满脸，在声声鞭炮中嘟噜道，爷，您尽管受用吧，不肖之孙给您送钱来了。别舍不得受用，老五有的是钱。只要您在阴间荣华富贵，吃香的喝辣的，就是您在阳世孙儿的福气……

赵三李歪触景生情，止不住地想替五爷大哭一场。但哭什么好呢？如何称呼呢？总不能也随了五爷喊爷吧！意识到这些，赵三李歪流着泪劝五爷不可过于伤悲，更何况老爷子升天多年，在极乐世界福星高照！

也极是。五爷在脸上抹了一把,说,爷在世就是吉人福相,升天后也定会升官发财,降福于阳世的不肖子孙。

五爷被人搀扶着,在坟地倒转一周,又举目望了望那些刺槐,唏嘘着回到了家里。

此后,五爷的生活着实平静了几天。宿安街的白狗不见来,祖坟上的白狗也不见出现。只是这天渐渐地凉起来。

五爷的心情渐趋好转。此时,天空的白云聚起一片,遮了阳光,五爷把赵三李歪喊至面前,吩咐说,明儿个,宿安街打白狗去!

打不得!打不得!赵三李歪说,五爷,那白狗不是凡狗,是寄了神灵的!

扯淡!你爷有确枪,怕什么!五爷拍了拍腰,毫无顾忌地说。

五爷吆喝赵三李歪等随从出了村口,沿着栽有垂柳和白杨的壕沟一路迅跑,眼看就要行至宿安街口,五爷忽然瞅见那条白狗直奔自己而来。五爷一阵惊喜,叨咕道,爷正要寻你,你倒怪孝敬,自己跑来了!

大家借沟坝分散隐蔽起来,做好射击准备。

五爷紧握老确枪,死死盯住那只跑跑停停的白狗,低声向赵三李歪说,爷的枪未响,谁也不准开枪!

这时,白狗放慢了脚步,押着脖子往这边走来,但离射程还远,五爷多么希望白狗迅跑过来。

夕阳停在树梢上动也不动,天际聚起的白云受了夕阳的斜射,映得似一摊凝固的血。白狗渐渐走进射程。

五爷屏住气,开始扣动扳机,可是,怎么也扣不动。过去,这支枪是五爷最得心应手的家伙,从未出过故障。就在出发前,五爷还亲自试过呢,怎的一会儿就卡了壳呢?!枪啊,平时爷擦拭你,爱护你,可到了关键时候你却拉稀!五爷急得流大汗喘粗气也奈何不得。

恰在此时，白狗在距五爷五十步远的地方停住不动了，只是竖着耳朵瞪着前方。多好的机会，五爷却毫无办法。赵三李歪都在急切地盼望着五爷的枪声。

蓦地，轰一声炸响，那只老确枪散了架。五爷倒在血泊中。

赵三李歪愣了，不知如何是好。待他们醒过神来，那只白狗早没了踪影。